Mütterherzen

Roman

Im Februar 1950 verlässt Marie Ansorge mit ihren zwei Schwestern Oberschlesien. Auf schicksalhafte Weise trennen sich im Hochsauerland die Wege der jungen Frauen, und Marie findet in einem Wuppertaler Mutter-Kind-Heim Unterkunft. Eine erste unglückliche Liebe hat Folgen… Was macht eine schwangere junge Frau zu dieser Zeit, angewiesen auf einen Mann, der sie versorgt? Welche Überraschungen hält das Leben für ihre kleine Tochter bereit? Begleiten wir die Frauen auf einer Zeitreise durch ihr Leben. Eine Geschichte voller Überraschungen, die zeigt, dass immer wieder ein Licht leuchtet, auch wenn die Nacht am finstersten ist.
Nach einer wahren Begebenheit.
Mit Gedichten von Claus Wallbaum.

Autorin

Tanja Heinze, 1975 in Wuppertal geboren, lebt und arbeitet in dieser Stadt bis heute. Sie studierte Philosophie an der Bergischen Universität Wuppertal.

TANJA HEINZE

Mütterherzen

Roman

Bibliografische Information der Deutschen Nationalbibliothek
Die Deutsche Nationalbibliothek verzeichnet diese Publikation in der
Deutschen Nationalbibliografie; detaillierte bibliografische Daten sind
im Internet über http://dnb.dnb.de abrufbar.

Umwelthinweis:
Alle bedruckten Materialien dieses Taschenbuchs sind chlorfrei und
umweltschonend.

Erste Auflage August 2019
© 2019 Tanja Heinze
Satz, Umschlaggestaltung, Herstellung und Verlag:
BoD – Books on Demand
ISBN 978-3-7494-4285-0

Coverdesign: Kay Fretwurst
Umschlagfoto: Wolfgang Rosenthal
Umschlaggestaltung: Tanja Heinze und BoD
Lektorat: Dr. Norbert Brieden

Prolog
Februar 1950

Schnee bedeckte die Felder, und es war bitterkalt. Die Russen zeigten sich Ende Februar 1950 immer noch präsent, und die Menschen in Oberschlesien fürchteten die rote Armee. Marie meinte, das Donnern des Krieges zu hören, den Widerhall der verlorenen Schlacht. Sie und ihre Familie waren der Vertreibung entgangen, hatten Obdach gefunden auf dem Hof der Gluters. Doch ihre Zukunft auf dem Land war ungewiss. Sie schnallte den Gürtel ihres schwarzen Wintermantels enger, aber ihr wollte nicht warm werden.

„Marie", hörte sie ihn rufen. „Beeil dich. Ich bin in der Scheune."

Sie lief schneller, konnte es nicht erwarten, ihn wiederzusehen.

Er stand im Eingang des kleinen Gebäudes, in dem das Stroh für das Vieh aufbewahrt wurde. Bei seinem Anblick beschleunigte sich ihr Herzschlag. Der stattliche, dunkelhaarige junge Mann war äußerlich unversehrt von der Front zurückgekehrt.

„Rolf", rief sie und flog in seine ausgebreiteten Arme.

„Ich habe mich nach dir gesehnt", flüsterte er ihr ins Ohr.

Er nahm ihre Hand und führte sie zur Leiter, über die sie zu den Strohballen gelangten.

„Ich war schon oben und habe einen Ballen aufgeschnitten", sagte er, ihr den Vortritt lassend.

Marie war entzückt von dem Nest, das er ihnen bereitet hatte. Sie kuschelte sich an ihn und erwiderte bereitwillig seine Küsse.

„Rolf, weiter dürfen wir nicht gehen", hauchte sie nach einer Weile.

„Marie, Marie", keuchte er. „Ich kann jetzt nicht aufhören."

Erregt schob er ihren schweren Rock hoch und riss an den Strumpfhaltern.

„Rolf, ich habe Angst", flüsterte Marie.

„Ich werde dir nicht weh tun", versprach Rolf atemlos. Er griff nach dem Schlüpfer aus Wolle und zog ihn ihr vom Leib.

Minuten später lagen sie erschöpft nebeneinander. Blut lief an Maries Beinen herunter. Sie zitterte am ganzen Körper.

„Du hast mir doch wehgetan", sagte sie unter Tränen.

„Das gehört beim ersten Mal dazu. Ich habe ein Tuch für dich eingesteckt. Hier." Er reichte ihr ein Stück Stoff und setzte sich auf. „Richte dein Kleid. Wir müssen reden." Er sah ihr dabei zu, wie sie sich säuberte und wieder anzog. Ihre schmalen Finger bebten, während sie die Strumpfhalter schloss. Er liebte zarte Frauen mit blonden Locken. *Wie schön sie ist*, dachte er seufzend. Er bedauerte, dass sie arm wie eine Kirchenmaus war. Gestern hatte der Familienrat getagt, und die Entscheidung war gefallen.

„Warum müssen wir reden?", wollte Marie wissen. Ihre graugrünen Augen glänzten von den letzten Tränen.

„Ich kann dich nicht heiraten", erwiderte er schonungslos.

„Was soll das bedeuten?" Marie schüttelte verständnislos den Kopf. „Das sagst du mir jetzt, nachdem wir gerade…" Sie brach ab.

„Marie, sei vernünftig", fuhr Rolf fort. Er rutschte näher zu ihr und legte den Arm um sie. „Ich kann das schließlich nicht allein entscheiden. Meine Eltern, Onkel und Tanten haben ein Mitspracherecht. Es ist nicht leicht, in der Nachkriegszeit den Hof zu halten. Wir brauchen Geld. Ich muss die Margarete heiraten, versteh das doch."

Marie befreite sich aus seiner Umarmung.

„Die Margarete? Ich dachte, sie sei fett wie ein Schwein und habe Zähne wie eine Kuh. Das waren doch deine Worte." Die Tränen waren schlagartig versiegt. Vor Wut ballte sie die Hände zu Fäusten.

„Beruhige dich, mein Herz", versuchte Rolf die aufgebrachte Neunzehnjährige zu beschwichtigen. „Ich liebe sie nicht, werde ihr ein Kind machen, und das war es. Wir treffen uns heimlich weiter. Das, was wir gerade getan haben, können wir wiederholen. Es wird sich nichts ändern. Bisher mussten wir uns schließlich ebenfalls verstecken."

„Das kannst du vergessen", schrie Marie. Vor Aufregung war ihr die Röte ins Gesicht gestiegen. „Werde glücklich mit Margarete. Mich wirst du nicht wiedersehen." Sie sprang auf und schlüpfte in ihren Mantel. Unglücklich kletterte sie die Leiter runter und rannte hinaus in die Kälte.

„Marie, was ist mit dir? Du zitterst ja", erkundigte sich Gunhilde Ansorge besorgt. „Setz dich an den Tisch. Ich habe Graupensuppe mit Speck gekocht. Zum Glück gibt es den wieder mit den Lebensmittelkarten zu kaufen."

Marie hängte den nassen Mantel zum Trocknen über die Stuhllehne. In der kleinen Wohnung auf dem Gluter-Hof war es angenehm warm. Ihre Schwestern saßen bereits vor zwei dampfenden Schalen und löffelten ihre Suppe.

„Rolf wird die Bocksche Margarete heiraten", erwiderte Marie leise.

Gunhilde reichte ihr eine Suppenschale und einen Löffel.

„Überrascht dich das?", fragte sie mit hochgezogenen Augenbrauen. „Die Meiers brauchen Geld. Und die hässliche Margarete braucht einen Mann. Der Rolf hat dir schöne Augen gemacht, jetzt heiratet er eine andere. Iss etwas. Solange er dir kein Kind angedreht hat, ist alles gut. Du warst doch vernünftig, oder?"

Marie nickte eifrig und widmete sich der Suppe.

„Hier in diesem kleinen Kaff Sterda, das auf keiner Landkarte verzeichnet ist, gibt es keine Perspektiven für uns. Ich werde hier nicht bleiben und versauern, Mutter", warf die gerade volljährig gewordene Anna ein. Von den Schwestern war sie die Kräftigste. Rundlich und dunkelhaarig glich sie eher dem verstorbenen Vater als Gunhilde, die so blond wie Marie und die siebzehnjährige Lotta war. Diese sagte: „Ich stimme Anna zu. Der Krieg ist vorüber. Die Gluters werfen uns bestimmt bald vom Hof, damit Platz für die zukünftigen Ehemänner der Zwillinge wird. Warum machen wir uns nicht auf den Weg nach Eisenach? Das sind nur zehn Kilometer Fußmarsch. Klara wird uns gewiss eine Weile bei sich aufnehmen. Ihr Max liebt sie abgöttisch und schlägt ihr keinen Wunsch ab."

„Ich werde ihr schreiben", entgegnete Gunhilde nachdenklich. Sie vermisste ihre älteste Tochter, das musste sie sich eingestehen.

Ehrfurchtsvoll blickten die vier Frauen auf die Wartburg. Imposant und eindrucksvoll schien sie über Eisenach zu wachen. Der Krieg hatte ihr nichts anhaben können, und hier, im Osten von Eisenach, am Berg direkt neben dem Wald, hatte sich die Bevölkerung langsam von den Schrecken des Krieges erholt. Die zerstörten Häuser wurden von Schnee bedeckt, die Stimmung war zuversichtlich.

„Kommt rein, die Burg könnt ihr später bestaunen", sagte die dreiundzwanzigjährige Klara zu der Mutter und den Schwestern. „Max kommt erst am Abend." Sie nahm ihre Mutter liebevoll in den Arm. Zwar ähnelten auch Marie und Lotta Gunhilde, doch Klara glich ihr am meisten.

„Ihr habt es schön hier", bemerkte Gunhilde. „Max scheint dich gut zu versorgen."

„Ich zeige euch das Zimmer, in dem ihr schlafen werdet." Klara führte die vier eine Holztreppe hoch in den zweiten Stock. Das Haus ihres Mannes war für zwei Personen sehr geräumig, für sechs Menschen auf Dauer jedoch zu klein. „Ich habe es euch gemütlich gemacht." Sie deutete auf drei dicke Matratzen, eng nebeneinander auf den Boden gelegt. Innerlich bezweifelte Klara, dass diese Konstellation lange gut gehen würde. Sie kannte ihre Schwestern, vor allem Anna und Marie. Die mussten hinaus in die Welt. Sie würde verhindern, dass ihre Mutter mit ihnen durch die Lande zog. Die Wirren des Krieges und der Tod ihres Mannes hatten ihr arg zugesetzt. Sie hatte etwas Behaglichkeit verdient.

Aufbruch ins Ungewisse
April - Mai 1950

Tränen standen Gunhilde in den Augen, als die drei vor ihr standen, eingepackt in ihre Wintermäntel, mit dicken Tüchern um die Köpfe gewickelt und mit Reisesäcken auf die Rücken geschnallt.

„Wieso wartet ihr nicht, bis es wärmer geworden ist?", fragte sie zum wiederholten Male. „Max war gut zu euch. Klara und er würden euch gerne weiter Obdach gewähren."

„Mutter", machte sich Klara bemerkbar. „Die drei möchten ihre eigenen Wege gehen. Wir müssen sie ziehen lassen." Im Geheimen war sie froh, dass ihre Schwestern Eisenach verlassen würden. Sie hatte bemerkt, dass Max begehrliche Blicke auf ihre jüngste Schwester Lotta warf.

„Es ist bereits Mitte April, die Tage werden länger, und wir möchten nicht warten", sagte Anna resolut.

„Du hast gut reden", entgegnete Gunhilde unwirsch. „So schnell konnten wir nicht gucken, wie du dir Müllers Franz geangelt hast."

„Mutter, sei froh, dass er uns auf der Reise begleiten wird", sagte Anna. „Er hat sich Pferde geliehen und ein Fuhrwerk. Damit kommen wir in den Westen und sind die Russen los. Bis Hersfeld sind es lediglich knappe sechzig Kilometer. Von dort aus wird sein Freund das Gefährt zurück nach Eisenach kutschieren."

„Seht. Er kommt", warf Marie aufgeregt ein. Vor Anspannung war ihr flau im Magen. Am frühen Morgen hatte sie vor lauter Nervosität das Frühstück nicht bei sich behalten können.

„Rappen", stellte Klara bewundernd fest. „Wo hast du die stattlichen Pferde ergattern können, Franz?"

Der kriegsversehrte, hinkende Mann mit dem roten Haar grinste stolz.

„Zahlt sich aus, dass ich während des Krieges und danach beim Schmied ausgeholfen habe." Er griff in seine Manteltasche und zog eine zerknitterte Zigarettenschachtel heraus. Anstalten, den Kutschbock zu verlassen, machte er nicht. „Los jetzt. Steigt auf. Ich möchte noch vor Einbruch der Dunkelheit in Wildeck ankommen."

„Warum in Wildeck?", fragte Gunhilde erstaunt. Aus den Augenwinkeln heraus betrachte sie besorgt ihre zweitjüngste Tochter. Marie war auffallend blass um die Nase. Die morgendliche Übelkeit war ihr nicht entgangen.

„Wildeck liegt etwa auf halber Strecke. Franz hat in einer evangelischen Kirchengemeinde für zwei Nächte für uns Asyl beantragt", mischte sich Anna stolz ein. Sie griff nach dem von der Schwester bereitgestellten Weidenkorb mit Käse, Wurst, eingelegtem Gemüse und Obst. Energisch wuchtete sie ihn auf das Gefährt. „Dreißig Kilometer zurückzulegen, sollten wir heute schaffen."

Franz klopfte ihr wohlwollend auf die runde Schulter.

Plötzlich unterbrach das Knattern von Motorrädern die morgendliche Ruhe. Zwei Männer, in lange Ledermäntel gekleidet, mit grauen Schirmkappen auf den Köpfen und Springerstiefeln an den Füßen, hielten neben dem Fuhrwerk.

„Kuda, kuda?", bellte einer der beiden. „Wohin?"

Die Frauen zogen verängstigt die Köpfe ein. Die Brutalität der Russen während des Krieges war nicht vergessen. Gunhilde zog vorsichtig den Ärmel ihres Strick-Pullovers über ihre Armbanduhr.

„Wir haben in Eisenach keine Arbeit", antwortete Franz so fest, wie er es vermochte. „Die Frauen müssen einen Broterwerb finden. Hier ist kein Platz für uns."

„Was ist im Korb?", fragte der andere Russe und sprang vom Motorrad. Er entfernte die Decke des Weidenkorbes und grinste hämisch. „Igor", sagte er und langte hinein. „Blutwurst. Und Schinken. Gut."

„Beschlagnahmt", stellte Igor fest. „Ihr dürft fahren." Die zwei Russen stopften die Lebensmittel in die Satteltaschen und brausten davon.

„Im Westen werden wir zumindest die roten Teufel los sein", meldete sich Lotta mit bebender Stimme zu Wort. Fürsorglich legte Marie den Arm um die jüngste Schwester.

„Schweine", schimpfte Klara, griff nach dem Korb und machte sich auf den Weg, ihn erneut zu füllen. Derweil umarmten die Schwestern Gunhilde. Das Erlebnis mit den Alliierten bestärkte sie in ihrem Wunsch, nach Westen zu ziehen.

„Schrecklich", hauchte Lotta Marie ins Ohr.

Die zwei Schwestern lagen, eng aneinander gekuschelt, unter der dicken Wolldecke, die der Pfarrer ihnen zur Verfügung gestellt hatte. Ihr provisorisches Bett war rechts neben dem Altar der evangelischen Kirche im Wildecker Stadtteil Bosserode errichtet worden. „Mach, dass sie damit aufhören, Marie. Solche Geräusche habe ich nie zuvor gehört. Haben Anna und Franz Streit? Ich habe solche Angst."

Marie biss die Zähne zusammen. Die Bilder von vor sieben Wochen mit Rolf in der Scheune drängten sich ihr auf. Sie erinnerte sich an seine Zärtlichkeiten und die verletzenden Worte danach, an den durchdringenden Schmerz. Auf einmal saß sie senkrecht auf der Matte, und Lotta sah sie mit großen Augen an.

„Was ist los? Möchtest du nachsehen, was die zwei hinter dem Altar machen?", fragte sie hoffnungsvoll.

„Lotta", erwiderte Marie gepresst. „Weißt du noch, was die Schweine manchmal machen, damit es Ferkel gibt?"

„Sicher, der Eber besteigt die Sau", antwortete Lotta sofort. Plötzlich prustete sie los. „Du meinst, Franz besteigt Anna?"

„Das gehört zum Leben dazu. Liebes, hat Mutter dich nicht aufgeklärt?", wollte Marie entsetzt wissen.

„Nein", antwortete die Schwester ehrlich. „Also machen Menschen das auch. Wie furchtbar. Mich wird niemand besteigen. Das schwöre ich dir."

Marie kuschelte sich wieder an Lotta und zog die Decke hoch bis zu ihren kalten Nasenspitzen.

„Komm, wir schlafen", flüsterte sie. „Der Lärm wird gleich aufhören, und morgen möchte Franz weiter."

Wenig später wurde es ruhig im Kirchenschiff, und sie lauschte den regelmäßigen Atemzügen der jüngeren Schwester. Marie jedoch fand keinen Schlaf. Mit Schrecken war ihr bewusst geworden, dass ihre Monatsblutung bereits zwei Wochen überfällig war.

„Lotta?", schrie Marie in den Nebel. Es war Anfang Mai, und die kleine Truppe war in dem Städtchen Winterberg im Hochsauerland angekommen. Heute hatte Marie ihren Schwestern und Franz während des Frühstücks mitgeteilt, dass die mit Rolf in der Scheune verbrachte Zeit im November Folgen haben würden. Anna und Franz waren gelassen geblieben. Franz hatte gar lapidar gesagt: „Bleibe am besten in Winterberg und suche dir einen Kerl, bevor dein Bauch dick wird. Hübsch genug bist du, um ein Kuckucksei zu vertuschen. Aber du solltest dich mit der Suche beeilen."

In Winterberg waren sie bei einer gastfreundlichen Bauersfamilie untergekommen, die ihnen einen warmen Platz im Kuhstall zur Verfügung stellte. Dafür mussten sie hart arbeiten. Es galt, Mai-Rübchen zu ernten, den Hof zu fegen und das Vieh zu füttern. Als Lohn bekamen sie gut zu essen, und Anna wurde immer fülliger. Maries Bauch wölbte sich leicht, doch ansonsten zehrte die Schwangerschaft mit der einhergehenden Übelkeit sie aus. An ihren Mundwinkeln hatten sich Risse gebildet, die trotz der Extraportion Milch, die die aufmerksame Bäuerin ihr zuteilte, nicht verschwinden wollten. Das Fleisch, das notwendig für sie war, konnte sie nicht schlucken. Es blieb ihr im Halse stecken.

„Lotta, wo bist du?", rief Marie verzweifelt. Es war für junge Frauen immer noch gefährlich, in den Abendstunden allein unterwegs zu sein. Marie machte sich schreckliche Vorwürfe, dass sie dem Mädchen die Nachricht von ihrer Schwangerschaft nicht schonender beigebracht hatte. Am Morgen war es einfach aus ihr herausgeplatzt. Lotta hatte geweint und geschrien, dass ihre beiden Schwestern Säue seien. Anna und Franz hatten gelacht und obszöne Bemerkungen gemacht, die Lotta die Schamesröte in die Wangen getrieben hatten.

Marie verfluchte die Nebelschwaden, die ihren Blick verschleierten. Sie ahnte, wo es ihre jüngste Schwester hingezogen hatte. Endlich erreichte sie die Grünfläche mit dem Heckenlabyrinth, das bei Exerzitien genutzt wurde. Sie raffte ihren schweren Rock und rannte weiter zur Eingangspforte des kleinen Klostergebäudes. Mit ganzer Kraft klopfte sie an. Ihr Herz pochte vor Aufregung.

„Sie wünschen?", wurde sie von einer rotwangigen Frau in Nonnentracht begrüßt.

„Ich suche meine jüngere Schwester. Sie heißt Lotta, Lotta Ansorge." Hoffnungsvoll sah Marie die Nonne an.

Diese faltete die Hände vor der Brust.

„Ihre Schwester ist zu uns geflüchtet", sagte sie ruhig. „Sie sehnt sich nach Sicherheit im Glauben. Ihre Reise ist zu Ende. Der Platz Ihrer Schwester ist bei Gott, bei uns. Es ist ihr sehnlichster Wunsch, die Gelübde abzulegen und Gottes keusche Braut zu werden."

„Mein Gott", entfuhr es Marie. Sie fröstelte in der trüben Feuchtigkeit vor der Pforte.

„Gott sucht sich seine Bräute, mein Kind", fuhr die Nonne seelenruhig fort. „Sie, Mädchen, suchen einen weltlichen Bräutigam." Wissend deutete sie mit dem Finger auf die leichte Wölbung unter Maries Mantel. „Aber Ihr Kind frisst Sie auf. Sie müssen essen, auch wenn Ihnen übel ist. Die Übelkeit wird vorbeigehen. Warten Sie einen Moment." Die Nonne schloss die schwere Eichenholztür und verschwand im Gebäudeinneren.

Zitternd wartete Marie auf ihre Rückkehr. Nach einer gefühlten Ewigkeit öffnete sich die Pforte erneut. Die Nonne hielt einen Sack in der Hand, dem sie einen versiegelten Krug entnahm.

„Das ist ein Sud aus Ingwer, Fenchel, Zitrone, Minze und Liebstöckel. Trinken Sie jeden Morgen ein Glas davon. Nach vierzehn Tagen werden Sie beschwerdefrei sein." Liebevoll lächelte sie Marie an. „Und jetzt gehen Sie, mein Kind. Machen Sie Ihrer Schwester und sich den Abschied nicht unnötig schwer. Heute trennen sich Ihrer beiden Wege. Vielleicht werden Sie sich eines Tages wiedersehen. Lotta hat uns berichtet, dass Sie in Begleitung einer weiteren Schwester reisen, die in einer unsittlichen Beziehung mit einem Mann lebt. Verlassen Sie die zwei. Reisen Sie allein weiter. Gott segnet jedes ungeborene Leben."

Maries Augen füllten sich mit Tränen. Mit bebenden Fingern nahm sie den Krug an sich.

„Wo soll ich bloß hin?" Eine erste Träne rann über ihr mageres Gesicht. „Anna und Franz möchten bald zum Bodensee aufbrechen."

„Hier." Die Nonne langte in die Tasche ihrer Kutte. „Das ist eine Adresse in Wuppertal. Dort gibt es ein Mutter-Kind-Heim, dessen Leiterin ich gut kenne. Im Industriegebiet unseres von den Briten vor vier Jahren frisch gegründeten Nordrhein-Westfalen gibt es Perspektiven für Arbeit. Reisen Sie über Iserlohn. Mehr kann ich nicht für Sie tun. Ich wünsche Ihnen alles Gute und Gottes Segen." Sie machte mit der Hand das Kreuzzeichen, lächelte ein letztes Mal und ließ Marie in der hereingebrochenen Dunkelheit zurück.

„Du läufst in dein Unglück, Marie. Höre nicht auf die Worte einer religiösen Fanatikerin. Wie willst du allein nach Wuppertal gelangen?", hallten Annas Worte in Maries Kopf nach. Sie stand am Ortsausgang und hielt den Griff des von der Bäuerin gestifteten Koffers in den Händen. Der Nebel des gestrigen Abends war einem klaren Morgenhimmel gewichen, der Hoffnung auf einen milden Tag erweckte. Mehrere Autos fuhren achtlos an der wartenden Frau vorüber. Zwei Stunden versuchte Marie bereits, sich bemerkbar zu machen. Niedergeschlagen überlegte sie, den Weg zurück zum Bauernhof anzutreten, als plötzlich ein hellblauer VW-Bus vor ihr zum Stehen kam. Drei grell geschminkte Frauen in bunten Kleidern blickten sie interessiert an. „Wer bist du denn, Mädchen?", wollte eine dunkelhaarige Frau Mitte dreißig wissen, die das Steuer in den Händen hielt.

Unsicher lugte Marie ins Innere des Busses. Sie entdeckte allerlei Köstlichkeiten, die ihren Appetit jedoch nicht anregten, eine Matratze und Rotweinflaschen.

„Ich bin Marie Ansorge", sagte sie schließlich leise.

„Hübsches Kind", warf eine rothaarige, dralle Frau ein, die in der zweiten Reihe saß.

„Die Rote hinten heißt Carmen, ich bin Isabella, und unser Nesthäkchen ist Monique", erklärte die Fahrerin. „Wohin führt dich dein Weg?"

„Ich möchte nach Wuppertal ins Mutter-Kind-Heim", antwortete Marie leise.

„Hat dir einer ein Kind gemacht?", wollte Carmen mit weit aufgerissenen Augen wissen. „Hier gibt's Schafe genug. Wollte dir niemand aushelfen?"

„Schafe?" Marie zuckte verständnislos mit den Schultern.

„Lass es gut sein, Carmen", mischte sich wieder die Frau hinter dem Steuer ein. „Das ist keine von uns."

„Aber sie steht hier und wartet darauf, dass ein Auto anhält", entgegnete die jüngste der drei Frauen bissig.

„Nach Wuppertal fahren wir nicht, aber wenn du magst, nehmen wir dich bis nach Menden mit." Auffordernd öffnete Isabella die Beifahrertür.

Marie zögerte nur kurz. Mochten die drei Frauen ihr auch fremdartig erscheinen, in weiblicher Gesellschaft fühlte sie sich gut aufgehoben. Sie nickte zustimmend, und Monique, eine kleine Frau mit dünnen, blonden Haaren, sprang aus dem Gefährt, um ihr mit dem Gepäck zu helfen.

Kurze Zeit später zockelte der kleine Bus seines Weges.

„Hast du einen Führerschein?", wollte Marie erstaunt wissen. „Wo ist dein Mann, der dir die Erlaubnis dazu erteilt hat?"

„Mein Mann?", lachte Isabella. „Du bist ein Herzchen. Ich brauche weder Ehemann noch Führerschein, um zu überleben."

„Männer brauchst du wohl, Bella", sagte Carmen augenzwinkernd.

„Kerle meinst du", erwiderte Isabella gelassen. „Mache unsere Mitfahrerin nicht verlegen. Sie hat ja keine Ahnung von unserem Broterwerb."

Langsam wurde es Marie mulmig, und diesmal lag das nicht an ihrer Schwangerschaft. Der Dunst von Rotwein lag in der Luft, und es roch nach Schweiß.

„Was hast du mit den Schafen gemeint, Carmen?", wollte sie trotz allem neugierig wissen.

„Mit Schafdarm kannst du den...", begann die Gefragte, wurde jedoch energisch von Isabella unterbrochen.

„Mädchen, du weißt, wie du zu dem kleinen Wesen in deinem Bauch gekommen bist?", fragte sie behutsam, und Marie nickte.

„Es war mein erstes Mal." Ihre Augen füllten sich mit Tränen.

„Wurde dir etwa Gewalt angetan?", wollte Carmen wissen.

Marie schüttelte den Kopf, fasste sich ein Herz und erzählte Rolfs und ihre Geschichte.

„Du musst Geld dafür nehmen, dass so ein Bock über dich steigen darf", eiferte sich Monique. „Aber so sind die Mannsbilder. Junge, unschuldige Mädchen sind besser als wir und zudem noch umsonst zu kriegen."

„Seid ihr etwa ...", Marie stockte verlegen.

„Ja", entgegnete Carmen bitter. „Wir sind Huren, Nutten, Prostituierte. Was glaubst du, was im Krieg passiert wäre, hätten wir unsere Arbeit nicht gemacht? Etliche Frauen wurden vielleicht verschont, weil die blutrünstigen Russen uns besucht haben."

„Carmen, jetzt gib dem Mädchen was zu essen und schenke ihr Wein ein, damit die Farbe in ihr Gesicht zurückkehrt", ordnete Isabella an.

Gehorsam trank Marie und aß etwas kalten Braten und ein Stück Brot. Zu ihrer Überraschung behielt sie alles bei sich, und Wärme breitete sich in ihr aus. Obwohl es erst später Vormittag war, sank sie auf dem Beifahrersitz in tiefen Schlaf.

Wortfetzen durchdrangen Maries Träume.

„Was machen wir mit ihr?", hörte sie eine wohlklingende Frauenstimme fragen. „Wir können sie nicht einfach ihrem Schicksal überlassen."

„Wir sind Huren, keine Samariterinnen", entgegnete eine schnippische Stimme. „Wir haben am Abend viel zu tun, vergesst das nicht."

„Ich frage Madame Bluret, ob das Kind für eine Nacht ein Zimmer bekommen kann", sagte wieder die angenehme Frauenstimme.

Marie schlug die Augen auf. Sie hatte einen schalen Geschmack im Mund, und ihr Kopf brummte.

„Ich habe Durst", machte sie sich unsicher bemerkbar und blickte sich um. Jemand musste ihr den Mantel ausgezogen und als Decke übergelegt haben. Das dicke Tuch, das ihren Kopf vor Wind und Wetter geschützt hatte, lag neben ihr.

„Du verträgst nichts", kicherte die Frau mit den roten Haaren. Carmen, erinnerte sich Marie vage. „Zwei Gläser Rotwein und schon sinkst du in einen Dornröschenschlaf." Sie reichte Marie eine Flasche mit Wasser.

„Wo sind wir hier?", wollte Marie wissen, nachdem sie ihren Durst gelöscht hatte.

Die Sonne schien durch die Fenster des VW-Busses und belebte ihre Sinne.

„Das ist das Rathaus von Menden", erklärte Isabella und zeigte auf ein unversehrtes, helles und mehrstöckiges Gebäude, dessen Turm und Torbögen mit goldenem Stuck geschmückt waren.

„Danke fürs Mitnehmen", sagte Marie und griff nach ihrem Koffer und dem Kopftuch. „Ich werde sehen, ob mir jemand Obdach gewährt. Dafür bin ich bereit zu arbeiten."

„Warte, Mädchen", mischte sich Isabella ein. Sie blickte in den Rückspiegel, seufzte und fuhr sich durch die dunklen Locken. „Ich hoffe, die Wellen halten den Tag und die Nacht durch."

„Später sind die Kerle zu betrunken, um sich an deinen Haaren zu stören", bemerkte Monique lakonisch.

„Jedenfalls, Marie, du kommst mit uns zur Fröndenberger Straße", erklärte Isabella resolut. „Mache dir keine Sorgen. Du wirst mit den alten Säcken nichts zu tun bekommen. Madame Bluret hat das Herz auf dem rechten Fleck, du wirst sehen."

Es dauerte nicht lang, bis das Gefährt vor einem mittelgroßen, unscheinbaren Gebäude zum Stehen kam. Isabella hupte dreimal, und Sekunden später trat eine dicke, dunkelhäutige Frau ins Freie. Aufgrund ihrer Körperfülle schien ihr das Gehen Schwierigkeiten zu bereiten. Sie erinnerte Marie an einen watschelnden Pinguin. Die Prostituierten verließen den Bus, und Marie tat es ihnen nach. Sie schwitzte unter ihren Wintersachen. Für den sich ankündigenden Sommer benötigte sie dringend leichtere Bekleidung.

„Das ist nicht euer Ernst", entfuhr es der dicken Frau entsetzt. Sie wackelte auf Marie zu und kniff ihr in die Wange. „Dieses magere Vögelchen muss erst gemästet werden, bevor ein Mann an ihr Gefallen findet. Wo habt ihr die aufgegabelt?"

„Madame Bluret, lassen Sie mich kurz erklären", bat Isabella rasch und zog sie von Marie weg. Eine Weile tuschelten die beiden miteinander. Madame Bluret schien hin und her gerissen zu sein. Schließlich zuckte sie ergeben mit den runden Schultern.

Wenig später fand sich Marie entkleidet in einem blau gekachelten Raum wieder, in dessen Mitte eine rosafarbene Badewanne stand. Zwei kichernde Frauen, ungeschminkt, in einfachen Kitteln, ließen dampfendes Wasser in die Wanne laufen.

„Steig rein", forderte die jüngere der beiden Marie auf. Diese kam der Aufforderung nur zu gerne nach und kletterte hinein. Die sie umgebenden Dampfschwaden rochen nach einer Mischung aus Lavendel und Zitrone. Wohlig ließ sie es zu, dass die Frauen ihre Haare wuschen.

„Seid ihr auch Prostituierte?", fragte sie nach einer Weile.

„Aber nein", entgegnete die Ältere belustigt. „Ich bin Janna, und das ist meine Schwester Stine. Wir sind Madame Blurets Mädchen für alles. Eine schöne Arbeit ist das. Viel Geld bringt sie uns nicht, aber wir haben weiche Betten, volle Bäuche und saubere Anziehsachen. Sollen wir dich waschen, oder möchtest du dich selbst säubern?" Fragend reichte Janna, eine Frau mit Pockennarben und klaren, fröhlichen Augen, ihr ein Stück Kernseife und einen Schwamm.

„Ich mache das schon", sagte Marie bereitwillig.

„Du bist guter Hoffnung", bemerkte Stine, äußerlich mit ihren runden, glatten Wangen und den hinter dicken Brillengläsern versteckten Augen das komplette Gegenteil der älteren Schwester. „Möchtest du für Madame Bluret arbeiten, bis dein Bauch zu dick sein wird?"

„Um Himmels Willen, nein", rief Marie entsetzt, während sie sich ausgiebig schrubbte. „Ich möchte nach Wuppertal ins Mutter-Kind-Heim."

„Schade, dass du, wenn du wieder Speck auf den Rippen hast, zu hübsch sein wirst, um hier wie wir als Dienstmädchen zu arbeiten. Du wärest eine nette Gesellschaft", sagte Janna bedauernd.

„Zum Glück sind wir zu hässlich, um als Huren durchzugehen", warf Stine grinsend ein. „Madame Bluret ist gut zu uns. Und zu dir auch. Schau", sie deutete mit der Hand auf ein luftiges, langärmliges, dunkelrotes Kleid. „Sie hat uns aufgetragen, dir frische Sachen bereitzulegen, die du behalten darfst. Und jetzt beeile dich. Wir sollen dich in die Küche begleiten, damit du was Anständiges zu dir nimmst, bevor wir dich in einem abgelegenen Zimmer verstecken. Heute Abend feiert Madame Bluret ihren Geburtstag. Hier wird der Bär los sein."

Hoffnungsschimmer
Mai 1951 - Oktober 1951

„Schwester Magdalena, Gitte schläft", flüsterte Marie der Ordensschwester mit den sanften dunklen Augen zu. „Darf ich wirklich gehen?"

Schwester Magdalena nickte wohlwollend. Sie hatte die aus Oberschlesien angereiste junge Frau ins Herz geschlossen. Ihre Ordensschwester aus Winterberg hatte Marie Ansorge das Elisabethheim empfohlen. Hier hatte man sich der noch minderjährigen werdenden Mutter angenommen. Die junge Frau hatte der Nonne von ihrer aufregenden Reise berichtet. Eine Madame Bluret, über die die Ordensfrau lieber nicht nachdenken mochte, hatte ihr das Geld für die Zugfahrt von Menden nach Wuppertal gegeben.

Am dreißigsten November 1950 war Gitte Ansorge auf die Welt gekommen. Obwohl erstgebärend, war die Geburt komplikationslos verlaufen. Einen Monat später war Marie zwanzig geworden. Bereitwillig hatte sie akzeptiert, dass die Nonnen die Vormundschaft übernommen hatten, nicht nur für Marie, sondern auch für Gitte.

„Bleib bei Angela, und sei pünktlich um zehn Uhr zurück." Schwester Magdalena umfasste Maries zartes Handgelenk und geleitete sie zur Tür, die vom Kinderschlafsaal zum Flur führte.

Als Marie das Mutter-Kind-Heim verließ und in die Maisonne trat, erwachten ihre Lebensgeister. Zum ersten Mal, seit sie die Mutter in Eisenach verlassen hatte, fühlte sie sich lebendig und frei. Das von Madame Bluret gestiftete rote Kleid hatte sie enger gemacht, sodass es ihre zierliche Figur betonte. Aus dem restlichen Stoff hatte sie ein Tuch genäht, das ihre blonden Locken aus der Stirn hielt. Sie bemerkte Angelas neidvollen Blick. Im Gegensatz zu Marie kämpfte diese gegen ihre Schwangerschaftspfunde. Seit Kurzem hatte sie einen

Freund, der sogar ein Auto besaß. In dieses stiegen die zwei Frauen ein, und Hans-Jürgen kutschierte sie stolz zum Tanzlokal Richter in der Beek.

Aufgeregt betrat Marie das Fachwerkhaus. Die weit aufstehenden Fenster ließen die laue Sommerluft ins Innere. Darüber war sie froh, denn es roch nach Zigarettenrauch und abgestandenem Bier. Eine Tapete in Zierfliesenoptik, mit floralem Muster und sogar Reitern auf Pferden, schmückte die Wände. Auf der kleinen, erhöhten Bühne spielte eine Jazz-Kapelle zum Tanz auf. Schüchtern sah sich Marie um. Ihre Begleiterin grüßte fröhlich in die Menge, und plötzlich fühlte sie sich wie ein fünftes Rad am Wagen.

„Angela, ich sehe nirgendwo einen freien Sitzplatz", sagte sie eingeschüchtert zu der drallen Halbitalienerin.

„Du sollst tanzen, nicht sitzen", erwiderte diese, und Hans-Jürgen umfasste ihre Hüfte und drehte sie im Kreis.

„Auf dem Stehtisch dort hinten habe ich unsere Getränke platziert." Er deutete mit dem Finger auf einen Tisch etwas entfernt von der Kapelle. „Ich habe dir ein Glas Wein ausgegeben, damit du lockerer wirst." Er lachte und machte sich mit Angela auf den Weg zur Tanzfläche. Marie war der rothaarige Mann mit dem hageren Gesicht unsympathisch. Sie würde sich nicht mit einem fünfzehn Jahre älteren Mann einlassen, da konnte er noch so reich sein.

Vorsichtig nippte sie an dem schweren Rotwein. Sie erinnerte sich nur zu gut an die Fahrt im VW-Bus der

Prostituierten und an die Wirkung, die das alkoholhaltige Getränk auf sie gehabt hatte. Auf einmal hörte sie lautes Gelächter hinter ihrem Rücken. Irritiert drehte sie sich um. Ein Mann, der in ihrem Alter zu sein schien, hielt sich vor Lachen den Bauch. Dabei schaute er genau in ihre Richtung. Ihre Blicke trafen sich, und das Lachen ebbte ab. Er wurde gar ernst, und Marie errötete. Rasch wandte sie sich ab und ihr Augenmerk erneut dem Weinglas zu. Nur wenige Sekunden später spürte sie eine Hand auf ihrer Schulter. Erschrocken zuckte sie zusammen.

„Ich wollte Sie nicht erschrecken", hörte sie eine angenehm tiefe Männerstimme sagen. Leicht bewegte sie den Kopf zur Seite und versank in braunen, von dichten Wimpern umrahmten Augen. „Werner Roth", stellte sich der Mann vor. Er trug eine enge, graue Stoffhose und ein schlichtes, weißes Hemd. „Ich habe Sie nie zuvor hier gesehen. Sie wären mir im Gedächtnis geblieben. Darf ich fragen, wie Sie heißen?"

„Marie Ansorge", antwortete sie schüchtern.

„Möchten Sie tanzen?", fragte Werner freundlich.

„Nein, bitte nicht", erwiderte Marie. In ihrem bisherigen Leben war kein Platz für Tanz gewesen, und sie hatte Angst davor, sich zu blamieren.

„Lediglich eine halbe Stunde haben wir dich allein gelassen, und schon hat Werner ein Auge auf dich geworfen", sagte Hans-Jürgen lachend und klopfte Werner kameradschaftlich auf die Schulter.

Augenblicklich rückte Marie ein Stück von Werner ab. Jemanden, der mit Hans-Jürgen befreundet war, wollte sie nicht näher kennenlernen.

„Es ist eine Schande, dass es solange dauerte, bis ich die schönste Frau des Abends bemerkt habe", konterte Werner. „Leider verwehrt sie mir das Vergnügen eines Tanzes."

„Die kann nicht tanzen", mischte sich Angela hämisch ein. Maries Schönheit war ihr ein Dorn im Auge. „Sie ist ein Flüchtlingsmädchen aus Oberschlesien. Statt zu tanzen, musste sie Ställe ausmisten."

„Das sieht man den zarten Händen nicht an", bemerkte Werner und zwinkerte Marie zu.

Die freundliche Geste und die netten Worte wärmten ihr Herz.

„Darf ich Ihnen ein weiteres Glas Wein ausgeben?", erkundigte er sich höflich, auf das von Marie halb geleerte Glas deutend.

Sie zögerte kurz, rang sich ein Lächeln ab und nickte schließlich zustimmend.

Der Abend verging wie im Flug. Viel zu früh musste Hans-Jürgen die zwei Frauen zurück ins Mutter-Kind-Heim bringen.

„Ich komm gleich wieder, Werner", sagte er augenzwinkernd. „Hast du Lust auf eine Partie Skat?"

„Wenn du dich traust, mit mir zu spielen…", feixte der Angesprochene und nahm einen großen Schluck Bier. Seine Wangen waren bereits vom Alkohol gerötet, und er roch leicht nach Schweiß, als er Marie zum Abschied die Hand reichte. „Ich werde Sie Mittwoch nach der Arbeit zum Spaziergang abholen, Marie."

Diese warf einen verärgerten Blick auf Angela und Hans-Jürgen, die kicherten und miteinander flüsterten.

„Marie, ich bin sehr enttäuscht von dir", sagte Schwester Magdalena ernst. Sie hatte die junge Frau und die mittlerweile elf Monate alte Gitte zu sich ins Büro bestellt. Das kleine Mädchen saß glucksend auf dem Schoß der Mutter. Im Zimmer war das Licht gedimmt, und Marie hörte durch das kleine Fenster den Sturm toben. Der Oktober zeigte sich 1951 grau, kalt und regnerisch. „Dieser Mann, der dich immer abholt, hat dich geschwängert. Ich kenne die Anzeichen und weiß, dass die Wölbung deines Bauchs keine Auswirkung einer veränderten Ernährung ist. Willst du für immer bei uns bleiben? Gerade ist Gitte auf der Welt, haben wir euch Unterkunft gewährt, so hurst du erneut durch die Gegend. Wir sind ein christliches Haus. Ich habe dir mein Vertrauen geschenkt, und du hast es missbraucht."

„Werner liebt mich, Schwester Magdalena", entgegnete Marie zaghaft, zart den Kopf der kleinen Gitte streichelnd. „Er wird mich heiraten, sobald ich volljährig bin. Gitte liebt er bereits jetzt wie sein eigenes Kind."

„Soweit mir bekannt ist, hat er die Kleine in den fünf Monaten eurer Bekanntschaft lediglich viermal mit auf einen Ausflug genommen. Ansonsten hat er die Zeit mit dir anscheinend für zweisame Schäferstündchen genutzt." Schwester Magdalena stützte die Ellbogen auf den Tisch und faltete die Hände. „Ihr müsst heiraten, bevor das Ungeborene zur Welt kommt. Möchtest du wieder in Schande gebären?"

„In zwei Monaten werde ich einundzwanzig und Werner heiraten", erklärte Marie. „Gitte und ich werden zu ihm ziehen. In der Wohnung über ihm lebt seine

Mutter. Schwester Magdalena, alles wird wunderbar. Es gibt wieder Hoffnung für Gitte und mich."

„Auch wenn du mich enttäuscht hast, wünsche ich dir von Herzen alles Gute und Gottes Segen", sagte die Ordensfrau seufzend. „Der Kuppelei kann uns gewiss niemand bezichtigen. Nicht in unserem Haus hast du Unzucht betrieben. Wir können nicht jedes Mädchen ständig überwachen, das hier bei uns Hilfe und Nächstenliebe in Anspruch nimmt."

Ohnmacht
Januar 1952 - Oktober 1953

Marie war trunken vor Glück, als Werner sie über die Schwelle trug. Sogar Gittes Schreie hinter ihrem Rücken störten sie nicht. Sie spürte einen Tritt im Unterleib und lächelte beseelt. In ihrem Inneren reifte Wernes Kind heran, ihr gemeinsames Kind.

„Ruhig, Gittchen", hörte sie Werners Mutter mit sanfter Stimme sagen. Frieda Roth war bereits vierunddreißig Jahre alt gewesen, als ihr Sohn das Licht der Welt erblickt hatte. Werner war das Nesthäkchen der Familie und lebte als einziger der Geschwister im selben Haus wie die Mutter. Sein Vater war kurz vor Kriegsende an der Front gefallen.

„Mutter", sagte Werner, während er seine schwangere Frau behutsam auf dem Boden absetzte, „nimmst du Gitte heute mit zu dir? Nur für die Hochzeitsnacht?"

„Schatz", mischte sich Marie ein. „Gitte war noch nie des Nachts von mir getrennt. Außerdem…", sie brach ab und errötete, „außerdem bin ich im siebten Monat, wir können nicht…"

Werner lachte lauthals. „Marie, mein Liebling. Vertraue mir. Unsere erste gemeinsame Nacht wirst du nie vergessen."

Die junge Frau warf einen verunsicherten Blick auf Frieda, die Gitte in ihren Armen wiegte.

„Zudem möchte ich nicht durch das Geplärre im Schlaf gestört werden", fügte Werner hinzu und fuhr sich mit den Fingern durch die kurzen, dunkelbraunen Haare.

„Ich kümmere mich um die Kleine", entschied Frieda resolut. „Auf dem Küchentisch findet ihr Kartoffelsalat mit Würstchen, Toast Hawai und kalten Hund."

„Sie essen nicht mit uns zu Abend?", wunderte sich Marie. Sie machte einige unsichere Schritte auf die ältere Frau zu und streckte die Arme aus. „Geben Sie mir bitte Gitte, nur für einen Moment."

„Kind, ich heiße Frieda, aber du darfst Mutter zu mir sagen." Die kräftige Frau mit dem dunklen, lockigen Haar übergab das Mädchen ihrer Mutter, und das Geschrei hörte auf. „Es ist bereits siebzehn Uhr, und ich gehe zeitig zu Bett. Ich nehme mir etwas von dem Salat mit nach oben. Morgen brauchst du nicht kochen. Wir können die Reste essen."

„Frau Roth, ich meine Mutter", erwiderte Marie verlegen, ihrer Tochter einen Kuss auf die Stirn drückend, „daheim in Oberschlesien kochte meist die Mutter, viel Erfahrung habe ich nicht."

„Du kannst nicht kochen?", wollte Werner entsetzt wissen. „Und jetzt lass ab von dem Kind. Heute ist unser Tag."

Widerwillig kam Marie der Aufforderung nach. „Ich weiß, wie Mutter und Klara die Speisen zubereitet haben. Es wird mir schon gelingen, die Gerichte zu kochen."

„Mach dir keine Sorgen", beruhigte Frieda die junge Frau in ihrem schwarzen Kleid. In der Kirche hatte sie ihr leidgetan, weil jeder sehen konnte, dass Marie nicht jungfräulich in die Ehe gegangen war. Außerdem hatten sie an einem Samstagnachmittag heiraten müssen, weil der Sonntag heilig war. Zwar waren die Leute in der Stadt nicht so streng wie die Landbevölkerung, doch der hiesige Pastor war konservativ. „Ich werde dir alles beibringen, was du im Haushalt wissen musst."

„Jetzt reicht es mir", schrie Werner erbost. Grob packte er die fast dreijährige Gitte an den Trägern ihrer Latzhose und zog sie vom Laufstall weg. Er hob das strampelnde Mädchen in die Höhe und schlug ihr fest auf den Hintern. Augenblicklich fing Gitte an zu schreien.

„Werner, was machst du? Du tust Gitte weh!", rief Marie mit Tränen in den Augen.

„Kümmere dich um deine andere Tochter. Dieses Teufelskind hat unserer Karin mit einem Bauklotz auf den Kopf geschlagen. Sie blutet", keifte Werner weiter. Sein Gesicht war vor Zorn rot angelaufen.

„Was ist hier los?", hörte das Ehepaar plötzlich Friedas Stimme. Ohne anzuklopfen hatte sie die Wohnung betreten.

„Das geht dich gar nichts an", brüllte Werner. „Hier, nimm die Göre mit in deine Wohnung und verschwinde." Er ließ die weinende Gitte auf den Boden fallen und gab seiner Mutter einen Schubs.

Marie stand schockstarr vor dem Laufstall, in dem sich ihre jüngste Tochter die Seele aus dem Leib schrie. Mit geballten Fäusten kam Werner auf sie zu. Einen kurzen Moment lang befürchtete sie, er würde zuschlagen, doch er sagte nur mit bitterböser Stimme: „Hole Karin ein Pflaster. Ich werde in die Kneipe gehen und mich abreagieren. Wir müssen uns später über Gitte unterhalten."

Zitternd beobachtete Marie die Wohnungstür. Es war fast zwanzig Uhr, und ihr Mann ließ auf sich warten. Sie traute sich nicht, erneut zu ihrer Schwiegermutter zu gehen. Werner hatte sich nach der Eheschließung mehr und mehr als Choleriker offenbart. Sie fürchtete seinen Wutausbruch, würde er merken, dass sie mit Frieda ängstlich über ihn gesprochen hatte. Zu ihrer grenzenlosen Erleichterung war Ruhe im Haus eingekehrt, und ihre Mädchen schliefen: Gitte in der Obhut der Schwiegermutter, Karin im Kinderbettchen im ehelichen Schlafzimmer. Marie hatte das Licht nicht eingeschaltet, flackernde Kerzen erhellten das Wohnzimmer. Der Oktober 1953 zeigte sich golden. Frische Herbstluft drang durch die halbgeöffneten Fenster. Einerseits hoffte sie auf Werners baldige Rückkehr, weil dieser am nächsten Tag zur Arbeit musste, andererseits befürchtete sie, dass der Alkoholgenuss seinen Zorn noch verstärkt haben könnte. Sie griff nach der Mischung aus Orangensaft und Eierlikör, ein Getränk, das bei den Damen zu dieser Zeit sehr beliebt war, und nahm einen kräftigen Schluck. Wärme breitete sich in ihrem Inneren aus, und das Zittern ebbte ab. Sie leerte das Glas und schenkte sich nach, im Nebel der Erinnerungen versinkend. Nach der Hochzeitsnacht, in der Werner trotz fortgeschrittener Schwangerschaft sein eheliches Recht gefordert hatte, waren die ersten Monate harmonisch verlaufen. Frieda hatte ihr beigebracht, was sie können musste, und Marie war in der Rolle der Hausfrau und Mutter aufgegangen. Gitte war ein temperamentvolles Kind, und Marie liebte sie von ganzem Herzen. Sie war glücklich, dass das Mädchen in Frieda Roth eine herzensgute Großmutter gefunden hatte. Nach anfänglichem Bedauern störte es sie bald nicht mehr, dass Gitte ihre Nächte in Friedas Wohnung verbrachte. Sie konnte verstehen, dass Werner nach einem langen Arbeitstag auf dem Bau am Abend und in der Nacht seine Frau für sich allein haben wollte. Sie hatte sich lediglich gefragt, was geschehen würde, wenn ihr gemeinsames Kind zur Welt käme. Schnell hatte sich nach Karins Geburt gezeigt, dass für Werners Kind nicht dasselbe galt wie für Gitte. Von Anfang an durfte Karin an den Abenden und Nächten in der elterlichen Wohnung bleiben. Friedas Bitte, ihr auch das zweite Enkelkind ab und an über Nacht zu lassen, um die Geschwister einander näher zu bringen, hatte Werner gnadenlos abgeschlagen.

Das Geräusch des sich im Schloss drehenden Schlüssels riss sie aus ihren Überlegungen.

„Hol Mutter runter", sagte Werner statt einer Begrüßung. „Aber das Balg bleibt oben."

Marie traute sich nicht zu widersprechen, und sie befolgte augenblicklich seinen Befehl.

„Wenn du Gitte nicht abgibst, werde ich dich verlassen und dir Karin wegnehmen", stellte Werner sachlich fest.

„Kein Gericht wird dir das Sorgerecht zusprechen. Du bist nicht erwerbstätig, hast keine Wohnung und ein außereheliches Kind. Gitte wird man dir abnehmen, so oder so. Du kannst dir aussuchen, ob du nur sie oder gleich beide Kinder verlieren möchtest."

„Ich werde um Gitte und Karin kämpfen", schrie Marie unter Tränen.

„Werner, komm zu dir. Du bist betrunken", mischte sich Frieda in den Streit ein.

„Ihr wisst genau, dass ihr als Frauen nicht gegen mich ankommt", sagte Werner. Er stand auf, schwankte leicht und knöpfte sein Hemd auf. „Jetzt gehen wir ins Bett, Marie. Du willst mehrere Kinder? Die sollst du bekommen - von mir."

„Frieda, hilf mir", flehte Marie.

„Ich werde den Leuten der Fürsorge schon erklären, was für eine Mutter du bist, dass du zweimal unverheiratet empfangen hast und ich dich aus Mitgefühl und Anstand zur Frau genommen habe", sagte Werner mit zusammengekniffenen Augen.

„Ich werde Gitte adoptieren." Frieda stand auf, ging zu ihrem Sohn und schüttelte seine Schultern.

„Mutter, du wirst sechzig", entgegnete Werner böse und stieß Frieda von sich. „Dir vertraut man gewiss kein Kleinkind an, dessen Mutter ein Stockwerk tiefer lebt. Ich möchte nichts mehr hören. Morgen wird Marie Gitte zur Fürsorge bringen und zur Adoption freigeben."

Unter Zwang

Abgeschnitten, weggenommen –
das Kostbarste, was je bekommen,
wurde mit Gewalt entrissen.
Oh, wie schwer wiegt mein Gewissen.

Ein kurzes „Ja", die Unterschrift;
der Schmerz mich wie ein Messer trifft.
Durch Zwang ich Dich einst weggeben.
Die Dunkelheit musst´ ich durchleben.

Vielleicht, mein Kind, verzeihst Du mir.
All mein Fühlen ist bei Dir.

Claus Wallbaum 2019

Sonne, komm bald wieder
März 1954 - April 1957

„Wieso möchten Sie ein Kind adoptieren?", wollte Schwester Belen wissen.

„Müssen wir darüber sprechen?", stellte der große Mann Anfang dreißig die Gegenfrage.

Irritiert zog die spanische Ordensschwester die Augenbrauen hoch. „Spätestens der Dame von der Fürsorge werden Sie diese und noch mehr Fragen beantworten müssen. Ich werde Ihnen kein Kind vorstellen, wenn ich nicht über den Grund Ihres Interesses informiert bin. Hier geht es um kleine Menschen. Wir sind nicht im Tierheim."

„Schwester Belen, sehen Sie meinem Mann seine Unhöflichkeit nach, es ist nicht leicht für ihn, dass er nicht…" Die vollschlanke Frau mit den in kunstvolle Wellen gelegten, mittelblonden Haaren brach ab.

„Dass er zeugungsunfähig ist, wollten Sie sagen", ergänzte Schwester Belen den unvollständigen Satz, und die Frau nickte. „Wären Sie so freundlich, mir Ihre Namen zu verraten?" Die Nonne beobachtete das Paar mit Argusaugen. Ihre Erfahrung und ihr Instinkt verrieten ihr, dass der Kinderwunsch in erster Linie von der Frau ausging. Aber das hatte nichts zu bedeuten.

„Herr und Frau Wagner", antwortete der Mann und zog ein Stofftaschentuch aus der Hosentasche. Umständlich putzte er sich die Nase.

„Wissen Sie, Schwester Belen, wir sehnen uns sehr nach einem Kind. Es wird gewiss ein Mädchen geben, dem wir eine Perspektive bieten können", machte sich Frau

36

Wagner bemerkbar. Sie hatte roten Lippenstift aufgetragen und ihre vollen Wangen dezent mit Rouge betont.

„Folgen Sie mir. Die Kinder sind bei dem schönen Wetter draußen auf dem Spielplatz." Schwester Belen erhob sich und ging zur Tür. Das katholische Kinderheim St. Michael wurde von einem spanischen Orden geleitet. Das große Gebäude an der Uellendahler Straße war auf eine Anhöhe gebaut. Verließen die Besucher es durch die Hintertür, gelangten sie zu einem weitläufigen Spielgelände für die Kinder. Der März im Jahr 1954 präsentierte sich wechselhaft, jedoch lag am heutigen Tag ein Hauch von Frühling in der Luft. Schwester Belen wusste, wohin sie die Eheleute Wagner führen würde.

„Gitte", rief sie zu dem kleinen, blonden Mädchen, das auf einer der fünf Schaukeln saß. „Du hast Besuch."

Die Dreieinhalbjährige hielt in der Bewegung inne, überlegte einen winzigen Moment und kam schließlich auf die drei zu. Wortlos streckte sie die Hand aus und lächelte, ganz so, wie es ihr beigebracht worden war und sie es bereits des Öfteren gemacht hatte.

Schwester Belens Augenmerk war auf das Ehepaar gerichtet. Sie beobachtete den Glanz in Frau Wagners Augen, als diese sich dem Mädchen vorstellte. Zu ihrer Erleichterung schien auch Herr Wagner dem Charme des hübschen Kindes zu erliegen. Plötzlich geschah etwas Unerwartetes: Marita, ein dunkelhäutiges Kind mit vielen weißen Pigmentflecken, sprang von ihrer Schaukel und lief zu den Wagners hin. Auch sie streckte dem Ehepaar die Hand entgegen und lächelte hoffnungsvoll. Das Leben hatte die Ordensfrau gelehrt, dass das Äußere der Waisenkinder bei der Vermittlung eine große Rolle spielte. Sie seufzte kurz, straffte die Schultern und sagte: „Komm, Marita geh wieder mit den anderen Kindern spielen. Gitte wird einen kurzen Spaziergang machen."

„Sonne, komm bald wieder", sagte Charlotte Wagner nachdenklich. „Das waren Gittes einzigen Worte." Sie saß neben ihrem Mann auf der Wohnzimmercouch und nippte an einem Glas Weißwein. Gedankenverloren blickte sie sich um. Die Wohnung in der Arnoldstraße im Wuppertaler Stadtteil Wichlinghausen war großzügig geschnitten und bot Platz für eine Kinderspielecke. „Schau, Karl", fuhr Charlotte fort, „neben dem Schrank stellen wir ihr einen Einkaufsladen hin und eine Kommode für Spielzeug."

„Wollen wir uns nicht zusätzlich in anderen Kinderheimen umsehen?", brummte Karl. „Das Kind kann kaum sprechen."

„Sie ist noch keine vier Jahre alt", bemerkte Charlotte, ihrem Mann einen beunruhigten Blick zuwerfend. Gitte hatte am Nachmittag ihr Herz im Sturm erobert. „Du weißt doch, wie das in den Kinderheimen aussieht. Die Nonnen haben keine Zeit, sich um jedes einzelne Kind wie eine Mutter zu kümmern. Mir hat das Herz geblutet, als Schwester Belen uns den Saal gezeigt hat, in dem unsere Gitte schlafen muss. Ein Bettchen reiht sich ans andere, schrecklich. Karl, zweifelst du etwa? Wir nehmen die Kleine zur Pflege und entscheiden später, ob wir sie adoptieren."

„Ich kann dir deinen Herzenswunsch nicht abschlagen", erwiderte Karl nach einer Weile. „Morgen machst du einen Termin mit Frau Müller von der Fürsorge, und dann sehen wir weiter."

„Es ist eine traurige Geschichte, die Schwester Belen uns erzählt hat." Charlottes Augen füllten sich mit Tränen.

„Ach, Charlotte, du wirst jetzt nicht weinen", sagte Karl kopfschüttelnd, seiner Frau ein Stofftaschentuch reichend. „Wir nehmen die Kleine. Mache dir keine Sorgen."

„Gittes Mutter hat ihre Tochter schweren Herzens abgegeben", fuhr Charlotte fort und tupfte sich mit dem Tuch die Augen trocken.

„Wer weiß, ob das stimmt", warf Karl schulterzuckend ein. „Hast du den Brief der Mutter gelesen, den Frau Müller von der Fürsorge dieser Ordensfrau überreicht hat?"

„Nein, aber eine Nonne wird nicht lügen", erwiderte Charlotte bestimmt. Ihre Wangen waren vom Wein und von der Diskussion glühend heiß. „Diese Frau, Gittes leibliche Mutter, wollte ihr Kind davor bewahren, ein Leben lang zu spüren, nicht erwünscht zu sein. Sie wollte kein Aschenputtel-Dasein für ihr Mädchen."

„Ich möchte von der Frau nichts wissen. Anscheinend sieht sie in regelmäßigen Abständen im Heim nach Gitte. Sie darf nicht erfahren, wo Gitte zur Pflege hinkommen wird. Ich möchte keine Schnüfflerin vor unserer Haustür." Karl erhob sich, gähnte und sagte: „Ich geh zu Bett. Morgen wartet ein harter Arbeitstag auf mich."

Zitternd stand Gitte hinter der geschlossenen Wohnzimmertür, die kleinen Hände zu Fäusten geballt. Der Abschied von den Nonnen und den anderen Kindern war ihr schwer gefallen. Unterschwellig war ihr bewusst, dass es ein Grund zur Freude sein sollte, das Kinderheim verlassen zu dürfen. Doch in der ersten Nacht im Schlafzimmer des fremden Ehepaars hatte sie tapfer die Tränen des Abschiedsschmerzes unterdrückt. Die Frau, die wollte, dass Gitte Mutti zu ihr sagte, hatte verschleierte Erinnerungen an eine andere Frau in ihr geweckt.

Die Wohnzimmertür öffnete sich, und die Frau lächelte sie an. „Papa und ich haben etwas Feines für dich zu Ostern."

Zögerlich ließ Gitte zu, dass die Frau ihre Fäuste öffnete und ihre Hand nahm. Gemeinsam traten sie ins Wohnzimmer. Es dauerte nur wenige Sekunden, bis Gitte den Stoff-Osterhasen entdeckte. Er war fast so groß wie sie, dunkelbraun und mit einer roten Schleife geschmückt.

Erwartungsvoll blickten Charlotte und Karl auf das Mädchen. Dieses löste sich langsam aus der Starre und begann, mit voller Kraft zu schreien. Sie drehte sich um und rannte durch den Flur zurück ins Schlafzimmer.

„Was ist jetzt los?", fragte Karl verständnislos.

„Ich gehe ihr nach", antwortete Charlotte und schüttelte ungläubig den Kopf. „Ich fürchte, Gitte ängstigt sich vor dem Stofftier. Wer weiß, was sie erlebt hat."

„Das Kind muss unbedingt zur Sprachschule", verkündete Gerda Müller streng. Die ältere Dame von der Fürsorge mit dem grauen Dutt auf dem Hinterkopf war zum wiederholten Male bei den Wagners erschienen, um die Lebenssituation der Familie zu begutachten. Zunächst war sie skeptisch gewesen, ob das Einkommen des Mannes genügen würde, um ein Kind großzuziehen und zu ernähren. Doch zu ihrer Erleichterung hatte sich

herausgestellt, dass dieser fleißig war und in einer Metall-
fabrik auf Akkord arbeitete. Zudem waren zu dieser Zeit
wesentlich mehr Kinder verwaist, als es Pflegestellen gab.
Sie würde den Wagners eine Chance geben müssen. Das
Ehepaar zeigte sich religiös, war Mitglied in der Evange-
lisch- Methodistischen Gemeinde. Gitte saß schweigend
und schüchtern auf Charlotte Wagners Schoß.

„Komm einmal zu mir, Kind." Frau Müller nickte ihr
huldvoll zu, und Gitte rutschte zögerlich vom Schoß der
Pflegemutter. Es war Ende Juni, und sie hatte sich gut
in der Arnoldstraße eingelebt. Doch fremden Menschen
gegenüber verhielt sie sich misstrauisch.

„Reich mir deine Hände", forderte Gerda Müller das
Kind auf.

Aber Gitte schüttelte den Kopf und versteckte die geballten Fäuste hinter ihrem Rücken.

„Ich werde dir nicht weh tun, hab keine Angst." Die
Frau von der Fürsorge griff behutsam nach Gittes Un-
terarmen und zog sie nach vorne. „Du hast saubere Fingernägel, bist ein gutes Mädchen. Geh wieder zurück
zu deiner Mutter. Frau Wagner, ich mache Ihnen ein
Angebot. Hier ganz in der Nähe gibt es einen Kindergarten. Ich werde dort einen Platz für Gitte beantragen.
Die Gesellschaft anderer Kinder wird ihrem Wortschatz
guttun, und sie wird lernen, nicht mehr vor allem Angst
zu haben."

„Freust du dich auf die Schule?", erkundigte sich Gerda
Müller freundlich bei der gerade sechs Jahre alt gewor-
denen Gitte. Zufrieden registrierte sie die vollen, rosigen
Wangen des munteren Mädchens.

„Und wie, Frau Müller", antwortete Gitte strahlend. Zwei Monate musste sie noch warten, bis nach Ostern endlich ihr erstes Schuljahr beginnen würde. „Mutti und Papa haben mir eine große Schultüte versprochen."

„Deine Mutti und dein Papa sind sehr gut zu dir, nicht wahr?", fragte Gerda Müller behutsam nach. In den zwei Jahren, die das Kind bisher bei den Wagners verbracht hatte, schien jede Erinnerung an Gittes erste Lebensjahre verschwunden zu sein.

„Ja, Mamas und Papas sind immer gut zu ihren Kindern", erwiderte Gitte nickend und blickte Gerda Müller aus großen Augen an, graugrün und klar wie die der leiblichen Mutter. Gerda Müller erinnerte sich nur zu gut an den Tag, als Marie Roth mit dem kleinen Kind bei der Fürsorge erschienen war. Den Schmerz in den Augen der jungen Frau würde sie nie vergessen.

„Du kannst sehr gut sprechen, Gitte", stellte sie anerkennend fest. „Hast du viele Freundinnen im Kindergarten?"

„Ja." Gitte strahlte, und ihre blonden Zöpfe wippten hin und her.

Charlotte Wagner beobachtete das Gespräch mit Argusaugen, und ihr Herz schlug vor Aufregung Purzelbäume. Bei diesem letzten Besuch der strengen Frau von der Fürsorge ging es um alles. Nur Gerda Müller konnte die Erlaubnis zur endgültigen Adoption erteilen. Gestern hatte Charlotte bis spät in der Nacht mit ihrem Mann diskutiert, der das Mädchen zwar ins Herz geschlossen hatte, jedoch den Verlust der Freiheit bemängelte. Charlotte war froh, dass Karl während dieses wichtigen Gesprächs in der Metallfirma arbeitete.

„Warum wollen Sie das eigentlich wissen?", fragte Gitte plötzlich.

„Gitte, du weißt doch, dass Frau Müller unsere Freundin ist", warf Charlotte rasch ein.

„Freunde spielen miteinander und lachen gemeinsam. Frau Müller fragt immer nur, wie es mir geht und was Papa auf der Arbeit erlebt. Das ist komisch", stellte Gitte fest. Sie ging zu ihrem Kinder-Kaufladen neben dem Wohnzimmerschrank. „Möchten Sie etwas kaufen, Frau Müller? Hier gibt es die Butter im Angebot. Mama achtet immer auf den Preis. Also biete ich meinen Kunden preiswerte Butter an."

„Dein Wortschatz ist ganz beachtlich, die Sprachschule und der Kindergarten haben ganze Arbeit geleistet", erklärte Gerda Müller, und ein Lächeln schlich sich auf das ansonsten ernste Gesicht.

Charlotte atmete auf. Die Dinge schienen sich zu ihren Gunsten zu entwickeln.

Und so war es. Kurz vor ihrer Einschulung in die Volksschule an der Germanenstraße Mitte April 1957 wurde Gitte Ansorge von Charlotte und Karl Wagner adoptiert.

Mutterschaft
Mai 1960

Fröhlich vor sich hinsingend, lief Gitte durch den Sonnenschein, Hand in Hand mit ihrer besten Freundin Melanie. Die zwei neunjährigen Mädchen waren auf dem Weg, um ihren Impfschutz auffrischen zu lassen.

Ihr Ziel war die Praxis des Internisten Dr. Max in der Gernotstraße, unweit von der Arnoldstraße entfernt.

„Hast du Angst vor der Spritze?", wollte Melanie wissen. Seit der Einschulung vor drei Jahren waren die zwei Mädchen ein Herz und eine Seele. Oft übernachtete das herzliche Mädchen mit den kurzen, schwarzen Haaren bei den Wagners. Sogar die Eltern der Schulkinder hatten sich miteinander angefreundet.

„Ist doch nur ein kleiner Nadelstich", antwortete Gitte gelassen. Sie hatten die Praxis erreicht und traten unbeschwert ein.

„Wer ist zuerst dran, Frau Goldmann?", erkundigte sich Gitte bei der Arzthelferin am Empfang.

Diese nahm die vor ihr auf dem Tresen liegenden Akten in die Hand, runzelte nachdenklich die Stirn und sagte schließlich: „Melanie, du darfst dich auf den Stuhl hinter dem Vorhang setzen. Du, Gitte, musst zuerst zum Doktor und einen Moment warten."

„Zum Doktor?", fragte Gitte erstaunt.

„Dr. Max muss bei dir eine Grundimmunisierung durchführen", informierte Frau Goldmann das überraschte Mädchen. „In zwei Monaten wirst du wiederkommen müssen."

„Was muss der Doktor bei mir machen und warum?", fragte Gitte verständnislos nach.

„Wir sind nicht sicher, ob du gegen Tetanus und Diphterie geimpft bist", gab Gaby Goldmann unbehaglich Auskunft.

„Aber Mama kommt mit mir seit meiner Geburt zu Ihnen, hat sie gesagt", entgegnete Gitte irritiert. „Sogar regelmäßig zum Zahnarzt muss ich."

„Einmal ist Gitte einfach spazieren gegangen, als sie zum Zahnarzt musste", sagte Melanie kichernd. „Das gab Ärger. Frau Wagner erfuhr erst davon, als sie selbst einen Zahn gezogen bekam."

Gitte knuffte die Freundin in die Seite. Wenn es etwas gab, wovor sie sich fürchtete, dann war es der Zahnarzt.

„So, junges Fräulein", Gaby Goldmann deutete auf den Vorhang, „auf geht's. Und Gitte darf jetzt zum Doktor ins zweite Behandlungszimmer. Dr. Max kommt in wenigen Minuten zu dir."

Gitte wartete bereits fünf Minuten. Ihre Augen wanderten durch das Behandlungszimmer, an dessen Wänden Bilder von der menschlichen Anatomie hingen. Schließlich blieb ihr Blick am Schreibtisch hängen, auf dem ihre aufgeschlagene Akte lag. Sie zögerte einen Moment, doch ihre Neugierde gewann die Oberhand. Rasch stand sie auf und ging zum Tisch.

„Gitte Wagner, geborene Ansorge", las sie laut vor. „Geborene Ansorge? Was ist das für ein Name? Den habe ich nie zuvor gehört."

Das Geräusch herannahender Schritte ließ sie zusammenzucken. Hastig machte sie sich auf den Weg zurück zu ihrem Stuhl.

„Und, hat's weh getan?", wollte Melanie wissen, als sie mit Gitte die Praxis verließ.

„Bisschen", murmelte Gitte.

„Frau Goldmann ist nett. Sie hat Scherze gemacht, und ich habe von der Spritze nichts gemerkt", plapperte Melanie unbeschwert drauf los. „Was machen wir gleich noch? Bei dem schönen Wetter könnten wir zum Spielplatz neben der Kirche gehen, was meinst du?"

„Melanie, ich habe zwei Nachnamen", sagte Gitte ernst. „Ich habe das auf meiner Akte gelesen."

Melanie stieg die Röte ins Gesicht.

„Warum sagst du dazu nichts?", fragte Gitte überrascht. „Ich heiße Gitte Wagner, geborene Ansorge."

Die Freundin schwieg beharrlich weiter.

„Ich darf nichts sagen", stellte sie nach einer Weile betreten fest.

„Wie, du darfst nichts sagen?" Gitte blieb stehen und fasste Melanie an den Schultern. Sie blickte ihr direkt in die dunklen Augen. „Was darfst du nicht sagen?"

„Deine Eltern haben dich erst vor drei Jahren adoptiert. Deine Mutter hatte dich ins Kinderheim gegeben. Ich habe meinen Eltern versprechen müssen, es dir nicht zu verraten. Deine Mama hätte es dir gewiss bald erzählt." Melanie blickte verlegen zu Boden.

„Ich bin doch nicht erst seit drei Jahren bei meinen Eltern", bemerkte Gitte. „Irgendetwas stimmt hier nicht."

„Vorher warst du ein Pflegekind. Ein Kind auf Probe eben", erklärte Melanie, die ihren Blick weiter auf ihre Sandalen gerichtet hielt.

„Ein Kind auf Probe", wiederholte Gitte erschrocken. „Aber Mutti und Papa lieben mich. Ich bin nicht mehr auf Probe."

„Ich gehe nach Hause. Sprich mit deiner Mama darüber." Melanie drehte sich von Gitte weg und rannte los.

„Wie war es bei Dr. Max", fragte Charlotte gut gelaunt. Sie hatte für Gitte und sich Krapfen gebacken.

„Wer weiß es sonst noch alles?" Gitte sah ihre Mutter vorwurfsvoll an.

„Wer soll was wissen?", erkundigte sich Charlotte überrascht.

„Na das, was sogar Melanie und ihre Eltern wissen", antwortete Gitte ernst.

Langsam beschlich Charlotte ein ungutes Gefühl. Seit Wochen stritt sie mit Karl darüber, ob sie der Tochter die Wahrheit sagen sollten. Karl war dafür gewesen, besonders deswegen, weil es diese irrtümlich von der Fürsorge fehlgeleiteten Briefe gab. Doch sie selbst hatte sich vor Gittes Reaktion gefürchtet und das Gespräch mit der Tochter immer wieder hinausgezögert.

„Setz dich zu mir, mein Schatz", sagte sie nach kurzer Überlegung. Sie wusste, dass der Augenblick der Wahrheit gekommen war. Schließlich begann sie zu erzählen.

Geburtstage
November 1962 - November 1965

„Mir ist kalt, Mama", jammerte Karin Roth, während sie in Begleitung ihrer Mutter aus dem Bus ausstieg. „Warum müssen wir jedes Jahr im November zur Arnoldstraße fahren?"

Es dunkelte bereits, als Marie Roth mit ihrer Tochter zurück zu der Wohnung in der Lothringer Straße ging. Der November im Jahr 1962 war regnerisch und kalt, und die Feuchtigkeit kroch ihnen unter die Kleidung.

„Wer ist dieses Mädchen, das du immer sehen möchtest und mit dem du niemals sprichst? Und gleich wird

Papa wieder mit uns schimpfen. Ich mag das nicht." Die zehnjährige Karin blickte ihre Mutter aus graugrünen, fragenden Augen an.

Mit aller Kraft versuchte Marie, die aufsteigenden Tränen zu unterdrücken, doch es gelang ihr nicht.

„Liebe Mama, weine doch nicht." Unglücklich umarmte Karin die Mutter. „Wir müssen schnell zu Joachim. Wenn Papa merkt, dass wir ihn drei Stunden allein gelassen haben, wird er toben."

„Du hast recht, mein Schatz", erwiderte Marie, löste Karins Arme von ihrer Hüfte und griff nach Haustürschlüssel und Taschentuch. „Es ist erst halb sechs. Werner bleibt gewiss noch eine Stunde in der Kneipe." Sie wischte sich mit dem Tuch über die Augen und öffnete die Haustür.

„In unserer Wohnung brennt Licht, Mama", stellte Karin fest und betrat nach der Mutter das Treppenhaus. „Hast du es für Joachim angelassen?"

Mit gummiweichen Knien stieg Marie die Treppenstufen hoch. Ihre Finger zitterten stark, sodass es ihr nur mit Mühe gelang, die Wohnungstür aufzuschließen. Werner erwartete sie bereits im Eingangsbereich, die Wangen rot vom Alkoholgenuss.

„Warum musste Karin mit?", fragte er böse. In den Jahren nach der Hochzeit hatte er immer mehr dem Alkohol zugesprochen, sein Gesicht war aufgedunsen und sein Körper weich geworden. An jedem Geburtstag der ersten Tochter seiner Frau verweilte er noch länger in der Kneipe als sonst. „Reicht es nicht, dass du mich blamierst, indem du Gitte auflauerst? Meinst du nicht, dass die Nachbarn sich ihren Teil denken, wenn du je-

des Jahr nach Wichlinghausen fährst? Verfluchte Briefe."
Er deutete mit der Hand auf Karin. „Geh zu Joachim
ins Kinderzimmer und kümmere dich um deinen Bruder. Er war lange genug allein." Er wandte sein Augenmerk wieder seiner Frau zu. „Und du komm mit mir ins
Wohnzimmer. Hättest du nicht wenigstens Karin bei
Joachim lassen können? Du Rabenmutter lässt deinen
kleinen Sohn allein, um einen Blick auf dieses Mädchen
zu erhaschen. Vergiss sie endlich."

Marie liefen die Tränen in Strömen über die Wangen,
als Werner sie grob am Arm ins Wohnzimmer zog.

„Hör auf zu flennen", sagte er, und Marie roch den
Schnaps in seinem Atem. „Karin ist mittlerweile zehn
Jahre alt. Irgendwann wird sie verstehen, warum du jedes Jahr am selben Tag mit ihr nach Wichlinghausen
fährst. Möchtest du mir das antun, dass sie fragt, warum
du Gitte abgegeben hast? Glaube mir, ich werde dir die
Schuld dafür in die Schuhe schieben, sollte sie von mir
die Wahrheit wissen wollen."

Gitte schoss das Blut in die Wangen, als sie Toms Paket
öffnete. Eigentlich war es nichts Besonderes, dass Me-
lanies drei Jahre älterer Bruder ihr etwas zum zwölften
Geburtstag schenkte. Die Geschwister wohnten in der
Eintrachtstraße, ganz in der Nähe der Wagners. Oft
hatten sie zusammen auf der Straße gespielt, und Gitte
war mit Familie Marek an den Beyenburger Stausee gefahren. Der Vater der Geschwister war im Angelverein,
und Gitte liebte diese regelmäßigen Picknick-Ausflüge
zum See. Doch seit dem vergangenen Sommer hatte sich
etwas an Gittes Verhältnis zu Tom verändert. Der sport-

liche Fünfzehnjährige sorgte für die ersten Schmetterlinge in Gittes Bauch. Er besaß dieselben dunklen Haare und Augen wie seine Schwester, und seine Stimme war schon die eines Mannes. Er war früh in den Stimmbruch gekommen.

„Was ist, Gitte?", wollte er ungeduldig wissen. „Gefällt sie dir nicht?"

„Doch, doch", stammelte das Mädchen. Sie hatte sich für den Tag fein gemacht, trug ein fliederfarbenes Kleid und ein farblich darauf abgestimmtes Tuch, das ihre langen, blonden Haare aus der Stirn hielt.

„Großartig", schrie Melanie begeistert. „Schau nur, Mama, was Tom Gitte geschenkt hat."

Angela Marek lachte zufrieden. Sie selbst war gespannt gewesen, wofür ihr Sohn sein Taschengeld gespart hatte.

„Sie sieht aus wie du, Gitte, und was hat sie für einen schönen Strohhut auf", sagte Melanie weiter und hüpfte vor Aufregung auf und ab. „Jetzt hast du auch ein Kind, das dir ähnelt. Das wolltest du doch immer."

Melanie Marek war seit drei Jahren stolze Besitzerin einer dunkelhaarigen Puppe, die sie liebevoll Mariechen nannte. Gittes Puppe war eine Schildkröt-Puppe, die zwar mit den Wimpern klimpern konnte, jedoch keine Haare auf dem Kopf hatte. Jetzt hatte Tom der besten Freundin seiner Schwester ihren Herzenswunsch erfüllt. Das dachte er zumindest. In Wahrheit brach es Gitte das Herz, dass er in ihr immer noch ein Kind sah.

„Wie wirst du sie nennen?", fragte Melanie und klatschte in die Hände. „Gretchen? Mariechen und Gretchen, das klingt toll, nicht wahr?"

Gitte gab sich alle Mühe, ihre Enttäuschung zu verbergen. Sie hatte ein anderes Geschenk erwartet und keine Spielzeugpuppe.

„Danke, Tom, das ist wirklich lieb von dir", sagte sie und versuchte, begeistert zu klingen.

„Bekomme ich kein Küsschen?", fragte Tom grinsend.

„Gitte, bedank dich anständig", warf Charlotte Wagner ein. Sie war auf die Geburtstagsüberraschung vorbereitet gewesen, weil Tom sie eingeweiht hatte, um ein doppeltes Geschenk zu vermeiden.

Verlegen kam Gitte der Aufforderung ihrer Mutter nach, stellte sich auf die Zehenspitzen und hauchte Tom einen Kuss auf die Wange.

„Mama, ich möchte die Wahrheit wissen", forderte Karin Roth, die neben Marie in der Arnoldstraße stand und auf die Häuserfassaden starrte. „Sie kommt heute nicht mehr. Wir stehen bereits eine ganze Stunde in der Kälte. Gewiss ist die Familie verreist."

„Mitten im Winter?", antwortete Marie mit belegter Stimme. „Aber du hast recht, Liebes. Wir nehmen den nächsten Bus und fahren heim."

„Wer ist das Mädchen?", bohrte Karin weiter. „Ich bin zwölf Jahre alt, Mama. Wenn du mir nicht antwortest, frage ich Papa, warum er jedes Jahr an diesem Tag noch länger wegbleibt als sonst. Ich werde nie Bier trinken. Ich kann den Geruch nicht leiden, den Papa mitbringt, wenn er aus der Kneipe kommt."

„Karin, viele Männer gehen nach Feierabend in die Kneipe. Papa arbeitet hart auf dem Bau für uns, das weißt du", versuchte Marie halbherzig, ihren Mann zu verteidigen.

„Joachim macht das später bestimmt nicht", widersprach Karin. Sie war für ihr Alter sehr reif, wissbegierig und aufgeweckt.

„Joachim ist ein kleiner Junge und kein Mann", entgegnete Marie. „Der Bus kommt. Und damit ist das Thema für mich erledigt. Wenn du mit Papa reden möchtest, bitte. Aber dir muss bewusst sein, dass du mir damit schadest."

„Hoch soll sie leben, hoch soll sie leben, dreimal hoch", sangen die Geburtstagsgäste im Chor. Die Wagners hatten Angela und Hartmut Marek zu sich eingeladen, um Gittes vierzehnten Geburtstag zu feiern. Gitte ließ alles über sich ergehen, war sie doch unglücklich verliebt. Tom hatte seine Freundin Juliane ebenfalls zur Feier mitgebracht und gar mit ihr ein gemeinsames Geschenk für Gitte besorgt. Es war das beliebteste Gesellschaftsspiel zu dieser Zeit und hieß *Monopoly*.

„Ich danke euch allen", sagte Gitte heiser, die Fingernägel in die Handballen krallend.

„Das Buffet ist eröffnet", kündigte Charlotte fröhlich an und zeigte mit dem Finger auf den reichhaltig gedeckten Tisch. Es gab einen Käseigel, mit Thunfisch und Fleischsalat gefüllte Eier und Tomaten sowie verschiedene Salate.

Lustlos bediente sich Gitte, aus den Augenwinkeln verstohlen Tom und Juliane beobachtend. Ihre Augen wurden feucht, als sie sich an den wunderschönen letzten Sommer erinnerte. Melanie, Tom und sie waren im See geschwommen, hatten Boccia gespielt und in der Sonne gelegen. Tom hatte sie oft wie zufällig berührt, sie im

Wasser geneckt und auf die Schultern genommen. Einmal waren sie zu zweit hinausgeschwommen, und Gitte hatte einen Wadenkrampf bekommen. Wie sehr hatte sie es genossen, dass Tom sie in den Armen gehalten und ans Ufer gebracht hatte. Für einen winzigen Augenblick hatte sie geglaubt, er würde sie küssen. An diesem Tag war sie überglücklich gewesen, doch nur einen Monat später hatte Tom Melanie und ihr Juliane vorgestellt.

„Ist das Mädchen meine Schwester?", flüsterte Karin Roth, die Hand der Mutter haltend, die sich eng in den Hauseingang drückte.

„Sei ruhig", wisperte Marie. „Sie dürfen uns nicht hören."

Nachdenklich blickte Karin auf das blonde Mädchen im Teenageralter, das in Begleitung einer vollschlanken Frau mit kunstvoll in Wellen gelegten Haaren auf den Bürgersteig getreten war. Sie schienen in eine angeregte Unterhaltung vertieft zu sein, während sie gemächlich durch die kühle Winterluft schlenderten. Der November im Jahr 1965 zeigte sich sonnig, und die Stimmung der Menschen war gelöst.

„Ja, Karin, Gitte ist deine Schwester", gab Marie seufzend zu. „Komm schnell, wir gehen auf die andere Straßenseite und laufen ihnen nach."

„Warum lebt sie bei fremden Menschen?", wollte Karin leise wissen.

„Schau, sie betreten die Bäckerei, wollen gewiss Geburtstags-Torte kaufen", hauchte Marie aufgeregt.

„Wenn Papa merkt, dass wir Larissa allein zuhause gelassen haben, wird er toben. Lass uns heimfahren, du hast sie schließlich gesehen, Mama", bat Karin und griff nach Maries Hand.

„Larissa ist nicht allein. Joachim ist bei ihr und alt genug, um sich um das Baby zu kümmern", stellte Marie fest, kam aber seufzend Karins Bitte nach und wandte sich von der geschlossenen Tür der Bäckerei ab. „Wir gehen jetzt zur Bushaltestelle." Eine Weile liefen sie schweigend nebeneinander her. Endlich fasste sich Marie ein Herz. „Heute ist Gittes fünfzehnter Geburtstag."

„Warum lebt meine ältere Schwester nicht bei uns?", bohrte Karin weiter.

„Papa ist nicht ihr Vater", gab Marie widerwillig Auskunft.

„Und er weiß, dass wir im November immer zu ihr hinfahren und betrinkt sich deswegen?", hakte die intelligente Dreizehnjährige nach.

Marie seufzte schwer. „Er liebt euch Kinder sehr, doch Gitte konnte er nicht akzeptieren, nachdem sie dich als Kleinkind leicht verletzt hatte. Lass uns an einem anderen Tag weiterreden. Ich brauche meine Kraft für die Auseinandersetzung mit deinem Vater."

Gemeinde
August 1966 - Mai 1971

„Wie war das eigentlich damals, als ihr mich aus dem Kinderheim geholt habt? Nach welchen Kriterien habt ihr mich ausgesucht?" Die fünfzehnjährige Gitte war mit ihrer Mutter unterwegs zur Evangelisch-Methodistischen Gemeinde. Seit frühester Kindheit war Gitte dort Mitglied in der Jungschar gewesen und mittlerweile eine begeisterte Teilnehmerin des Jugendkreises. Heute würde eine Chorprobe für einen vom Jugendkreis gestalteten Gottesdienst stattfinden. Charlotte Wagner wollte bei der Probe anwesend sein und die Tochter beim Singen beobachten.

„Eine Ordensschwester führte uns auf den Spielplatz und direkt zu dir. Du hast unser Herz im Sturm erobert. Bei unserer ersten Begegnung sagtest du lediglich einen einzelnen Satz: *Sonne, komm bald wieder.* Du warst unsere Bestimmung, mein Schatz", erklärte Charlotte und spannte den Regenschirm auf. Zwar präsentierte sich der August im Jahr 1966 hochsommerlich heiß, doch an diesem Nachmittag nieselte es. Sie sorgte sich um ihre sorgfältig in Wellen gelegten Haare. „Hake dich bei mir unter, sonst wirst du nass."

„Das bisschen Regen stört mich nicht. Nach den heißen Tagen ist es eine Erfrischung", lehnte Gitte das Angebot ihrer Mutter ab. Äußerlich sah sie zwar schon wie eine junge Frau aus, doch sie hatte sich ihr unbekümmertes Wesen bewahrt. Dass ihre Eltern fleißig Geschirr, Bettwäsche und andere Haushaltsgegenstände für ihre Aussteuer sammelten, brachte sie regelmäßig zum Lachen. Manchmal scherzte sie und fragte, ob die Eltern genug von ihrer Adoptivtochter hätten und sie schnell verheiraten wollten.

„Du hast noch drei Geschwister", bemerkte Charlotte schließlich. „Die Familie deiner leiblichen Mutter lebt ganz in der Nähe deiner Haushaltsschule. Und zwar in der Lothringer Straße."

„Woher weißt du das?", fragte Gitte erstaunt nach.

„Bessere Eltern als euch hätte ich mir nicht wünschen können. Ich liebe euch sehr."

Charlotte wurde es warm ums Herz. Ein wenig plagte sie das schlechte Gewissen, hatte Karl doch am gestrigen Abend erneut von der Zeit gesprochen, wenn Gitte verheiratet und außer Haus sein würde. Sie wusste, ihr Mann würde seine zurückgewonnene Freiheit genießen, obwohl auch er seiner Adoptivtochter sehr zugetan war und ihr alles erdenklich Gute zukommen ließ.

„Frau Müller von der Fürsorge hat nach der Adoption die Briefe an mich und deine leibliche Mutter in die jeweils an die andere Frau adressierten Umschläge gesteckt. Daher kenne ich seit Langem ihren Namen. Sie lebt mit Mann und Kindern in einer Mietwohnung", stellte Charlotte fest. Sie blieb stehen, weil sie das Gemeindezentrum fast erreicht hatten und sie das Gespräch nicht unterbrechen mochte. „Ich musste etwas über sie erfahren, deswegen habe ich sie ab und an heimlich beobachtet. Gezeigt habe ich mich ihr natürlich nicht."

„Ich bin nicht neugierig auf sie", erwiderte Gitte und drückte ihrer Mutti einen Kuss auf die Wange. „Wer mich nicht wollte, den will ich auch nicht. Komm, wir gehen weiter. Ich freue mich auf die Chorprobe."

Wie in Trance schritt Jürgen Groß auf die Friedhofskapelle zu. Er spürte die Kälte und Nässe des ungemütlichen Oktobertags im Jahr 1970 nicht. Die Hände hatte er in seinen Hosentaschen vergraben und zu Fäusten geballt. Nur mit größter Willensanstrengung gelang es ihm, das Gebäude zu betreten, ohne zusammenzubrechen. Er nahm in der ersten Reihe der Kapelle des Schellenbecker Friedhofs Platz und versuchte krampfhaft, die aufsteigenden Tränen zu unterdrücken. Die Worte des Pastors seiner Gemeinde klangen wie Hohn in seinen Ohren. Schließlich begann der Kirchenchor zu singen:

So nimm denn meine Hände und führe mich bis an mein selig Ende und ewiglich. Ich mag allein nicht gehen, nicht einen Schritt:
Wo du wirst gehen und stehen,
da nimm mich mit.

In dein Erbarmen hülle mein schwaches Herz
Und mach es gänzlich stille in Freud und Schmerz.
Lass ruhn zu deinen Füßen dein armes Kind:
Es will die Augen schließen und glauben blind.

Die zweite Strophe des Trauerlieds *So nimm denn meine Hände* gab ihm den Rest. So jung noch war sie gewesen, seine geliebte Ehefrau Marlies, die Mutter seiner zwei kleinen Kinder. Er konnte noch immer nicht fassen, dass der Krebs sie innerhalb kürzester Zeit aus dem Leben gerissen hatte. Die Bilder der letzten Wochen stiegen in ihm auf, und die Chormitglieder der Evangelisch-Methodistischen Gemeinde verschwammen vor seinen Augen.

„Was ist mit dir los, Marlies? Seit wann bist du so ungeschickt? Das war unser bestes Porzellan", schimpfte Jürgen. *Seine Frau hatte beim Einräumen des Geschirrs bereits den zweiten Teller zu Boden fallen lassen.*

„Ich sehe irgendwie nicht richtig", erwiderte die Angesprochene.

„Mama, Markus weint", machte sich die fünfjährige Corinna bemerkbar.

Marlies Groß wandte ihr Augenmerk der Tochter zu, wollte zu ihr gehen und blieb plötzlich wie angewurzelt stehen.

„Jürgen, wir müssen sofort zum Augenarzt", flüsterte sie ängstlich. „Ich habe Angst davor, spontan zu erblinden."

„Wir fahren morgen in den Urlaub, kann das nicht drei Wochen warten?", fragte Jürgen verärgert. „Corinna, kümmere dich bitte um deinen Bruder."

„Du musst mich sofort zu Dr. Meier fahren. Das ist ein Notfall", blieb Marlies beharrlich.

Die Musik verstummte, und Jürgen zuckte zusammen, als der Pastor die Trauergäste aufforderte, ihm zum Grab zu folgen. Die Kapelle war bis zum letzten Platz besetzt. Fast die gesamten Gemeindemitglieder waren zur Beerdigung von Marlies Groß erschienen. Mit letzter Kraft rappelte er sich auf und schritt als Erster hinter den Sargträgern und dem Pfarrer her. Zu seinem Bedauern ertönte kein Glockengeläut, weil die Evangelisch-Methodistische Gemeinde nicht der Landeskirche angehörte. In Wuppertal war die Zionskirche durch das Bethesda Krankenhaus sehr präsent, trotzdem schwiegen die Glocken. Tapfer schritt er durch den grauen Oktobertag hin zur letzten Ruhestätte seiner Frau.

„Ihre Frau hat die Operation gut überstanden. Das Melanom ist weg", verkündete Dr. Lux zufrieden. „Ich habe großzügig Gewebe entfernt. Wenn die Wunde verheilt ist, wird ein Glasauge eingesetzt, das sich wie das gesunde bewegt."

„Wie wird es weitergehen?", erkundigte sich Jürgen besorgt.

„Wir werden untersuchen, ob und wie sehr der Krebs bereits gestreut hat", gab Dr. Lux bereitwillig Auskunft. „Anschließend werden wir weitere therapeutische Maßnahmen besprechen."

Laute Glockenschläge rissen Jürgen aus seinen Gedanken. Unwillkürlich blieb er stehen, und ein Raunen ging durch die Trauergesellschaft.

„Es ist zwölf Uhr, da läuten immer die Glocken", hörte er geflüsterte Worte hinter seinem Rücken. „Was für ein unheimlicher Zufall."

„Gerade jetzt, wo die Sargträger das Grab erreicht haben", sagte eine weitere Stimme.

„Hört sie mich?", fragte Jürgen mit Tränen in den Augen.

„Ich gehe nicht davon aus", erwiderte Dr. Lux ernst. „Die starken Schmerzmittel haben sie in Tiefschlaf versetzt. Wir denken nicht, dass Ihre Frau ein letztes Mal erwacht."

„Der Bauch ist geschwollen, als wäre sie hochschwanger", sagte Jürgen, ganz sacht die Hand auf die Stirn der Sterbenden legend.

„Der schwarze Krebs hat rasant gestreut. Wir können nichts mehr für Ihre Frau tun", erklärte Dr. Lux betrübt.

„Wir haben zwei kleine Kinder, Herr Doktor", bemerkte Jürgen und verbarg sein Gesicht in den Händen. Seine Schultern begannen unkontrolliert zu zucken, und er schluchzte verzweifelt. „Was soll nur aus uns werden? Ich muss arbeiten gehen."

Jürgen seufzte schwer. Innerhalb der kurzen Zeitspanne von sechs Wochen war er Witwer und alleinerziehender Vater von zwei kleinen Kindern geworden. Jetzt schien ihm die Zeit stillzustehen, als nach der Beisetzung die einzelnen Gemeindemitglieder zum Grab schritten und seiner Frau die letzte Ehre erwiesen. Auf einmal blitzte die Sonne durch die Wolkendecke, und ein Strahl fiel auf eine junge, blonde Frau, die eine Rose in der Hand hielt und diese auf den Sarg warf. Er kannte sie vom Chor, hatte sich mit anderen oft über sie amüsiert, weil sie eine laute Stimme besaß und gern erzählte. Es war die neunzehnjährige Gitte Wagner.

„Ich bin gespannt auf die Kinder", erklärte Gitte und stellte ihren selbstgebackenen Apfelkuchen auf den Tisch. Sie war stolz, weil er ihr gut gelungen war. Das Rezept dafür hatte sie auf der Haushaltsschule gelernt. „Der kleine Markus ist noch keine zwei Jahre alt, und seine Schwester ist fünf. Wer kümmert sich um die zwei, wenn Herr Groß arbeiten geht?"

„Ich habe letzten Sonntag nach dem Gottesdienst mit seiner Mutter gesprochen", erwiderte Charlotte Wagner, ihre Tochter wohlgefällig betrachtend. Gittes blonde Haare waren in Wellen gelegt, sie trug ein schlichtes, fliederfarbenes Kleid, das ihre schlanke Figur betonte, und war dezent geschminkt. „Es hat Probleme mit dem Jugendamt gegeben, weil die Kinder unter der Woche bei den Großeltern leben und nur an den Wochenenden bei ihrem Vater."

„Was ist daran schlimm? Ist doch gut, dass die Eltern ihren Sohn unterstützen. Wie alt ist er überhaupt?", wollte Gitte neugierig wissen, während sie vorsichtig den Kuchen anschnitt.

„Jürgen Groß ist siebenundzwanzig, sieben Jahre älter als du", erwiderte Charlotte mit einem Blick auf die Wohnzimmeruhr. Es war kurz vor sechzehn Uhr am

Nachmittag, die Besucher wurden in wenigen Minuten erwartet. „Die Mitarbeiter des Jugendamtes sorgen sich, dass Herr und Frau Groß mit den zwei Kindern überfordert sind. Sie haben in die Wege geleitet, dass Jürgens Cousin die Vormundschaft für die beiden übernimmt."

„Vormundschaft? Aber die Kinder sind nicht verwaist! Der Vater lebt und kann bestimmen, was mit ihnen geschieht", entrüstete sich Gitte. „Ich war verwaist. Mich wollten meine leibliche Mutter und ihr Mann nicht. In diesem Fall hat das Schicksal dem armen Mann seine Frau genommen. Schließlich kümmert sich Herr Groß um seine Kinder." Aufgrund ihrer Geschichte war dieses Thema für Gitte ein heikles, liebte sie doch Kinder von ganzem Herzen. Sie war voller Dankbarkeit den Adoptiveltern gegenüber, dass diese ihr eine glückliche und behütete Kindheit und Jugend ermöglicht hatten. Das Einzige, was sie vermisst hatte, waren Geschwister. Aber die vielen Kinder in der Schule und vor allem in der Jungschar ihrer geliebten Gemeinde hatten sie für diese Entbehrung entschädigt.

„Kinder brauchen zwei Elternteile, die Verantwortung übernehmen müssen", erklärte Charlotte geduldig. Im Stillen freute sie sich über das Interesse der Tochter, schließlich hatte sie das Treffen nicht ausschließlich aus Mitleid in die Wege geleitet.

„Schmeckt es Ihnen, Herr Groß?", erkundigte sich Charlotte höflich, ihrer Tochter dabei zusehend, wie diese den kleinen Markus mit Kuchenbröckchen fütterte.

„Der Kuchen ist köstlich", antwortete der attraktive Mann mit der Elvis-Tolle, die in den siebziger Jahren sehr beliebt war. Sein grauer Anzug war locker geschnitten, seine Züge waren ebenmäßig und klar. Doch der Schmerz über seinen unbeschreiblichen Verlust spiegelte sich in den dunklen Augen wider. Die Beisetzung von Marlies Groß am achtundzwanzigsten Oktober 1970 war noch keine fünf Wochen her. „Gerne nehme ich ein weiteres Stück."

Charlotte Wagner bestritt die Konversation zum größten Teil allein. Ihre Tochter war mit den Kindern beschäftigt, die sie anscheinend direkt ins Herz geschlossen hatte. Gitte sah der verstorbenen Marlies Groß sehr ähnlich, war auch diese blond und schlank gewesen. Insbesondere Markus wollte nicht von Gitte lassen. Plötzlich rief diese aus: „Mama, Markus braucht eine frische Windel."

Unbehaglich blickte Charlotte zu Jürgen Groß, dem sie soeben das *Du* angeboten hatte. Sie hatte dem Witwer erzählt, dass es auch in ihrer Familie einen Todesfall gegeben habe. Ihr Vater war vor wenigen Wochen verstorben, und sie konnte gut mit Jürgen mitfühlen.

„Wir machen das", sagte sie rasch. „Schließlich sind wir Frauen und können Windeln wechseln."

„Liebe Gitte, vielen Dank für die Einladung zum Kaffee und die schönen Stunden. Endlich konnte ich die Schrecken der letzten Wochen für eine Zeit lang vergessen. Darf ich dich zum Dank für kommenden Sonntag zum Abendessen ins Restaurant *Zum alten Kuhstall* einladen? Mit herzlichen Grüßen, Dein Jürgen", las Gitte ihren Eltern laut vor. Vor ihr auf dem Küchentisch stand ein Strauß roter Rosen in einer von der Mutter eilends herbeigeholten Vase.

„Wie wunderbar", sagte Karl Wagner strahlend und zwinkerte seiner Frau zu. Charlotte hatte ihrem Mann berichtet, dass das Treffen der beiden jungen Leute vielversprechend abgelaufen sei. Zwar habe sich die Tochter mehr für die Kinder als für Jürgen Groß interessiert, dieser hingegen sei von Gitte sehr angetan gewesen.

„Ob er wohl seine Kinder mitbringen wird?", fragte diese jetzt hoffnungsvoll. „Die zwei sind herzallerliebst. Ich ähnele der Marlies, das weiß ich. Markus konnte nicht von mir lassen."

„Ich denke, Jürgen möchte die Zeit mit dir allein verbringen", erwiderte Karl schmunzelnd. „Für die Kinder wirst du noch genug..." Er brach ab. Charlotte hatte ihm energisch auf den Fuß getreten.

„Die Kinder wirst du in der Gemeinde sehen", sagte sie schnell. Sie durfte ihrer Tochter auf keinen Fall das Gefühl geben, dass sie Gitte unter die Haube bringen wollten. Sie hatte zwar vor einiger Zeit Gespräche mit anderen Frauen der Gemeinde geführt und war dazu angeregt worden, die Tochter dem Witwer vorzustellen, aber von einem Verkupplungsversuch war nicht die Rede gewesen. Charlotte räusperte sich. „Magst du ihn anrufen und zusagen?"

„Mutter, Gitte ist meine Traumfrau", erklärte Jürgen bestimmt. Mit Markus auf dem Schoß saß er in der Küche seiner Eltern. Corinna hatte auf dem Stuhl neben ihm Platz genommen. „Bitte geh mit Markus zum Spielen ins Wohnzimmer", forderte er seine Tochter auf. Die bevorstehende Diskussion mit seinen Eltern wollte er nicht in Anwesenheit der Kinder führen. Corinna verstand bereits viel, er wollte sie nicht unnötig belasten. Das Mädchen nickte zustimmend, nahm Markus' kleine Hand und verließ die Küche.

„Jürgen", sagte Marianne Groß schließlich, „Gitte Wagner ist selbst noch ein Kind mit ihren zwanzig Jahren. Sie ist nicht einmal volljährig. Wie soll sie von heute auf morgen deinen Haushalt führen und die Mutter deiner Kinder werden?"

„Wir möchten dich lediglich vor einer übereilten Entscheidung im Trauerjahr bewahren", warf Helmut Groß ein. „Außerdem", er schürzte unbehaglich die Lippen, „die Leute reden über euch. Sie sagen, du würdest bereits auf Freiersfüßen wandeln, obwohl Marlies gerade erst unter der Erde sei."

„Vater, die Kinder brauchen eine Mutter", entgegnete Jürgen energisch. „Die Kinder mögen Gitte sehr gerne, und ich...", er holte tief Luft, „ich habe mich bei der ersten Begegnung in ihr liebes Wesen und in ihre Schönheit verliebt. Im Mai werden wir heiraten, damit sie endlich über Nacht bleiben darf und nicht um zehn zu Hause sein muss."

„Das spricht für die Wagners", warf Marianne ein. „Sie erziehen ihre Tochter anständig und dulden keine Sünde."

Verlegen faltete Jürgen die Hände. Seine Eltern brauchten nicht alles zu wissen, vor allem nicht, wie nahe sich das verliebte Paar in den vergangenen Wochen gekommen war.

Gittes Augen waren feucht vor Rührung. Sie konnte ihr Glück kaum fassen. In ihrer Jugendzeit waren die

Urlaube in Schwäbisch Hall bei der Familie ihres Onkels die Höhepunkte des Jahres gewesen. Mit ihren zwei Cousinen zu spielen, war ein Ausgleich dafür gewesen, dass sie keine Geschwister hatte. Der Schwager ihrer Mutter war Pastor der Evangelisch-Methodistischen Kirche, und Gitte hatte ihr Leben lang davon geträumt, einmal von ihm getraut zu werden. In diesem Augenblick sprach Johannes Walter die Worte, die Jürgen und sie bis zum Tod miteinander verbinden würden. Es war der erste Mai 1971. Bei der standesamtlichen Trauung vor zwei Tagen hatten Gittes Eltern die schriftliche Erlaubnis erteilen müssen, dass sie Jürgen Groß heiraten dürfe. Gitte würde erst Ende des Jahres einundzwanzig und somit volljährig werden. Der Chor begann zu singen, und das Brautpaar strahlte in die Menge. Die sechsjährige Corinna streute Blumen, und Gitte folgte dem Kind, Hand in Hand mit ihrem Ehemann. Die Bilder der vergangenen Zeit schossen ihr durch den Kopf: Sie sah Markus, wie er sich an sie klammerte, voller Angst, sie ebenso zu verlieren wie seine Mutter. Corinna hatte etwas länger gebraucht und sich zunächst schwer damit getan, Gitte *Mama* zu nennen.

„Mama, jetzt bleibst du immer bei uns, jeden Tag und jede Nacht, stimmt das?", fragte Corinna in diesem Augenblick. Gerade wollte sie ihr antworten, da lachte Jürgen an Gittes Seite. Der kleine Markus war vom Schoß seiner Großmutter gerutscht und hatte begonnen, die gestreuten Blumen wieder aufzusammeln. Gitte fiel in das Gelächter ihres Mannes ein, strich Corinna über das mittelblonde Haar und sagte schließlich: „Wir werden für immer zusammenbleiben."

Supernova
Oktober 1979

Gitte und Jürgen hatten sich St. Jakob, das kleinste Dorf der Tiroler Region um den Pillersee, als Reiseziel ausgesucht. Die Familie war von ihrem Urlaubsort begeistert. Der Oktober im Jahr 1979 zeigte sich golden, in den Gärten standen die Rosen und die Hortensien in voller Blüte. Die Kinder bedauerten, dass der einwöchige Urlaub morgen zu Ende gehen würde. Die Koffer waren bereits gepackt. Für den letzten Urlaubstag hatte Jürgen einen kurzen Wanderweg auf der Buchensteinwand ausgewählt. Auf dem Höhenplateau angekommen, bestaunten sie den idyllischen Bergsee.

„Dürfen Leute dort schwimmen?", wollte die vierzehnjährige Corinna wissen. Sie hielt ihren jüngeren Bruder an der Hand.

„Das Wasser ist viel zu kalt", erwiderte Gitte kopfschüttelnd. Liebevoll betrachtete sie das Mädchen, das ihr eine echte Tochter geworden war, obwohl Gitte sie nicht adoptiert hatte und Jürgens Cousin Arnold immer noch der Vormund beider Kinder war. „Die Oktobersonne besitzt nicht mehr die Kraft, den See zu wärmen."

„Der Alpengasthof ruft", mischte sich Jürgen ein. Ein Jahr nach der Hochzeit hatte er einen Magendurchbruch erlitten, laut Angabe der Ärzte eine Folge des Verlusts seiner ersten Ehefrau. Daran musste er jetzt denken, als er zärtlich seine Familie betrachtete. Damals war Gitte mit den Kindern einige Zeit allein gewesen, hatte diese Herausforderung mit Hilfe seines Bruders und seiner Schwester gut gemeistert. Zu Jürgens Freude verstanden sich seine Schwester Andrea und Gitte sehr gut. Mit der Zeit war eine Freundschaft zwischen den Frauen entstanden. Anschließend war es bergauf gegangen. Gitte erwies sich der Aufgabe gewachsen, Hausfrau und Mutter zweier Kinder zu sein. Liebevoll legte er den Arm um Gittes Hüfte. Er fühlte die leichte Wölbung ihres Bauches, und sein Herz schlug vor Freude schneller. Seine Frau war im vierten Monat schwanger.

„Ich kann sowieso nichts essen. Ich nehme nur eine Tasse Brühe", erwiderte diese tapfer. Der einzige Wermutstropfen der Urlaubswoche war Gittes Appetitlosigkeit. Die Schwangerschaft zehrte an ihr.

Im Gasthof angekommen, fanden sie zu ihrer Freude Plätze, von denen aus sie einen wunderbaren Blick über das Tal hatten.

Wenig später servierte ihnen die Kellnerin drei dampfende Teller mit Nudeln Bolognese. Gitte hatte es gewagt, sich eine Tafelspitzsuppe mit Frittaten zu bestellen. Vorsichtig nahm sie einen Löffel der kräftigenden Suppe.

„Warum ist dir ständig schlecht?", wollte Corinna wissen, großzügig Parmesan über ihre Nudeln streuend.

„Ich mag den Käse nicht", mischte sich der zehnjährige Markus ein.

„Du musst ihn nicht essen", bemerkte Gitte. „Bevor wir wieder ins Tal hinabsteigen, werde ich dich mit Sonnenmilch eincremen. Dein Gesicht ist rot. Ich möchte nicht, dass du einen Sonnenbrand bekommst."

„Mama", mischte sich Corinna ungeduldig ein. „Schmeckt dir die Suppe nicht?"

Gitte verzog das Gesicht, löffelte jedoch weiter.

„Doch. Aber ich bin nicht hungrig. Das liegt an dem Baby in meinem Bauch", erklärte sie. „Warum genau, kann ich dir nicht sagen."

„Dann möchte ich niemals Mutter werden", entgegnete Corinna ernsthaft.

„Sag so was nicht, Liebes." Jürgen warf der Tochter einen besorgten Blick zu. „Was sind einige wenige Monate Unwohlsein gegen das Glück, Kinder zu haben?"

„Wie soll sie überhaupt heißen? Lisa oder Marie?" Corinna sah Gitte fragend an.

Diese zuckte bei der Erwähnung des Namens ihrer leiblichen Mutter zusammen.

„Der Name gefällt mir nicht", sagte sie ausweichend, fischte die Suppeneinlage aus der Kraftbrühe und legte sie auf die Papierserviette.

„Zum Wegschmeißen sind die Frittaten zu schade", bemerkte Jürgen und pickte mit der Gabel nach den Teigstreifen.

„Wie wäre es mit Johanna?", schlug Markus vor.

„Wir wissen nicht, ob es ein Mädchen oder ein Junge wird", erklärte Jürgen.

„Ich freue mich auf eine Schwester, aber ein Bruder ist mir auch recht", sagte Corinna, und ihre Augen strahlten. „Ein kleines Baby kommt auf die Welt. Es hat winzige Füße und Hände. Wann erzählt ihr es Oma Charlotte?"

Gitte und Jürgen blickten sich betroffen an. Vor zwei Jahren hatten die Ärzte bei Charlotte Wagner Darmkrebs diagnostiziert, der entfernt werden konnte, ohne dass ein künstlicher Darmausgang gelegt werden musste. Jedoch hatten sich inzwischen Metastasen in der Leber gebildet. Die Prognose war ungünstig. Der kranken Frau würden nur noch wenige Jahre zu leben bleiben. Vor ihrer Reise nach Südtirol hatten Gitte und Jürgen Charlotte Wagner in Bad Kreuznach besucht, wo sie einen mehrwöchigen Kur-Aufenthalt verbrachte. Die Kunde von Gittes Schwangerschaft hatten sie der schwer kranken Frau verschwiegen, um es ihr später in Wuppertal mitzuteilen.

„Sobald wir wieder daheim sind", klärte Gitte das Mädchen auf.

Zwar wussten die Kinder, dass ihre Großmutter nicht gesund war, über die Schwere der Erkrankung waren sie jedoch nicht informiert.

„Auf geht's, Kinder", unterbrach Jürgen das Gespräch. „Machen wir uns an den Abstieg."

„Wann sind wir denn endlich zuhause?", quengelte Markus auf dem Rastplatz. Sie waren früh am Morgen von Österreich losgefahren, hatten viele Pausen gemacht und in der Nähe von Schwerte auf der Raststätte Siegerland-Ost zur letzten Rast angehalten. Es war neunzehn Uhr und bereits dunkel, als Jürgen erneut den Reifendruck überprüfte.

„In einer knappen Stunde erreichen wir Wuppertal", erwiderte Gitte beschwichtigend. „Ist alles in Ordnung mit den Reifen?"

Jürgen nickte, reckte sich und steckte das Messgerät zurück in die Haltevorrichtung.

„Ich verstehe nicht, warum ständig zu wenig Druck drauf ist. Bei einem Neuwagen dürfte das nicht sein. Aber es ist alles gut, wir können heimfahren."

„Mama, ich habe Hunger", machte sich Corinna bemerkbar. „Und ich muss dringend."

„Wir sind kurz vor dem Ziel, gegessen wird daheim", bestimmte Jürgen.

„Komm, Schatz, wir gehen zur Raststätte. Ich möchte auch zur Toilette." Gitte griff nach Corinnas Hand und verschwand mit ihr in Richtung des Restaurants.

Kurze Zeit später steuerte Jürgen den roten Volvo 343 zurück auf die Autobahn. Im Radio lief leise Musik, und bald verstummten die Kinderstimmen auf der Rückbank. Im Rückspiegel sah Jürgen seine Kinder friedlich schlummern. Er verspürte unendliches Glück, dankte dem Himmel für seine zweite Frau, das Ungeborene und seine Kinder.

Dann explodierten mit einem unbeschreiblichen Knall die Sterne, und sein Universum überschlug sich.

„Was…?", hörte er Gitte schreien, bevor sein Körper mit aller Wucht in den Sicherheitsgurt gepresst wurde und er nach Atem rang. „Mein Baby", hörte er Gitte weiter schreien, dann wurde es schwarz um ihn herum.

„Ein Reifen ist geplatzt. Produktionsfehler, so der erste Verdacht. Das Mädchen auf der Rückbank wurde durchs Heckfenster geschleudert, als der Wagen in die Leitplanke schoss. Ich bin dafür, dass auch die Personen, die hinten sitzen, angeschnallt werden müssen." Eine Frauenstimme durchdrang den Nebel um Gittes Kopf.

„Der Junge hat Glück gehabt", ergänzte eine Männerstimme das Gespräch. „Er muss erhöht gesessen haben und unter den Vordersitz gerutscht sein."

„Es ist ein Wunder, dass den Unfall jemand über-
lebt hat. Dass der Wagen in die Leitplanke prallte, war
schlimm genug. Schrecklich, dass ein weiteres Auto mit
voller Wucht aufgefahren ist und den Volvo dazu gebracht hat, sich mehrfach zu überschlagen", sagte wieder
die Frauenstimme.

„Hallo", krächzte Gitte, verzweifelt bemüht, die Augen
zu öffnen. „Was ist passiert? Ein Knall... Bitte helfen
Sie mir."

„Sie kommt zu sich." Ein verschwommenes Frauenge-
sicht tauchte in Gittes Blickfeld auf. „Sie liegen in der
Böschung neben der Autobahn."

Allmählich klärte sich Gittes Blick. Aus dem Augenwinkel heraus sah sie eine kleine Gestalt auf einer Bahre
liegen.

„Ist das Markus? Mein Gott, ist er verletzt?" Mühsam
rappelte sie sich auf. Ihr Unterleib schmerzte fürchter-
lich. Der Gurt hatte tief in ihr Fleisch geschnitten.

„Können Sie aufstehen? Wir sind Ersthelfer, haben sofort angehalten, konnten Sie jedoch nicht aus dem Auto
holen. Das haben Polizei und Feuerwehr gemacht. Der
Wagen liegt auf dem Dach, sehen Sie." Die Frau deutete
mit dem Finger auf den Volvo. „Die Sanitäter kümmern
sich um Ihren Sohn. Ich bringe Sie zu ihm. Sehen Sie
nicht nach links, verstehen Sie? Auf keinen Fall dürfen
Sie den Kopf nach links drehen."

Die flackernden Lichter der vielen Streifen- und Feuer-
wehrwagen erhellten die Dunkelheit. Gestützt von dem
Ersthelferpaar, machte sich Gitte auf den Weg zu dem
Jungen.

„Warum lag ich in der Böschung?", wollte sie wissen.

„Die Sanitäter haben Sie hergetragen, damit sie sich in Ruhe um die Schwerverletzten kümmern konnten. Wir sind bei Ihnen geblieben", gab die Frau Auskunft.

„Schwerverletzte? Was ist mit meinem Mann und den Kindern?", fragte Gitte entsetzt. Ihre Finger krallten sich um die Oberarme ihrer Helfer

„Ihr Mann wurde bereits ins Krankenhaus gebracht", klärte die Frau Gitte auf.

„Ist er in Lebensgefahr?", rief sie panisch aus. Ihre Knie zitterten so stark, dass sie kaum laufen konnte.

„Das können wir Ihnen leider nicht sagen. Ein paar Schritte noch, und Sie sind bei Ihrem Sohn. Er braucht Sie jetzt, nur daran dürfen Sie denken", warf der Mann ein und zog sie energisch weiter.

Dann blickte Gitte nach links. Sie wollte schreien, doch die Laute blieben ihr in der Kehle stecken. Was sie sah, ließ ihr den Atem stocken.

„Kommen Sie", sagte der Mann fest. „Sie können Ihrer Tochter nicht mehr helfen. Ersparen Sie sich den Anblick."

Vor lauter Verzweiflung kehrte die Kraft in Gittes Körper zurück. Sie riss sich los und schwankte auf die verdrehte, in einer Blutlache auf dem Asphalt liegende Corinna zu. Ein Arzt kniete an ihrer Seite und hielt ihren Kopf.

Der Schrei in ihrer Kehle löste sich. „Nein, nein, nein. Corinna, mein Herz, nein!"

Corinna hatte die Augen geöffnet, als Gitte neben ihr zu Boden sank.

„Ich liebe dich", flüsterte Gitte. Alles an ihr bebte. Sie beugte sich zu ihrer sterbenden Tochter hin. „Wir bleiben für immer zusammen. Das verspreche ich dir." Corinnas Lider flackerten, dann atmete sie ein letztes Mal aus.

„Frau Groß, wir konnten nichts mehr für Ihre Tochter tun", erklärte der Arzt, sichtlich mitgenommen von der Situation. Er wies die Sanitäter hinter ihm an, sie zum Krankenwagen zu bringen. „Wir fahren Sie nach Schwerte ins Krankenhaus. Sie und Ihr Sohn sind glimpflich davongekommen."

„Mein Mann…", wisperte Gitte.

„Er ist auf den Weg in den OP", klärte der Sanitäter sie auf, Gitte behutsam zum Krankenwagen geleitend.

„Ist er außer Lebensgefahr?", wollte diese verzweifelt wissen.

„Kümmern Sie sich um Ihren Sohn, Sie können im Moment nichts anderes machen", wiegelte der Sanitäter ab.

„Mama, Mama", hörte Gitte Markus rufen. Plötzlich wurde ihr schwindlig, ihr Herz raste und sie vergaß das Ausatmen. Sekunden später fand sie sich auf einer Trage im Krankenwagen wieder. Auf einer weiteren lag ihr Sohn, zwei Sanitäter hatten sie an Überwachungsmonitore angeschlossen.

„Wir haben Ihnen ein Beruhigungsmittel verabreicht. Sie stehen unter Schock", informierte sie der dunkelhäutige Sanitäter. „Bleiben Sie ruhig liegen. Wir bringen Sie jetzt zum Krankenhaus."

„Ich bin im vierten Monat schwanger", rief Gitte panisch aus. „Bitte sagen Sie das den Ärzten im Krankenhaus."

„Machen Sie sich keine Sorgen, wir kümmern uns darum", erwiderte der Sanitäter und strich Gitte beruhigend über die vor Angst schweißnasse Stirn.

„Gitte, wie grauenvoll. Mir fehlen die Worte", sagte Arnold Müller. Corinnas Vormund saß der Schrecken noch in den Knochen. Er war in Begleitung von Jürgens Bruder Hans. Zwei Wuppertaler Polizisten hatten die Angehörigen der Familie Groß über das Unglück informiert. Wegen des Verdachts auf einen Produktionsfehler der Volvo-Reifen waren Arnold und Hans zur Unfallstelle gefahren, um Fotos vom Unglücksort und dem Auto zu machen. Anschließend waren sie unverzüglich zum Schwerter Krankenhaus weitergefahren.

„Ich kann es nicht ertragen...", wisperte Gitte unter Tränen. Sie lag, in ein weißes Krankenhausnachthemd gekleidet, in einem Dreibettzimmer auf der Frauenstation. Sie hatte großes Glück gehabt. Zwar entstellten die vom Sicherheitsgurt verursachten Prellungen und Blutergüsse ihren Unterleib und ihre Brust, doch schwerwiegendere Verletzungen hatte sie nicht erlitten. Die Ärzte hatten sie informiert, dass es Markus von allen Beteiligten am besten ergehe, er habe lediglich eine kleine Platzwunde und sei gut in der Kinderstation aufgehoben.

Hans ergriff die Hände seiner Schwägerin. Der mittelgroße, kräftige Mann mit dem schütteren Haar war sichtlich mitgenommen. „Du musst jetzt tapfer sein."

Gitte schloss die Augen. Sie schluchzte laut vor Kummer und bebte am ganzen Leib. Vor Entsetzen klapperten ihre Zähne. „Jürgen ist immer noch im OP", brachte sie nach einer Weile mühsam heraus.

Die Zimmertür öffnete sich, und eine Krankenschwester betrat den Raum, einen kleinen Plastikbecher in der Hand haltend. „Sie bekommen Diazepam für die Nacht. Das ist ein Benzodiazepin, ein starkes Beruhigungsmittel", sagte sie freundlich aber bestimmt. „Und die Herren möchte ich bitten, jetzt zu gehen. Es ist spät. Frau Groß muss zur Ruhe kommen."

Noch benommen von den Nachwirkungen der Narkose lag Jürgen in seinem Bett auf der Herrenstation. Zu seiner Freude hatte man Gitte erlaubt, ihn zu besuchen. Außerdem hatten die Ärzte ihnen zugesagt, am nächsten Tag auf die Kinderstation verlegt zu werden. Das Personal richtete ihnen dort ein Zimmer ein, unmittelbar neben dem ihres Sohnes. Jürgens rechtes Sprunggelenk war gebrochen, kombiniert mit schwerwiegenden Sehnen- und Muskelabrissen. Die mehrstündige, nächtliche Notoperation war kompliziert gewesen. Der behandelnde Arzt hatte Jürgen soeben mitgeteilt, dass ihm ein mehrmonatiger Krankenhausaufenthalt bevorstehe. Nach der zehntägigen Akutbehandlung in Schwerte würde er ins Wuppertaler Bethesda Krankenhaus verlegt werden.
Jürgen hatte die Hände gefaltet und blickte seine Frau schweigend an. Diese saß bleich und mit dunklen Augenringen auf einem Stuhl neben dem Krankenbett. Sie hatten nicht viel gesprochen, zu frisch war der unbeschreibliche Schmerz über den Verlust der geliebten Tochter. Der Gynäkologe des Schwerter Klinikums hatte noch gestern am späten Abend Gittes Unterleib abgehört und zu ihrer grenzenlosen Erleichterung festgestellt, dass die Herztöne des Ungeborenen zu hören waren, jedoch eine gewisse Unregelmäßigkeit aufwiesen. Deswegen hatte er sich sehr besorgt gezeigt und ihr dringend angeraten, sich zu schonen. Er hatte der unglücklichen Gitte verboten, an Corinnas Beerdigung teilzunehmen, und

auch Jürgen war es unmöglich, das Bett zu verlassen. Dieser Umstand verstärkte den grenzenlosen Schmerz des Paares noch. Jürgens Frühstückstablett stand unberührt auf dem Nachttisch, als es plötzlich klopfte.

„Die Schwester wird das Geschirr abräumen", sagte Gitte leise.

Doch zu ihrer Überraschung betrat ein Polizeibeamter das Krankenzimmer.

„Guten Morgen, Herr Groß", sagte der korpulente Mann mit tiefer Stimme. „Kriminalhauptkommissar Knorr."

„Polizei?", entfuhr es Gitte überrascht.

„Die Staatsanwaltschaft Dortmund hat gegen Sie Strafanzeige wegen fahrlässiger Tötung erstellt. Sie haben doch den Wagen gesteuert, als es zum Unfall kam?" Der Beamte blickte Jürgen eindringlich an.

„Sicher, natürlich, warum…, warum Dortmund?", stammelte Jürgen entsetzt. Schlagartig war ihm eiskalt geworden. Seine Hände krallten sich in die Bettdecke.

„Die Staatsanwaltschaft Dortmund ist für Schwerte zuständig", gab Herr Knorr bereitwillig Auskunft. „Sie werden sich in Dortmund auch einen Anwalt nehmen müssen."

„Mein Mann ist schwer verletzt", rief Gitte aus. Unwillkürlich schützte sie mit den Händen ihren Unterleib. „Wie stellen Sie sich das vor?"

„Frau Groß, ich verstehe Ihren Unmut", sagte der Beamte beschwichtigend. „Sie als Ehefrau werden Ihrem Mann in dieser Angelegenheit zur Seite stehen müssen."

„Jetzt sagen Sie mir bitte erstmal, was Sie mir eigentlich vorwerfen? Glauben Sie, ich hätte den Wagen absichtlich in die Leitplanke gelenkt, damit meine geliebte Tochter ums Leben kommt, meine Frau fast ihr Baby verliert und ich für Monate außer Gefecht gesetzt bin?" Jürgens Gesicht hatte sich vor Aufregung gerötet. Sein Schmerz wurde von einem furchtbaren Zorn verdrängt.

„Niemand spricht von Absicht", warf Herr Knorr ein. „Die Staatsanwaltschaft ermittelt wegen fahrlässiger Tötung." Er räusperte sich unbehaglich. „Haben Sie regelmäßig die Reifen überprüfen lassen?"

„Natürlich", entgegnete Jürgen. „Allerdings bin ich bei einem neu erworbenen Wagen nicht davon ausgegangen, dass mit den Reifen etwas nicht in Ordnung sein könnte."

„Wie lange waren Sie bereits unterwegs, als sich der Unfall ereignete?", fragte der Beamte weiter.

„Wir sind früh am Morgen aus Tirol abgereist", warf Gitte ein.

„Also waren Sie mehr als zehn Stunden am Steuer?", fragte Herr Knorr mit hochgezogenen Augenbrauen. Eifrig notierte er die erhaltenen Informationen in ein Notizbuch.

„Wir haben alle anderthalb Stunden Pause gemacht", rechtfertigte sich Jürgen. Zitternd griff er nach seinem auf dem Nachttisch stehenden Wasserglas.

Mit Schwung öffnete sich die Zimmertür erneut, und eine aufgebrachte Krankenschwester stürmte ins Zimmer.

„Herr Kommissar, so geht das nicht", sagte sie ärgerlich. „Wir haben fünf Minuten Gesprächszeit vereinbart, die sind längst überschritten. Unerhört ist das, zwei Schwerverletzte am Tag nach dem Tod ihrer Tochter mit einer Strafanzeige zu behelligen. Das habe ich in all meinen Dienstjahren, und das sind nicht wenige, noch nicht erlebt."

„Beruhigen Sie sich, Schwester Maria", erwiderte der Beamte beschwichtigend. „Ich bin in wenigen Augenblicken fertig und werde die Ermittlungen einleiten. Lassen Sie mich bitte wieder mit dem Ehepaar Groß allein."

Unwillig vor sich hinmurmelnd, kam die Krankenschwester widerstrebend der Aufforderung nach.

„Weil mir im Urlaub aufgefallen ist, dass der Reifendruck auffällig oft zu schwach war, habe ich den Druck bei fast jeder Rast kontrolliert", sagte Jürgen. „Zuhause wollten wir das bei Volvo reklamieren."

„Ihnen war also bewusst, dass etwas mit den Reifen nicht stimmte, als Sie Ihre Heimreise antraten?", bohrte Herr Knorr weiter.

Bei diesem Kreuzverhör füllten sich Gittes Augen mit Tränen. Auch Jürgen war außer sich. Er glaubte, sich in einem niemals enden wollenden Alptraum zu befinden.

„Du lieber Himmel", entfuhr es ihm lautstark. „Der Reifen verlor zwar Luft, und der Druck war nicht konstant, trotzdem deutete nichts darauf hin, dass ein Reifen platzen könnte. Dafür müsste der Druck zu hoch sein."

„Sie sagen es, Herr Groß", fuhr der Kommissar unbeirrt fort. „Kann es sein, dass Sie auf Ihrem letzten Halt auf der Raststätte Siegerland-Ost zu viel Luft in den Reifen gepumpt hatten? Vielleicht mit der Absicht, so kurz vor Wuppertal nicht ein weiteres Mal anzuhalten?"

Die Tränen strömten Gitte über die Wangen.

„Herr Kommissar", schluchzte sie. „Bei unserer letzten Pause war der Reifendruck genau richtig. Glauben Sie uns doch. Es liegt ein Produktionsfehler vor. Den

Verdacht haben ihre Kollegen am Unfallort bereits ausgesprochen."

„Ist es nicht grob fahrlässig, mit der Frau und den zwei Kindern eine derart lange Strecke zu fahren, obwohl Ihnen die merkwürdigen Schwankungen des Reifendrucks aufgefallen waren?", fühlte der Kommissar Jürgen unerbittlich auf den Zahn.

Ein lautes, sehr energisches Klopfen an der Tür, die sich Sekunden später öffnete, unterbrach das Verhör. Wutentbrannt kam Dr. Falter, der behandelnde Arzt, in Begleitung von Schwester Maria auf den Beamten zu.

„In meiner Position als leitender Arzt des Marienkrankenhauses befehle ich Ihnen, jetzt das Krankenzimmer zu verlassen", sagte er an den Kommissar gewandt. „Herr Groß hat eine äußerst schwere Operation hinter sich, seine Frau ist schwanger und seine Tochter tödlich verunglückt."

„Ich habe vorerst genug Auskünfte erhalten", entgegnete Herr Knorr schulterzuckend. Er steckte sein Notizbuch in die Hosentasche und verließ das geschockte Ehepaar mit dem Rat, sich schleunigst um einen Dortmunder Anwalt zu bemühen.

„Mein liebes Kind, wie konntest du uns bloß deine Schwangerschaft verschweigen?", fragte Charlotte Wagner aufgeregt. Sie war nur noch ein Schatten ihrer selbst. Die ehemals vollschlanke Frau wirkte blass und ausgezehrt, eine Perücke bedeckte ihren kahlen Kopf. Aufgrund einer Chemotherapie waren ihr sämtliche Haare ausgegangen. Zwar fühlte sie sich nach dem Reha-Aufenthalt wieder etwas besser, aber ihr war bewusst, dass ihre Lebenszeit begrenzt war.

„Wir wollten es dir gleich nach unserem Urlaub sagen, in Wuppertal, nicht in Bad Kreuznach", erklärte Gitte.

„Charlotte, das spielt jetzt keine Rolle", warf Karl Wagner mahnend ein. „Arnold hat uns erzählt, dass du ein Kind erwartest, Gitte. Er sagte auch, die Herztöne des Ungeborenen seien wieder regelmäßiger. Der einzige Lichtblick in diesem Drama."

Es war das erste Wochenende nach dem Unglück, und Hans hatte Gittes Adoptiveltern unverzüglich nach Schwerte zum Marienkrankenhaus gefahren und diese mit seinem Bruder und Gitte allein gelassen. Die Ärzte hatten ihr Versprechen gehalten und der Familie ein eigenes Krankenzimmer zur Verfügung gestellt. Daher konnten sie ungestört sprechen.

„Arnold hat einen guten Dortmunder Anwalt für dich gefunden, Jürgen", berichtete Karl. „Wir sollen euch beruhigen. Der Anwalt meint, diese Anzeige sei eine reine Formsache."

„Für eine reine Formsache war dieser Kommissar Knorr jedenfalls sehr wenig einfühlsam", brauste Jürgen auf. „Er hat mich wie einen Schwerverbrecher behandelt."

„Mutti, wie war Corinnas Beerdigung?", machte sich Gitte leise bemerkbar. Wie so oft in den letzten Tagen standen ihr die Tränen in den Augen.

„Sie ist neben ihrer leiblichen Mutter beigesetzt worden", gab Charlotte Auskunft und nahm einen Schluck Kaffee, den ihnen das Pflegepersonal freundlicherweise serviert hatte. „Wir waren dort, Jürgens Vater, Hans und seine Gaby, Andrea und natürlich Arnold als Corinnas Vormund."

„Außerdem war Corinnas Schulklasse vollständig anwesend", mischte sich Karl ein. „Fast das gesamte Lehrerkollegium nahm an der Beerdigung teil. Es war sehr bewegend, wie viele der Gemeindemitglieder Corinna die letzte Ehre erwiesen haben. Der Chor hat mit seinem Gesang alle berührt."

Gitte konnte den Tränenfluss nicht mehr zurückhalten, und Jürgen verbarg das Gesicht in seinen Händen. Eine Weile herrschte betroffenes Schweigen.

„Wie verkraftet Markus die Situation?", wollte schließlich Charlotte wissen. Obwohl die Krebserkrankung ihre Energie stark einschränkte, war sie dem Jungen eine fürsorgliche Großmutter. Sie vermisste ihren Enkelsohn, der im Kinderkrankenzimmer geblieben war.

„Er verhält sich merkwürdig", berichtete Gitte und wischte sich mit einem Taschentuch über die Augen. „Mehrmals hat er mich dazu aufgefordert, mit ihm zur Säuglingsstation zu gehen, um einen Blick auf die Babys zu werfen. Ich habe den Eindruck, er möchte mir damit Mut machen. Es ist rührend."

„Trotzdem mache ich mir wegen der Autos Sorgen", warf Jürgen ein.

„Was für Autos?", wollte Karl überrascht wissen.

„Arnold hat ihm Spielsachen gebracht, damit er sich ablenken kann, Malbücher, Stofftiere und Autos", gab Jürgen Auskunft.

„Ist doch eine gute Idee", bemerkte Karl und erhob sich von seinem Stuhl. „Ich brauche einen Schluck Wasser." Er ging zum Tisch am Fenster, nahm eins der bereitstehenden Gläser und schenkte sich ein. „Was stellt Markus

mit dem Spielzeug an?", wollte er wissen, zum Krankenbett zurückkehrend.

„Er lässt die Sachen links liegen. Lediglich zwei der
Autos nimmt er und schlägt sie aufeinander", berichtete
Gitte besorgt.

„Vielleicht verarbeitet er auf die Art und Weise das
grauenhafte Erlebnis?", überlegte Charlotte. „Immerhin
ist der Unfall erst wenige Tage her."

„Was soll bloß werden, wenn ich mit ihm allein in
unserer Wohnung bin?" Gittes Schultern zuckten, und
sie brach erneut in Tränen aus. Hilflos blickte Jürgen auf
seine Frau. Er fühlte sich unendlich schwach. Bei ihm
waren nach der Operation unerwartete Komplikationen
aufgetreten. Die Wunde hatte sich entzündet und musste
sowohl mit Cortison als auch mit Penicillin behandelt
werden. Die Ärzte befürchteten, dass die Keime mul-
tiresistent waren, weil das Fieber nicht sinken wollte.
Gitte und die anderen durften ihn nur mit Handschuhen
berühren.

„Ich wünschte, ich könnte dir helfen", sagte Charlotte
traurig. Unglücklich rückte sie ihre Perücke zurecht.

„Ihr müsst euch umeinander kümmern", erwiderte
Gitte. Sie rang sichtlich um Fassung. „Papa ist mit dem
Haushalt komplett überfordert. Dein Leben lang hast du
ihm den Kopf frei gehalten für seine Arbeit. Jetzt muss
er dich unterstützen." Gitte stand auf und fragte: „Papa,
magst du mich einen Moment nach draußen begleiten?
Mutti bleibt derweil gewiss bei Jürgen. Ich benötige dringend frische Luft."

„Natürlich bleibe ich bei ihm", sagte Charlotte hilfsbereit. „Ich bin sowieso zu schwach für einen Spaziergang."

„Wie steht es um Mutti?", wollte Gitte wissen, während sie das Gebäude verließen und in die Oktobersonne traten. Tief atmete sie die frische Luft ein.

„Die Ärzte können nicht genau sagen, wie viel Zeit ihr bleibt. Den Ruhestand habe ich mir anders vorgestellt", sagte Karl bitter. Seufzend runzelte er die Stirn. „Ich habe mir ein freies Leben mit deiner Mutter erhofft, wollte mit ihr lange Reisen unternehmen, jetzt, wo du deinen eigenen Haushalt führst. Doch dann kam diese schreckliche Diagnose Darmkrebs." Wütend ballte er die Hände zu Fäusten. „Charlotte ist erst sechsundfünfzig, und der Krebs hat bereits in die Leber gestreut. Ich fürchte mich schrecklich vor der Einsamkeit."

„Schau." Gitte deutete mit der Hand auf das Eingangstor, das zum Krankenhausgelände führte. „Dort kommt Hans."

Mit großen Schritten eilte ihr Schwager auf sie zu.

„Ich habe einen ausgiebigen Spaziergang gemacht", berichtete er, als er bei ihnen angelangt war.

„Es ist lieb von dir, dass du meine Eltern hergebracht hast." Gitte lächelte den Bruder ihres Mannes liebevoll an. Seine Wangen waren gerötet. Er musste zügig gelaufen sein.

„Wir haben eben darüber gesprochen, wie es für Gitte sein wird, mit Markus allein in der Wohnung zu sein. Jürgen wird lange Zeit im Bethesda Krankenhaus bleiben müssen." Karl blickte Hans ernst an.

„Sorgt euch nicht", sagte Hans und nahm Gittes Hände. „Andrea und ich sind auch noch da."

Licht und Schatten
September 1979 - Mai 1980

Mit einem Ruck kam der Krankenwagen zum Stehen. Nach der Fahrt von Schwerte zum Bethesda Krankenhaus hatte einer der zwei Sanitäter Jürgen in die Ambulanz gebracht. Anschließend waren sie weiter zum Neuenbaumer Weg gefahren. Die Tür öffnete sich, und die Sanitäter forderten Gitte und Markus auf, den Wagen zu verlassen.

Als Gitte ausstieg, Markus an der Hand haltend, zitterte sie wie Espenlaub. Mit Tränen in den Augen schloss sie die Haustür auf und stieg die Treppenstufen zu ihrer Wohnung empor. Ein Sanitäter folgte ihr mit den wenigen Sachen, die nicht bei dem Unfall zerstört worden oder verloren gegangen waren.

Sie trat über die Schwelle und blickte auf ihre Wohnung, die sie vor wenigen Wochen als vierköpfige Familie verlassen hatten. Der Blick auf das vertraute Mobiliar verstörte sie. Wie konnte alles wie immer sein, wo sich doch alles verändert hatte. Ein unendlicher Schmerz überwältigte sie, und alles verschwamm vor ihren Augen.

„Wir haben uns für heute freigenommen." Wie durch Watte drangen die Worte ihres Schwagers an ihr Ohr.

„Ich bin hier", flüsterte Andrea. Arme legten sich um sie. „Hans und ich werden dir helfen. Du bist nicht allein."

Schluchzend brach Gitte zusammen. Vor ihren Augen begann sich die Welt zu drehen.

„Können wir Sie allein lassen?", erkundigte sich der Sanitäter besorgt.

„Fahren Sie ruhig", hörte Gitte Andrea sagen. „Wir kümmern uns um unsere Schwägerin."

Minuten später fand sich Gitte auf der Wohnzimmercouch wieder. Hans hatte Wasser aufgesetzt und ihr einen Beruhigungstee zubereitet.

„Ich kann es nicht ertragen", wisperte Gitte unter Tränen. „Alles hier erinnert mich an Corinna. Ihre Sachen, ihre …" Sie brach ab, und Andrea reichte ihr ein Taschentuch.

„Ihr zwei kommt erstmal mit zu mir", sagte sie entschlossen. „Wir gehen alles langsam an."

„Markus muss bald wieder zur Schule", erwiderte Gitte, und sie spürte einen kleinen Körper, der sich an ihre Schulter lehnte.

„Ich werde dich nicht allein lassen", sagte Markus. „Du brauchst mich, Mama."

„Sicher musst du am Unterricht teilnehmen", erklärte Hans bestimmt. „Andrea macht jetzt hier klar Schiff, und anschließend fahre ich euch zu ihr nach Hause."

Schwankend stand Gitte vor dem roten VW-Käfer, den Jürgen drei Wochen vor Urlaubsantritt gebraucht von Freunden gekauft hatte. Jetzt war der Käfer das einzige Fortbewegungsmittel, das ihnen geblieben war.

„Ich kann nicht, Hans", flüsterte Gitte und reichte ihrem Schwager den Autoschlüssel. Der Bankangestellte und seine Schwester hatten Wort gehalten und ihr in allen Angelegenheiten geholfen. Andrea hatte Gitte und Markus für die erste Woche zu sich geholt. Auch in den folgenden Wochen hatten sie viel Zeit miteinander verbracht. Für Gitte war Andrea das Licht in der Dunkelheit gewesen. Die Schwägerin hatte ihr zugehört und in dieser schweren Situation Halt gegeben. Hans hatte sie regelmäßig nach Dortmund gefahren, weil Gitte sich die Fahrten über die Autobahn allein nicht zugetraut hatte. Recht schnell hatte der Dortmunder Rechtsanwalt bewirken können, dass das Strafverfahren gegen den im Krankenhaus liegenden Jürgen eingestellt wurde.

„Du musst, Gitte", sagte Hans energisch. Er nahm den Schlüssel an sich, öffnete die Fahrertür und blickte sie auffordernd an.

„Ich fürchte mich. Nein, Hans. Nach allem, was geschehen ist, setze ich mich nicht mehr hinter das Steuer eines Autos", weigerte sich Gitte kopfschüttelnd. „Ich kann Markus zu Fuß zur Hauptschule bringen. Von hier aus dauert das nur zehn Minuten."

„Und zum Krankenhaus möchtest du auch marschieren?", wollte Hans mit hochgezogenen Augenbrauen wissen. „Außerdem musst du zweimal in der Woche zum Frauenarzt nach Barmen. Fasse dir ein Herz, und steig ein. Ich bin bei dir. Lass uns eine Runde fahren."

„Was für eine schreckliche Zeit", erwiderte Gitte traurig. Mit ihren Augen fixierte sie das Innere des Käfers. „Erst dieser furchtbare Unfall und die Angst um mein ungeborenes Kind, jetzt noch die Sorge um Mutti - es ist zum Verzweifeln."

„Unser Vater ist ebenfalls schlecht dran", gab Hans zu. „Seitdem Mutter an Unterleibskrebs verstorben ist, baut er immer mehr ab. Wenn ich mich an unsere Jugendzeit erinnere, an den Fanatismus, mit dem wir Kinder religiös erzogen wurden, erkenne ich Vater nicht mehr wieder."

Gitte nickte zustimmend. Jürgen hatte ihr zu Beginn ihrer Ehe berichtet, dass Marianne und Helmut Groß den Glauben sehr ernst genommen hatten. Bei Geburtstagen wurde rituell aus einem Buch gelesen, das *Arndts wahres Christentum* hieß. Die Kinder durften sich nicht rühren, bis die Lesung mit einem Gebet abgeschlossen war. Die Stühle waren zu hoch für die Kinder, und ihre Füße reichten nicht bis zum Boden. Helmut Groß hatte gewarnt, dass sie den Teufel auf ihren Füßen schaukelten. Gitte war froh, dass ihre Jugend weniger fanatisch geprägt gewesen war.

„Irgendwann wird Vater nicht mehr allein wohnen können", bemerkte Hans und klopfte demonstrativ mit seinen Fingern auf das Autodach.

„Also gut", sagte Gitte nach einer Weile. „Ich versuche es."

Gitte fühlte sich äußerst unwohl, als sie den Käfer vor dem Schulgebäude parkte. Seit einigen Wochen nahm Markus bereits wieder am Unterricht teil, und sie war von der Lehrerin zu einer Unterredung bestellt worden. Aufgeregt ging sie zum Gebäude, nahm die paar Stufen zur ersten Etage und klopfte wenig später an die geschlossene Bürotür von Markus' Klassenlehrerin. Augenblicklich öffnete sich die Tür, und Frau Martini, eine grauhaarige Frau Ende fünfzig, blickte sie aufmunternd an.

„Guten Tag, Frau Groß.", Sie deutete auffordernd mit der Hand auf den Besucherstuhl vor ihrem Schreibtisch. „Geben Sie mir bitte Ihren Mantel."

Es war ein kalter, grauer Tag Ende November. Sie

hängte Gittes Wintermantel an die Garderobe und nahm ihr gegenüber Platz.

„Seit dem dramatischen Tod seiner Schwester hat sich Markus verändert", stellte sie sachlich fest. „Zwar sind seine Schulnoten weiterhin stabil, und seine Leistungen geben keinen Anlass zur Sorge, doch mir ist aufgefallen, dass Markus sich von seinen Mitschülern distanziert. Die Pausen verbringt er zumeist allein auf dem Schulhof. Hat der Junge einen Kindergarten besucht?"

Von der Frage irritiert schüttelte Gitte den Kopf. „Nein", gab sie zu. „Nach dem überraschenden Tod der ersten Frau meines Mannes hatte Markus große Verlustängste. Glücklicherweise hat er mich schnell als Mutterersatz akzeptiert. In der ersten Zeit nach unserer Hochzeit wich er nicht von meiner Seite. Deswegen habe ich ihn bei mir behalten und nicht in den Kindergarten geschickt. Corinna war ganz anders." Gitte brach ab und schluckte. Sie schloss die Augen und atmete mehrmals tief ein und aus.

„Frau Groß, ich verstehe Ihr Leid", sagte Frau Martini behutsam. „Bei Ihrem nächsten Kind rate ich Ihnen dennoch dringend, es in einen Kindergarten zu geben. Dort lernen die Kinder den Umgang mit Gleichaltrigen, eine wichtige Vorbereitung für die Schulzeit. Bei Markus ist es zu spät, und durch den Unfall zieht er sich noch mehr zurück. Ich empfehle Ihnen unbedingt, mit ihm zum Schulpsychologen zu gehen."

„Zum Psychologen?", fragte Gitte verwundert.

„Ich weiß, Sie haben mit der Angst vor einer Fehlgeburt zu kämpfen, müssen Ihren Mann besuchen und haben viel um die Ohren. Dennoch müssen Sie an das Wohl

Ihres Sohnes denken", erwiderte Frau Martini ernst. „Ich gebe Ihnen die Adresse eines Psychologen in Wuppertal Barmen." Sie reichte Gitte eine Karte, lächelte freundlich und sagte: „Ich wünsche Ihnen viel Kraft, Frau Groß."

An diesem letzten Sonntag im Februar 1980 war es bitterkalt. Die Straßen waren mit Schnee bedeckt, doch in Gittes und Jürgens geräumiger Wohnung war es kuschelig warm. Seit Freitag war Jürgen zu seiner und Gittes großer Freude wieder daheim.

Gitte hatte ihre Eltern zum Kaffeetrinken eingeladen und servierte selbstgebackenen Käsekuchen. Sie war hochschwanger und litt nicht mehr unter Schwangerschaftsübelkeit. In ihr Leben war ein Stück Normalität zurückgekehrt, und die Angst vor einer Fehlgeburt war nur noch unterschwellig vorhanden. Im Bethesda Krankenhaus hatte sich der Verdacht auf einen Krankenhauskeim bestätigt, aber mittlerweile war Jürgens Entzündung bekämpft. Allerdings würde er aufgrund der Schwere seiner Verletzung noch mindestens ein Jahr krankgeschrieben werden.

„Ich freue mich auf meinen Enkelsohn", erklärte Charlotte, sich Kaffee einschenkend. „Seid ihr sicher, dass es ein Junge wird?"

„Das steht im Mutterpass", gab Gitte Auskunft. „Mein Frauenarzt hat gemeint, er könne es zwar nicht mit hundertprozentiger Gewissheit sagen, gehe jedoch stark davon aus."

„Konntet ihr euch auf einen Namen einigen?", wollte Charlotte wissen. „Was für ein Segen, dass ich es noch erleben darf, Großmutter zu werden. Für mich ist das eine besondere Freude, weil Karl und ich keine leiblichen Kinder bekommen konnten."

„Wir haben abgemacht, dass ich den Mädchennamen wähle, sollte Dr. Engel sich geirrt haben", erklärte Jürgen mit leuchtenden Augen. Die Vorfreude auf das Baby ließ ihn seine Schmerzen und den Verdruss vergessen, monatelang seine Arbeit nicht ausüben zu können. „Ich habe mich für Sabrina entschieden."

„Und wenn es ein Junge wird, nennen wir ihn Marcel", sagte Gitte und verteilte den Kuchen auf den Tellern.

„Markus und Marcel", sagte Karl. „Eine gute Wahl." Er legte den Arm um Charlotte und hauchte ihr einen Kuss auf die Wange. „Wir werden Großeltern, mein Schatz."

Gitte war gerührt von dieser für ihren Vater untypischen, spontanen Geste.

Gitte lag unruhig im Bett. Sie hatte leichtes Fieber, fühlte sich schlapp und ausgelaugt. Es war zwei Wochen vor dem von den Ärzten errechneten Entbindungstermin. Sie wollte ihr Kind auf der Geburtsstation des Bethesda Krankenhauses zur Welt bringen, weil sie dort in der Vergangenheit oft mit der zuständigen Hebamme gesprochen hatte. Jedoch hatte sie an der Schwangerschaftsgymnastik in der Landesfrauenklinik teilgenommen. Beide Krankenhäuser waren mit dem Auto vom Neuenbaumer Weg aus binnen weniger Minuten erreichbar.

„Jürgen", sagte sie mit unsicherer Stimme. „Ich muss unbedingt mit der Leiterin der Schwangerschaftsgymnastik sprechen. Beim letzten Mal hat sie seltsame Sachen gesagt. Sie meinte, in meinen Augen gesehen zu haben, dass ich nicht mehr an dem Kurs teilnehmen werde."

„Wie bitte?", entfuhr es Jürgen entrüstet. „Was soll das bedeuten? Wollte sie dir damit Angst machen?" Aufgebracht lief er im Schlafzimmer auf und ab. Es war ein früher Abend Anfang Mai, der sich im Jahr 1980 bereits sommerlich präsentierte. Die Maiglöckchen, Krokusse und Stiefmütterchen standen in voller Blüte und schmückten die Vorgärten.

„Nein, nein", entgegnete Gitte beschwichtigend. „So hat sie es nicht gemeint. Ich glaube, sie geht davon aus, dass ich unser Kind früher als erwartet bekommen werde. Hilf mir bitte zum Telefon. Du musst mich stützen."

Ängstlich legte Gitte wenig später den Hörer auf.

„Wenn es mir bis zweiundzwanzig Uhr nicht besser geht, sollst du mich zum Krankenhaus fahren", sagte sie heiser. „Es könnte sein, dass etwas mit meinen Nieren nicht in Ordnung ist. Ich leg mich wieder hin. Rufe bitte Tante Walli in Münster an, damit sie ihre Sachen packt. Zum Glück ist deine Tante bereit, sich um dich und Markus zu kümmern, während ich im Krankenhaus bin."

„Hans und seine Frau müssen arbeiten, sonst hätten sie uns unterstützen können", erwiderte Jürgen nachdenklich. „Das Gleiche gilt für meine Schwester. Andrea hat genug mit ihrer Arbeit zu tun."

Gitte nickte tapfer. „Denkst du an den Fotoapparat? Ich möchte unbedingt Fotos von den ersten Minuten nach der Geburt."

„Du meine Güte, den hat sich Hans geborgt", entgegnete Jürgen aufgeregt. „Ich kümmere mich darum."

„Frau Groß, schön Sie wiederzusehen", sagte die junge Hebamme lächelnd. „Eigentlich hätte ich Sie erst in zwei Wochen erwartet, doch ihr Kind möchte anscheinend jetzt schon auf die Welt. Guten Tag, Herr Groß." Sie reichte Jürgen die Hand. „Lassen Sie mich einen Augenblick mit Ihrer Frau allein? Ich möchte sie untersuchen."

Kurze Zeit später informierte sie den zurückgekehrten Jürgen, dass Gittes Muttermund bereits zwei Zentimeter geöffnet sei. Jedoch werde es voraussichtlich einige Stunden dauern, bis das Baby das Licht der Welt erblicken würde.

„Fahren Sie nach Hause", forderte sie Jürgen auf. „Ihre Frau bleibt die Nacht über in einem Bett im Vorraum zum Kreißsaal. Ich werde immer wieder nach ihr sehen."

„Warum komme ich nicht in ein Krankenzimmer?", wollte Gitte wissen.

„Es ist nach zweiundzwanzig Uhr und leider kein Platz auf der Station", erklärte Marina Ludwig entschuldigend. „Brauchen Sie noch etwas? Wasser steht auf dem Nachttisch." Sie legte Gitte eine Schnur mit einem roten Knopf auf die Bettdecke. „Wenn etwas ist, schellen Sie einfach. Eine von den Schwestern wird sofort zu Ihnen kommen."

Mitten in der Nacht drangen gellende Schreie an Gittes Ohr. Ängstlich zuckte sie zusammen.

„Es tut mir leid, dass Sie das mitanhören müssen, Frau Groß." Die Hebamme war an Gittes Bett geeilt und zuckte bedauernd mit den Schultern.

„So weiß ich zumindest, was mich erwartet", erwiderte Gitte mit einem Anflug von Galgenhumor.

„Machen Sie sich keine Sorgen, Sie schaffen das", sagte Marina und legte ihr beruhigend die Hand auf die Schulter.

Etwa fünfzehn Minuten später wurde eine Frau aus dem OP geschoben, die benommen in ihrem Bett lag. Eine Gitte unbekannte Hebamme hielt das Neugeborene in den Armen, eingewickelt in ein Tuch. Die Aufzugstür öffnete sich, und eine weitere Frau wurde in den Vorraum gebracht. Sie stöhnte vor Schmerzen, schien unter den geburtseinleitenden Wehen schrecklich zu leiden. Auch Gitte merkte langsam die ersten Vorboten der Geburt.

„Es fühlt sich an, als müsste ich zur Toilette, als hätte ich Durchfall", sagte Gitte zu Marina. „Die Wellen kommen und gehen. Ich kann es aber ertragen."

„Sie sind eine tapfere Frau. Bei Ihnen wird es meiner Ansicht nach leider einige weitere Stunden dauern, bis die Presswehen einsetzen", erwiderte die Hebamme und strich Gitte sacht mit der Hand über die Stirn.

Zwei Stunden später wurde es unruhig im Vorraum des Kreißsaals. An Schlaf war für Gitte nicht zu denken. Etwas schien im Kreißsaal fehlzulaufen. Ein Anästhesist eilte an ihr vorbei. Vor Aufregung wurde Gitte flau im Magen.

„Das Baby wird mit Kaiserschnitt zur Welt geholt", berichtete Marina. „Regen Sie sich nicht auf. Bei Ihnen wird alles normal verlaufen."

„Auf geht's", sagte Marina munter, während sie das Krankenbett in den Kreißsaal schob. Trotz der Schmerzen, die Gitte mittlerweile ertragen musste, bewunderte sie die Hebamme, der die durchwachte Nacht nicht anzumerken war. „Ist bei Ihnen alles in Ordnung, Herr Groß?"

Jürgen nickte tapfer, den Fotoapparat schussbereit in den Händen haltend.

„Sie machen selbst die Bilder von Ihrem Kind und Ihrer Frau?", erkundigte sich Marina lächelnd.

„Meine Güte, ist das grausam", entfuhr es Gitte, die Hände auf ihren Schwangerschaftsbauch legend.

„Ja", antwortete Jürgen knapp. Besorgt beobachtete er seine Frau. Die Schwangerschaft war zu ihrer aller Erleichterung trotz des Unfalls komplikationslos verlaufen, dennoch stand ihm die Angst um sein Kind ins Gesicht geschrieben. „Wenn ich schon dabei sein darf, warum sollte ich diesen bewegenden Augenblick nicht selbst für alle Zeiten festhalten?"

Gitte stöhnte laut auf.

„Pressen, feste pressen", rief die Hebamme aufmunternd. „Es geht jetzt schnell. Ich sehe schon das Köpfchen. Sie haben es fast geschafft."

Gitte schoss das Blut in den Kopf, ein Schrei entfuhr ihr.

„Noch einmal, ja", forderte die Hebamme erneut. „Es ist vollbracht. Sie haben einen - nein, es ist kein Junge. Sie haben ein gesundes Mädchen zur Welt gebracht."

Jürgen knipste wie wild drauf los, während die Hebamme die Nabelschnur durchtrennte. Plötzlich fluchte er leise. Irritiert öffnete er den Fotoapparat. „Das darf nicht wahr sein", rief er verärgert.

„Was ist los?", hauchte Gitte erschöpft. „Stimmt was nicht mit dem Baby?"

„Hans hat keinen neuen Film eingelegt", schimpfte Jürgen.

„Das spielt in diesem Moment keine Rolle", mischte sich die Hebamme ein. „Die Nachgeburt will nicht kommen." Vorsichtig drückte sie auf Gittes Leib. Nach einer Weile bat sie Jürgen, den Raum zu verlassen. Sie musste einen Arzt hinzuziehen, der Gitte ein Betäubungsmittel verabreichen sollte. Ohne starke Einwirkung von außen würde sich die Plazenta nicht lösen.

„Es ist nichts Ungewöhnliches, sorgen Sie sich nicht", sagte eine Gitte unbekannte Hebamme am nächsten Morgen zu ihr. „Sechzig Prozent der Babys leiden unter der Neugeborenengelbsucht. Ihre Kleine wird zwei Tage lang mit Blaulicht bestrahlt, anschließend sollte sich das Bilirubin abgebaut haben. Freuen Sie sich, gestern, am siebten Mai 1980 um zwölf Uhr fünfzehn, hat Sabrina das Licht der Welt erblickt."

„Dürfen wir sie sehen, wenn mich am Nachmittag mein Mann und meine Eltern besuchen kommen?", erkundigte sich Gitte hoffnungsvoll. Von der gestrigen Kurznarkose und der Geburt war sie derart erschöpft gewesen, dass sie bis vor Kurzem geschlafen hatte.

„Natürlich", antwortete die ältere Frau augenzwinkernd. „Versuchen Sie eine Kleinigkeit zu essen, und ruhen Sie sich weiter aus."

„Gitte, hast du Sabrina mit Tönungscreme eingeschmiert?", fragte Charlotte Wagner fassungslos. „Warum ist das Kind braun im Gesicht?"

„Sie hat Gelbsucht", erwiderte Gitte, ihr Kind selig in den Armen wiegend.

„Um Himmels Willen", rief Charlotte aus. „Und du bleibst gelassen?"

„Es ist nicht Schlimmes", warf Jürgen ein, der neben seiner Frau stand und emsig fotografierte. Er hatte seinem Bruder große Vorwürfe gemacht, weil dieser keinen Film in den geborgten Fotoapparat eingelegt hatte. Jetzt wollte er zumindest alles Weitere in Bildern festhalten.

Gitte berichtete ihrer Mutter von dem, was ihr die Hebamme am Morgen erklärt hatte, und Charlotte beruhigte sich.

„Ich danke Gott dafür, dass er mich diesen Augenblick miterleben lässt", sagte sie schließlich. „Was würde ich dafür geben, wenn ich meine Enkeltochter bis zur Einschulung begleiten könnte. Sind sechs Jahre Lebenszeit zu viel verlangt?"

Karl presste die Lippen fest zusammen. Auch er freute sich von ganzem Herzen über das Neugeborene, aber die Angst vor der Einsamkeit nach dem Tod seiner Frau überschattete sein Leben.

„Gib mir die Kleine bitte", sagte Charlotte leise. Vorsichtig legte Gitte ihr Sabrina in die Arme.

„Mein kleines Licht in der Dunkelheit", flüsterte Charlotte.

Alpha und Omega
Mai 1980 - November 1981

„Ich danke dir von ganzem Herzen, Tante Walli", sagte Gitte lächelnd. „Jürgen würde es ohne dich nicht schaffen, noch geschwächt von dem Unfall."

„Ich helfe euch gerne", antwortete die kleine Frau, deren Augen vor lauter Liebe strahlten. „Schade, dass meine Schwester diesen Tag nicht mehr erleben darf. Was hätte sie sich gefreut, ein drittes Mal Oma zu werden. Andererseits blieb es ihr erspart, den Verlust von Corinna ertragen zu müssen."

„Dieser schreckliche Krebs", warf Jürgen betrübt ein. „Mutter ist viel zu früh gestorben. Vater kommt sehr schlecht ohne sie zurecht."

„Deine Mutter ist ebenfalls an Krebs erkrankt, nicht wahr?" Tante Walli blickte Gitte fragend an. Diese saß am Tisch des Zweibettzimmers.

„Leider ja", antwortete sie. „Ich fürchte, sie wird Sabrinas ersten Geburtstag nicht mehr erleben. Wir müssen für sie beten. Wie sehr würde ich ihr dieses Erlebnis gönnen. Auch mein Vater wird es als Witwer schwer haben. Weniger wegen der Haushaltsführung, aber die Einsamkeit wird ihm zu schaffen machen."

„Ich bin gespannt, was Charlotte zu unserem Geschenk sagen wird", meldete sich Jürgen zu Wort. „Es war Gittes Idee. Eine Kette mit einem Herzen als Anhänger. Das Symbol für die Liebe und die Hoffnung am Anfang eines neuen Lebens. Und zugleich ein Trost am Lebensende."

„Charlotte hat heute Geburtstag, richtig?" Tante Walli langte in die Schale mit Gebäck, die sie mitgebracht hatte, und entnahm ihr ein Plätzchen.

„Leider können meine Eltern uns nicht im Krankenhaus besuchen", erwiderte Gitte bedauernd. „Mutti ist zu schwach, und Papa möchte sie keine Sekunde aus den Augen lassen."

Ein Klopfen an der Zimmertür unterbrach das Gespräch. Eine Schwester betrat das Zimmer, Sabrina in den Armen haltend. Langsam kam sie auf die kleine Gesellschaft zu. „Sehen Sie nur, Frau Groß, jemand möchte Ihnen zum Muttertag gratulieren."

Gitte wurde es beim Anblick ihres Kindes ganz warm ums Herz. Die Schwestern hatten Sabrina ein winziges Sträußchen aus Maiglöckchen zwischen die Händchen gelegt, ein kleines Gesteck aus Kunstblumen.

„Heute ist Muttertag, daran habe ich überhaupt nicht gedacht", sagte Gitte überrascht. Ihre Gefühle überwältigten sie, und die Tränen flossen in Strömen über ihr Gesicht. Sie nahm ihre Tochter in die Arme und küsste sie zart auf die Stirn.

„Sabrina hat Hunger." Die Schwester lächelte aufmunternd. „Sie dürfen sie jetzt stillen. Ich komme später wieder und hole Ihre Kleine wieder ab."

„Was für ein Tag", flüsterte Gitte. „Mutti feiert dieses Jahr an Muttertag Geburtstag, ihren letzten vielleicht, und meine Tochter liegt hier an meiner Brust, wenige Tage nach ihrer Geburt."

Charlotte und Karl Wagner saßen an dem von Gitte liebevoll gedeckten Wohnzimmertisch. Tante Walli hatte Rhabarberkuchen gebacken und verteilte großzügig portionierte Stücke auf den Tellern. Eine Woche würde sie Jürgen und Gitte noch zur Seite stehen, bevor ihr Neffe sie zurück nach Münster brachte.

„Der Kuchen schmeckt wunderbar, Tante Walli", bemerkte Gitte, nachdem sie von dem Gebäck gekostet hatte.

„Ich habe ihn mit Liebe gebacken", sagte die patente alte Dame, und Stolz schwang in ihrer Stimme mit. Sie war eine herzensgute Seele, die einsprang, wenn Not am Mann war.

„Ich habe ein Geschenk für dich, Gitte", meldete sich Charlotte mit leuchtenden Augen zu Wort. Gitte registrierte mit Freude, dass etwas Farbe die eingefallenen Wangen überzog. „Magst du es sofort auspacken?"

„Ein Geschenk?" Erstaunt legte Gitte die Kuchengabel am Tellerrand ab. „Ich habe doch gar keinen Geburtstag."

„Das Geschenk ist für Sabrina und dich. Zur Taufe", erwiderte Charlotte strahlend. Die Geburt der Enkeltochter schien ihre letzten Kräfte zu mobilisieren. „Hier." Charlotte reichte ihrer Tochter ein Päckchen.

Neugierig löste Gitte die Schleife und entfernte das Geschenkpapier. Was darunter zum Vorschein kam, ließ sie erstarren. Es war ein Taufkleid aus durchsichtigem Stoff mit eingewebten Blumen und einem schlichten, rosafarbenen Unterkleid. Das altmodische und unscheinbare Kleid gefiel Gitte überhaupt nicht. Einen Moment lang verschlug ihr der Anblick des Taufkleids die Sprache. Schließlich stammelte sie: „Das ist wunderbar. Vielen Dank, Mutti."

„Ich bin überglücklich und freue mich auf die Taufe", entgegnete Charlotte und stach zufrieden ein Stück von ihrem Rhabarberkuchen ab.

Tante Walli war Gittes entsetzter Gesichtsausdruck nicht entgangen.

„Wir schauen uns das Taufkleid später an", sagte sie und zwinkerte Gitte zu. „Jetzt genießen wir erstmal unseren Kaffee."

„Auf Wiedersehen. Der Nachmittag war wunderschön", verabschiedete sich Charlotte gut gelaunt und schloss die Wohnungstür hinter sich. Augenblicklich griff Gitte nach dem Kleid, streckte die Arme aus und betrachtete es eingehend aus der Entfernung.

„Ich bin entsetzt, Tante Walli", sagte sie kopfschüttelnd. „Es wäre meine Aufgabe gewesen, ein Taufkleid auszusuchen. Das kann Sabrina unmöglich tragen."

„Mein süßes Schwesterchen sollte ein hübscheres Taufkleid bekommen", mischte sich Markus ein.

„Ihr könnt Charlotte nicht vor den Kopf stoßen", bemerkte Jürgen und blickte Gitte neugierig über die Schulter. „So schlimm sieht es gar nicht aus. Ein wenig altbacken, aber es gibt Schlimmeres. Wenn es der sehnlichste Wunsch deiner todkranken Mutter ist, müssen wir in den sauren Apfel beißen. Da führt kein Weg dran vorbei."

„Ich habe die Lösung für unser Problem", erklärte Tante Walli energisch. „Wir kaufen einen schönen Unterstoff und Borten, die ich auf das Kleid aufnähe. Ihr werdet sehen, wenn ich fertig bin, sieht das Taufkleid wunderschön aus."

Gitte saß auf ihrem Stuhl in der ersten Reihe und hielt Sabrina stolz in den Armen. Tante Walli hatte Wort gehalten. Das Taufkleid sah entzückend aus.

„Wie hübsch sie aussieht." Andrea streichelte ihrer Patentochter liebevoll über die rosige Wange.

„Tante Walli hat ganze Arbeit geleistet", flüsterte die junge Frau an Gittes anderer Seite und grinste verschwörerisch. Sie hatten Jürgens Cousine Ulla als zweite Taufpatin ausgewählt. In Jürgens Kindheit hatte er viel Zeit bei Tante Walli in Münster verbracht. Er hatte es geliebt, mit seinem Cousin zu spielen, und freute sich, dass dessen Frau sich bereit erklärt hatte, Verantwortung für Sabrina zu übernehmen.

Der August zeigte sich im Jahr 1980 hochsommerlich, und in der aus Holz gebauten Kirche der Evangelisch - Methodistischen Gemeinde war es warm. Andächtig lauschten sie den Worten des Pastors. Er hatte eine bewegende Predigt vorbereitet und referierte über den Ursprung der Taufe. Nachdem er auf die Taufe Jesu durch Johannes verwiesen hatte, bat er die Familie und die Paten, zu ihm an den Altar zu kommen. Gitte bebte vor Aufregung, als sie Sabrina Andrea übergab. Würdevoll hielt diese das Kind über die auf dem Altar stehende Taufschale. Der Pastor nahm den Kelch und goss das Taufwasser behutsam über Sabrinas Stirn. Diese blickte den Geistlichen aus großen Augen an. „Ich taufe dich auf den Namen Sabrina", sagte der Pastor. „Du findest Halt im Gedächtnis Jesu Christ, wie es gesagt wird in Timotheus 2,8." Er wandte seinen Blick den zahlreich erschienenen Gemeindemitgliedern zu. „Ich zitiere aus der Apostelgeschichte 4,12: In keinem andern ist das Heil, ist auch kein andrer Name unter dem Himmel den Menschen gegeben, darin wir wollen selig werden. Nehmt ihr, liebe Gemeindemitglieder, Sabrina in unsere Gemeinde auf, so antwortet: ja, mit Gottes Hilfe. "

„Ja, mit Gottes Hilfe", antworteten die Gemeindemitglieder einstimmig. Gitte war glücklich in diesem bewegenden Augenblick und fühlte sich in der Gemeinde geborgen. Sie freute sich auf die am frühen Nachmittag stattfindende Tauffeier.

Leise schloss Gitte die Schlafzimmertür. Sabrina schlummerte friedlich in ihrem fahrbaren Stubenwagen. Seit einiger Zeit waren die Mieter der Wohnung im Erdgeschoss ausgezogen, und Jürgen hatte das ganze Haus am Neuenbaumer Weg gemietet. Für die Tauffeier hatten Gitte und Tante Walli im Esszimmer des Obergeschosses ein Kuchenbuffet angerichtet. Sie freuten sich, dass die Familie der Tante aus Münster angereist war.

„Was für ein schöner Nachmittag", hörte Gitte Andrea zu dem Pastor sagen, während sie das Esszimmer betrat.

Manfred Kohlmann war nicht nur der Pastor der Gemeinde, sondern ebenfalls ein Freund der Familie.

„Was für ein Glück, dass Sabrina gesund zur Welt gekommen ist. Jürgen hat genug mitgemacht. Marlies' früher Tod hat uns alle zutiefst betroffen. Als dann auch noch Corinna bei dem Unfall ums Leben gekommen ist…"

Das Geräusch des Löffels, mit dem Gitte gegen ein Glas klopfte, unterbrach das Gespräch. „Meine lieben Gäste. Das Buffet ist eröffnet."

„Markus sieht fröhlich aus", stellte Arnold fest, der an Gittes Seite Platz genommen hatte. „Er spielt munter mit den anderen Kindern."

„Die Therapie hat sehr gut angeschlagen und ist beendet", gab Gitte Auskunft und griff nach der Tortenschaufel. Sie hielt einen Moment inne, überlegte und platzierte ein Stück Schwarzwälder Kirschtorte auf ihren Teller. „Der Psychologe hat Markus mit Figuren darstellen lassen, an welchem Platz er sich innerhalb des Familiengefüges sieht. Zu Beginn fühlte er sich als Außenseiter, jetzt ist er wieder im Mittelpunkt des Geschehens. Mehr hat uns der Psychologe nicht verraten. Ich bin einfach froh, dass es Markus wieder gut geht."

„Möchtest du Markus nicht adoptieren?" Arnold blickte Gitte fragend an. „Ich meine, von mir aus kann es bleiben, wie es ist. Du bist für Markus seine Mutter. Egal, ob vor dem Gesetz oder nicht."

„Jürgen und ich haben bereits des Öfteren darüber gesprochen", gab Gitte Auskunft und nahm einen Schluck von ihrem Kaffee. „Aber jetzt ist der falsche Zeitpunkt für eine Adoption. Das Jugendamt wird mich auf Herz und Nieren prüfen. Ich brauche meine Kräfte für Sabrina. Im Augenblick ist das zu viel für mich."

Das fröhliche Lachen von Jürgen, Hans, Andrea und Ulla riss sie aus ihrer Unterhaltung.

„Wer hat die leckeren Torten gebacken", wollte Ulla wissen. „Tante Walli?"

„Wir haben uns die Arbeit geteilt", antwortete Gitte. Sie genoss die Gesellschaft ihrer Familie und Freunde. Liebevoll richtete sie den Blick auf ihre Mutter. Mochte kommen, was wolle, die Tauffeier konnte ihr niemand mehr nehmen.

Charlotte schien ihren Blick zu spüren. Sie beugte sich über den Tisch und sagte ernst:

„Ich muss unter vier Augen mit dir sprechen."

Gittes Handinnenflächen wurden feucht, während sie aufstand und an der Seite ihrer Mutter zum Esszimmerfenster ging.

„Gefällt dir die Aussicht, Mutti? Ich bin glücklich, dass wir den Garten jetzt allein nutzen können, nachdem die jungen Leute ausgezogen sind", sagte sie und deutete mit der Hand auf die große Rasenfläche.

„Das Taufkleid kam mir in der Kirche ganz anders vor, als ich es in Erinnerung hatte. War es wirklich das Kleid, das ich dir geschenkt habe?" Charlotte hatte keinen Blick für den Garten übrig.

„Selbstverständlich, Mutti", antwortete Gitte hastig. „Bei meiner Freundin habe ich ein Taufkleid gesehen, das mit Samtbändern geschmückt war. So gut hat mir das gefallen, dass ich Tante Walli bat, eine kleine Veränderung an Sabrinas Kleid vorzunehmen."

„Dann ist es gut", gab sich Charlotte zufrieden. „Ich fühle mich nicht wohl. Kann Jürgen uns in ein paar Minuten nach Hause bringen?"

„Ich sag ihm sofort Bescheid", erwiderte Gitte, froh darüber, das Thema wechseln zu dürfen. „Es ist ein großer Segen, dass er wieder Auto fahren darf."

Die Sonne strahlte vom Himmel. Hummeln umschwirrten die Blüten, und die Vögel zwitscherten. Andrea und Hans genossen sichtlich die Wärme und blickten erwartungsvoll auf den gedeckten Gartentisch. Gitte hatte Waffeln gebacken und mit heißen Kirschen und frisch geschlagener Sahne serviert.

„Greift zu", forderte sie die Geschwister ihres Mannes auf. „Es ist genug da."

„Zum Glück durfte deine Mutter den ersten Geburtstag ihrer Enkeltochter miterleben. Es war berührend, die Freude in ihren Augen zu sehen", bemerkte Andrea nachdenklich und nahm eine Waffel von dem Tablett.

„Wenn Mutti nicht mehr bei uns ist, wird meinem Vater die Einsamkeit arg zusetzen", stellte Gitte fest, sich Sahne auf die Waffel streichend.

„Mach dir darüber keine Gedanken", warf Andrea ein und fuhr sich mit den Fingern durch die blonden Haare. „Vielleicht wird alles halb so schlimm. Jetzt gilt es, deiner Mutter die letzten Wochen oder Monate so schön wie möglich zu machen."

„Mehr Sorgen mache ich mir über unseren Vater", machte sich Hans bemerkbar. „Er ist zeitweilig schlimm durcheinander. Wir müssen eine Lösung finden. Er kann sich nicht mehr allein versorgen."

Sie schwiegen eine Weile, hingen ihren Gedanken nach und widmeten sich den Waffeln.

Gitte warf einen Blick auf den Laufstall, in dem Sabrina ihre ersten Gehversuche machte. Markus stand am Gitter und schaute ihr dabei aufmerksam zu.

„Jetzt, wo uns das ganze Haus zur Verfügung steht, hätten wir Platz für Helmut", sagte sie nach kurzer Überlegung. „Jürgen, was meinst du?"

„Natürlich würde ich meinen Vater gerne zu uns holen", erwiderte dieser augenblicklich. Im Laufe des Nachmittags hatte sich der Sonnenstand geändert. Er erhob sich von seinem Stuhl und verrückte den Sonnenschirm. „Die meiste Arbeit bleibt an dir hängen. Ich bin tagsüber nicht im Haus. Es ist deine Entscheidung, Gitte."

„Es wäre für uns Berufstätige eine große Erleichterung. Traust du dir diese zusätzliche Belastung zu? Können wir dir das aufbürden?" Hans nahm sich eine weitere Waffel. „Vater baut körperlich und geistig immer mehr ab. Er kommt ohne unsere verstorbene Mutter nicht mehr zurecht." Er verscheuchte eine Wespe, die auf seiner Waffel gelandet war.

„Ich glaube, es wird eine Bereicherung für alle sein, wenn Helmut zu uns kommt", bemerkte Gitte. „Für die Kinder ist es toll, in Gesellschaft ihres Opas aufzuwachsen. Und Helmut wird es guttun zu sehen, wie seine Enkelkinder heranwachsen."

„Also ist es beschlossene Sache?" Andrea blickte fragend in die Runde.

„Abgemacht", sagte Gitte entschlossen. „Wir werden alles in die Wege leiten."

Helmut Groß hatte sich zu ihrer aller Erleichterung schnell im Haushalt seines Sohnes und dessen Familie eingelebt. Er war regelrecht aufgeblüht und hatte in den vergangenen anderthalb Jahren mit regem Interesse seine Enkelkinder aufwachsen gesehen. Mittlerweile wurde er von allen liebevoll *Opa* genannt. Zu Gittes Freude und Erstaunen hatte ihre Mutter dem Krebs tapfer die Stirn geboten und die Monate mit Sabrina und Markus genossen. Doch jetzt war es absehbar, dass Charlotte ihr letzter Krankenhausaufenthalt bevorstand. Es ging definitiv ihrem Lebensende entgegen.

„Ich öffne uns eine Flasche Rotwein", kündigte Jürgen an. Er erhob sich vom Wohnzimmersofa und verschwand in der Küche. Es war bereits nach zweiundzwanzig Uhr. Der Opa schlief in seinem Zimmer in der oberen Etage, und Sabrina und Markus schlummerten in ihren Kinderzimmern. Gitte war unsagbar traurig, und ihm gelang es nicht, seine Frau zu trösten.

Marie Roth hypnotisierte mit ihren Augen die Drehscheibe des Telefons. Die Gelegenheit war günstig. Karin und Joachim führten mittlerweile eigene Haushalte, und Larissa verbrachte die Nacht bei einer Freundin. Werner hatte sie am späten Nachmittag verlassen, um den Abend in der Gesellschaft seiner Kneipenbrüder zu verbringen. Die mittlerweile Einundfünfzigjährige hatte in der Vergangenheit bereits öfter diese Nummer gewählt, doch immer wieder direkt den Hörer aufgelegt. Sie blickte auf ihre schmalen Hände, gefaltet und mit dem Ehering geschmückt. Traurig dachte sie an Werner, ihre Ehe, die alles andere als glücklich war. Ihr Mann hatte sich mehr und mehr als Trinker erwiesen, der seiner Arbeit auf dem Bau zwar nachging, jedoch in seiner Freizeit lieber die Kneipe besuchte, anstatt die Beziehung zu Frau und Kindern zu pflegen. Marie war froh, dass Karin einen guten Ehemann gefunden hatte und inzwischen selbst Mutter eines kleinen Mädchens war. Irgendwie war es Marie gelungen, ihre Kinder zu selbstbewussten und lebensfrohen Menschen heranwachsen zu lassen. Sie seufzte schwer. Ihr ganzes Leben lang hatte sie mit sich gehadert, sich vorgeworfen, nicht stark genug gewesen zu sein, damals, vor knapp einunddreißig Jahren. Sie fragte sich, wie ihr Leben verlaufen wäre, wenn sie sich geweigert hätte, Gitte zur Adoption freizugeben. Hätte Werner seine Drohung tatsächlich wahr gemacht und sie beim Jugendamt angeschwärzt? Hätten die verantwortlichen Menschen ihr wirklich gleich beide Mädchen weggenommen? So viel sie auch grübelte, sie fand keine Antworten auf ihre Fragen. Natürlich mochte sie ihre zwei jüngeren Kinder, Joachim und Larissa, nicht missen, die sie nicht geboren hätte, wäre es damals zur Trennung gekommen. Langsam griff sie zum Telefonhörer, nahm ihn in die eine Hand und begann vorsichtig mit der anderen zu wählen.

Jürgen stellte zwei bauchige Gläser und die bereits entkorkte Rotweinflasche auf den Tisch.

„Vielleicht wirst du nach einem Glas Wein schlafen können." Er schenkte ihnen großzügig ein und nahm neben Gitte Platz. Plötzlich schellte das Telefon, und Jürgen sprang auf. Das Telefon war in der oberen Wohnung untergebracht, und für gewöhnlich nahm der Opa die Anrufe entgegen.

„Wer mag um diese Uhrzeit anrufen?", wunderte er sich und machte sich eilig auf den Weg nach oben.

Kurz darauf hörte Gitte ihn rufen: „Für dich. Deine Mutter."

„Mutti? Ist etwas passiert? Geht es ihr schlecht?" Aufgeregt nahm Gitte die Treppenstufen. Oben angelangt, reichte ihr Jürgen den Hörer. „Mutti? Was ist los? Sag bitte etwas."

Maries Herz raste, als sie die Stimme ihrer Tochter hörte. Ihr Mund fühlte sich ausgedörrt an. „Gitte?", brachte sie mühsam heraus.

„Hallo? Wer ist da bitte?" Gitte blickte ihren Mann aus großen, fragenden Augen an.

„Deine Mutter", sagte Jürgen ernst.

„Gitte, hier ist deine Mutter", flüsterte Marie in den Hörer. „Erschrick dich bitte nicht. Ich musste dich einfach anrufen. Leg bitte nicht auf."

„Woher…" Gitte schluckte. Ihre Hände zitterten derart stark, dass sie kaum den Telefonhörer halten konnte. „Woher haben Sie meine Telefonnummer?"

„Ich weiß, dass du verheiratet bist und eine Familie hast", fuhr Marie fort. Sie warf einen ängstlichen Blick auf die Wohnungstür. Nicht dass Werner ausgerechnet heute vor Mitternacht zurückkehren würde. Weil es ein Samstagabend war, ging sie nicht davon aus. „Hat deine", sie brach ab. Das Wort *Mutter* brachte sie nicht über die Lippen. „Hat Frau Wagner dir nicht von den vertauschten Briefumschlägen nach deiner Adoption erzählt? Mein Gott, weißt du überhaupt davon?"

Gitte zitterte derweil unkontrolliert, sodass Jürgen sie stützen und ihr den Hörer ans Ohr halten musste. „Ob ich was weiß? Ob ich weiß, dass Sie mich meinem Schicksal überlassen und ins Heim gebracht haben aus Liebe zu einem Mann, der mich nicht wollte? Warum rufen Sie mich an? Meine Mutti liegt im Sterben."

Marie stiegen die Tränen in die Augen. „Kind, so war es nicht, das darfst du nicht von mir denken. Ich möchte dich treffen, sehen, was aus dir geworden ist, dir erzählen, was meine Beweggründe damals wirklich waren."

Gitte hörte die Qual in der Stimme der Frau, die sich ihre Mutter nannte. Sie schien zu weinen, doch Gitte wurde alles zu viel. „Ich möchte nicht mit Ihnen sprechen. Meine Mutti ist sterbenskrank." Gitte schrie fast, ballte ihre Hände zu Fäusten und schüttelte unwillig mit dem Kopf. Jürgen konnte das Leid seiner Frau nicht mitansehen und hielt den Telefonhörer ans eigene Ohr. „Lassen Sie meine Frau in Frieden. Hören Sie nicht, wie schlecht es ihr geht? Ich werde das Gespräch jetzt beenden."

„Es ist ein Glück für meinen Vater, dass du ihn immer ins Krankenhaus bringst", sagte Gitte dankbar zu ihrem Mann. Dieser hatte Sabrina auf dem Schoß und strich ihr zärtlich über den Kopf. „Wie sollte er ansonsten täglich ins Marienhospital kommen? Ich muss mich um die Kinder und den Opa kümmern."

„Du hast dir nichts vorzuwerfen, Schatz", entgegnete Jürgen und betrachtete seine Frau stolz. „Wie du den Haushalt machst, Markus, Sabrina und den Opa versorgst, ist großartig. Ich bewundere dich dafür."

Der Opa hatte in ihrem ehemaligen Schlafzimmer seinen Platz gefunden, das frühere Wohnzimmer war Markus' kleines Reich. Das Esszimmer, in dem vor anderthalb Jahren Sabrinas Tauffeier stattgefunden hatte, war zu Opas Aufenthaltsraum umfunktioniert worden.

„Markus kommt gleich aus der Schule", bemerkte Gitte nach einem raschen Blick auf die Wanduhr. „Ich werde uns Pfannkuchen backen."

Das Läuten des Telefons unterbrach das Gespräch. Behutsam legte Jürgen Sabrina ins Kinderbett. So schnell er konnte, stieg er die Treppenstufen empor.

„Karl ist am Apparat", bemerkte Helmut, der stolz den Telefonhörer in der Hand hielt. Zwar wusste niemand genau, was in dem Mann vorging - an einigen Tagen schien er situativ orientiert zu sein, an anderen Tagen hingegen brachte er Namen und Ereignisse in falsche Zusammenhänge -, den Telefondienst mochte er sichtlich. Jürgen nahm seinem Vater den Hörer aus der Hand.

„Karl? Ist alles in Ordnung?" Eine Weile lauschte Jürgen den Ausführungen seines Schwiegervaters. Schließlich bemerkte er: „Ich informiere Gitte und hole dich sofort ab."

Jürgen eilte zurück zu seiner Frau, griff im Vorbeigehen nach seiner dicken Winterjacke und schnappte sich den Autoschlüssel. „Deine Mutter wurde vom Marienhospital ins Petrus Krankenhaus verlegt. Plötzlich konnte sie ihre Beine nicht mehr kontrollieren. Der Tumor muss ins Gehirn gestreut haben. Die Ärzte im Petrus Krankenhaus sind auf Untersuchungen des Kopfes spezialisiert. Ich bringe deinen Vater dorthin."

Gittes Herz zog sich vor Kummer zusammen. Sie legte den Hörer auf die Gabel und rief nach Markus.

Nur Sekunden später öffnete sich die Tür, und der Junge trat ein.

„Was ist los, Mama?", wollte er wissen. Er ging zu seinem Großvater und umarmte ihn. Dieser strahlte übers ganze Gesicht.

„Jürgen, mein Sohn", rief er erfreut aus. „Wie war es im Kindergarten?"

„Opa, ich bin doch dein Enkel", sagte Markus entrüstet. „Ich bin zwölf Jahre und gehe nicht mehr in den Kindergarten."

„Das weiß ich doch, Markus." Der Opa grinste über beide Backen. „Ich wollte dich nur necken. Als dein Vater klein war, sah er aus wie du."

„Markus, ich brauche deine Hilfe." Gitte blickte ihren Sohn ernst an. Nur mit höchster Willensanstrengung gelang es ihr, die Fassung zu bewahren. „Kümmere dich bitte um Sabrina. Wir müssen Oma im Krankenhaus besuchen."

„Ohne uns?", fragte Markus erstaunt. „Es ist Sonntagnachmittag. Warum dürfen Sabrina und ich nicht mit zu Oma?"

Mit letzter Kraft versuchte Gitte, die aufsteigenden Tränen zu unterdrücken. Ihr Vater hatte sie soeben gebeten, die Kinder zu Hause zu lassen. Es stand sehr schlecht um ihre Mutter. Vor drei Tagen hatte Gitte sie das letzte Mal gesehen. Mit den Kindern war sie häufig zu Besuch bei ihrer Mutter gewesen. Charlotte hatte Abschied von ihren Enkelkindern nehmen können.

„Es ist besser für euch", sagte sie nach einer Weile. Sie nahm Markus' Hände in die ihren. „Ich verlasse mich auf dich."

„Das kannst du, Mama." Stolz ging Markus zu seiner Schwester und sagte: „Wenn Sabrina müde wird, ziehe ich ihr den Schlafanzug an und bringe sie ins Kinderbett."

Gerührt erwiderte Gitte: „Papa und ich machen uns jetzt auf den Weg zum Krankenhaus."

Mit klopfendem Herzen öffnete Gitte die Tür des Zweibettzimmers. Ihre tränenverschleierten Blicke schweiften suchend durch den Raum, doch die beiden Patientinnen waren ihr fremd. Sie fragte sich, ob sie sich eine verkehrte Zimmernummer notiert hatte. Verwundert drehte sie sich um und legte die Hand auf die Türklinke. Auf einmal erstarrte sie. Ein eiskalter Schauer lief ihr über den Rücken. Der Mann, der neben dem Bett hinten am Fenster stand, dem sie nur am Rande Beachtung geschenkt hatte, war das ihr Vater? Ganz langsam wandte sie sich um und blickte ein zweites Mal auf die Krankenbetten.

„Um Himmels willen", flüsterte sie entsetzt.

Die bis auf die Knochen abgemagerte Frau mit dem spitzen Gesicht war tatsächlich ihre über alles geliebte Mutter. Fassungslos näherte sie sich dem Krankenbett. Es war ihr unbegreiflich, wie ein Mensch sich in drei Tagen derart verändern konnte. Ihre Mutter hatte die Augen geschlossen. Die Lippen ihres Vaters zuckten, und die Tränen liefen ihm in Strömen über sein Gesicht.

Behutsam nahm Gitte die Hand ihrer Mutter. Aufgrund der Berührung bewegten sich ihre Lider, öffneten sich jedoch nicht.

„Mutti", hauchte Gitte. „Ich bin bei dir."

„Es geht zu Ende", sagte Karl nach einer langen Zeit der Stille.

„Vater, Sterbende bekommen mehr mit, als wir uns vorstellen können", flüsterte Gitte mahnend. Ein fast unmerklicher Händedruck von ihrer Mutter war die Antwort: Sie wusste, dass Gitte bei ihr war. Wie ein Film liefen die Etappen ihres gemeinsamen Lebens vor Gittes Augen ab. Sie sah sich mit der Schultüte, sah sich mit ihrer Mutter zur Chorprobe der Gemeinde gehen, sie hörte die Worte, dass sie ein Adoptivkind sei, hörte sich selbst antworten, dass dies keine Rolle spiele und ihre Mutti das Beste sei, was ihr je passieren konnte.

„Mutti", sagte sie leise. „Ich liebe dich unendlich. Danke, dass du mir die beste Mutti warst." Sie brach ab und fügte hinzu: „Danke, dass du mir die beste Mutti bist."

Der Nachmittag ging in den Abend über. Auf einmal öffnete sich die Tür, und Jürgen betrat den Raum. „Karl, Gitte, es ist spät geworden. Im Moment können wir nichts für Charlotte tun."

Schweren Herzens verabschiedeten sie sich von Charlotte.

„Papa, wenn sich jemand vom Krankenhaus in der Nacht bei dir melden sollte, ruf uns sofort an", bat Gitte, als sich die Tür des Krankenzimmers hinter ihnen schloss. „Wir kommen sofort."

Gitte fühlte sich, als würden sie schwere Ketten aus Blei ans Bett fesseln. Einzig und allein für ihre Kinder raffte sie sich auf, das Bett zu verlassen. In der Nacht hatte sie kaum Schlaf gefunden und bitterlich um ihre Mutti geweint. Wie in Trance machte sie sich daran, die Aufgaben des Alltags zu bewältigen. Sie bereitete das Frühstück und kleidete Sabrina an. Anschließend ging sie ins Bad und wusch ihr Gesicht mit eiskaltem Wasser. Langsam kehrten ihre Lebensgeister zurück. Sie schickte Markus zur Schule, machte die Betten und kontrollierte, ob der Opa sich gewaschen und angezogen hatte. Zwischendurch schaute sie immer wieder auf die Uhr. Sie wartete auf den Anruf ihres Vaters. Um kurz nach acht hielt sie es nicht mehr aus.

„Ich rufe Papa jetzt an", sagte sie zu Jürgen, der sich zu ihrer Unterstützung einige Tage Urlaub genommen hatte. „Begleitest du mich nach oben?"

Jürgen nickte und nahm Gittes kalte Hand in die

seine. Sie hörten den Opa hinter ihnen die Stufen zur oberen Etage nehmen. Unruhig wählte Gitte die Nummer ihres Vaters.

„Guten Morgen, Papa. Hast du schon was von Mutti gehört?" Ihr Herz raste vor Aufregung.

„Ob ich schon etwas von Charlotte gehört habe?", hörte sie den Vater am anderen Ende der Leitung sagen. Seine Stimme klang tränenerstickt. „Warum seid ihr nicht ans Telefon gegangen? Ich habe am späten Abend mehrmals bei euch angerufen. Warum habt ihr, ohne etwas zu sagen, aufgelegt? Jetzt ist es zu spät. Mutti ist gestern um kurz vor Mitternacht von uns gegangen. Am Totensonntag noch."

Gittes Knie fühlten sich wie Wackelpudding an. Sie sank auf den Stuhl neben dem Telefon. „Opa", flüsterte sie fassungslos.

„Was ist mit dem Opa?", hörte sie ihren Vater fragen.

Hitze bereitete sich in Gittes Innerem aus, und sie hörte das Blut in ihren Ohren rauschen.

„Der Opa muss immer wieder aufgelegt haben, obwohl ich ihn gebeten hatte, uns sofort zu wecken, wenn du anrufen würdest." Sie legte den Hörer auf ihren Schoß und rief: „Opa, komm mal bitte zu mir."

Der Gerufene erschien munter im ehemaligen Esszimmer und strahlte sie an.

„Opa, hast du gestern am späten Abend Telefonate entgegengenommen?" Gittes Augen füllten sich mit Tränen.

„Es hat ständig jemand angerufen, aber ich wollte schlafen", gab Opa Auskunft. „Unverschämtheit. Bestimmt irgendwelche Teenager, die uns ärgern wollten."

„Papa, verzeih mir bitte", schluchzte Gitte verzweifelt.

„Es ist meine Schuld. Ich hätte auf einer Matratze neben dem Telefon übernachten müssen."

Benommen lauschte sie der Schilderung ihres Vaters. Anschließend beendete sie das Telefonat.

„Mutti soll friedlich eingeschlafen sein. Das hat die Krankenschwester meinem Vater gesagt", berichtete sie Jürgen. „Aber wir waren nicht bei ihr." Sie verbarg das Gesicht in den Händen.

Jürgen fehlten die Worte. Er streichelte ihr behutsam über den Kopf.

„Ein Trost ist mir, dass Manfred sie gestern am späten Abend besucht und ihr seinen Segen gegeben hat. Laut Auskunft der Schwester soll er eine gute Stunde bei ihr gewesen sein."

„Was für eine schöne Geste von unserem Pastor", entgegnete Jürgen. „Mach dir keine Vorwürfe. Gestern warst du viele Stunden bei deiner Mutter. Das war dein Abschied von ihr."

Die Anspannung ließ langsam nach. Charlottes Beerdigung lag hinter ihnen, und Jürgen öffnete eine Flasche Rotwein. Er freute sich, dass Regina und Johannes Walter aus Schwäbisch Hall zur Beerdigung angereist waren.

„Jetzt ist meine Schwester von ihrem Leid erlöst", bemerkte Regina und hielt Jürgen ihr Glas entgegen.

„Charlotte durfte miterleben, wie ich euch getraut habe", sagte Johannes nachdenklich, derweil er sich eine Handvoll Erdnüsse nahm.

„Das Wichtigste war die Tauffeier für sie", erwiderte Gitte, und ein Lächeln schlich sich auf ihr Gesicht. „Wie stolz war sie, das Taufkleid ausgesucht und geschenkt zu haben. Und wisst ihr was?" Gitte lachte. „Es gefiel mir nicht. Doch mit ein paar Änderungen von Tante Walli wurde es perfekt."

Jürgen stellte eine Platte mit Käsewürfeln und Weintrauben auf den Tisch.

„Was für ein Segen, dass Gott mir diese Mutti geschenkt hat", erzählte Gitte weiter. Sie atmete tief durch und warf Jürgen einen fragenden Blick zu. Dieser nickte aufmunternd.

„Ihr werdet mir nicht glauben, was vor einem Monat geschehen ist", fuhr sie schließlich mutig fort.

„Du wirst es uns hoffentlich verraten", erwiderte Johannes grinsend.

„Marie Roth hat mich angerufen", ließ Gitte die Bombe platzen.

Es dauerte einen Moment, bis Regina und Johannes den Namen zuordnen konnten. Charlotte hatte ihrer Schwester zwar von Gittes leiblicher Mutter und den zufällig vom Jugendamt vertauschten Briefen berichtet, ein häufiges Gesprächsthema war Marie jedoch nicht gewesen.

„Du liebe Güte." Regina reagierte als Erste. „Nach all den Jahren hat sie jetzt Kontakt mit dir aufgenommen. Und das wenige Wochen vor Charlottes Tod."

„Ich habe ihr gesagt, dass meine Mutti im Sterben liegt und ich nichts mit ihr zu tun haben möchte." Gitte leerte ihr Glas mit einem Schluck.

„Bist du gar nicht neugierig auf die Frau?", wollte Regina wissen.

„Etwas schon", gab Gitte zu. „Was hätte Mutti wohl dazu gesagt?"

„Meine Schwester war eine starke und großmütige Frau", stellte Regina fest und nahm sich einen Käsewürfel. „Sie hätte jede deiner Entscheidungen akzeptiert. Sie wusste, dass du sie liebst."

„Meint ihr, ich soll Papa davon erzählen?" Gitte stand auf, ging zum Wohnzimmerschrank und entnahm ihm eine weitere Weinflasche.

„Auf gar keinen Fall", rief Johannes entsetzt aus. „Ausgerechnet jetzt, wo seine geliebte Charlotte gestorben ist…"

„Ich fürchte, er würde den Kontakt zu dir abbrechen", meinte Regina. „Du weißt ja selbst, dass Karl nie völlig hinter der Adoption stand. Zugestimmt hat er wegen deiner Mutter. Er wollte immer seine Freiheit und Charlotte ganz für sich haben."

„Wichtig ist, was du möchtest", warf Johannes energisch ein. „Wenn du deine Mutter kennenlernen möchtest, nimm den Kontakt zu ihr auf."

„Ich habe nie das Bedürfnis verspürt, sie zu treffen", erwiderte Gitte ehrlich. „Meine Mutti haben wir heute zu Grabe getragen. Wechseln wir das Thema. Wisst ihr noch früher in Schwäbisch Hall?"

Schwestern
November 1981 – April 1984

„Machst du bitte die Tür auf?", bat Gitte Jürgen, während sie lustlos den Wohnzimmertisch deckte. Heute war ihr einunddreißigster Geburtstag, doch ihr war so kurz nach der Beerdigung alles andere als zum Feiern zumute. Der Schmerz um den großen Verlust war frisch.

„Hast du einen heimlichen Verehrer?", erkundigte sich Jürgen grinsend, als er mit einem Rosenstrauß in den Händen zu Gitte zurückkehrte.

„Das sind Baccara Rosen", sagte Gitte überrascht und nahm Jürgen den Strauß aus den Händen. „Holst du mir eine Vase?"

Als die rote Pracht wenig später ihren Platz auf dem Tisch gefunden hatte, öffnete Gitte neugierig den beigelegten Umschlag. Die Blumen waren mit Fleurop geschickt worden.

„Ich fasse es nicht", entfuhr es ihr. „Der Strauß ist ein Geburtstagsgeschenk von Marie Roth. Hier steht: *Eine Rose für jedes Jahr, in dem ich dir nicht gratulieren durfte.*"

„Irgendetwas scheint in deiner…" Jürgen brach ab. „Irgendetwas scheint in der Frau momentan vorzugehen."

„Ich weiß nicht, wie ich damit umgehen soll", murmelte Gitte. Sie seufzte tief und sank auf einen Stuhl. „Bist du so lieb und schaltest den Ofen aus? Der Kuchen müsste fertig sein. Stell ihn zum Abkühlen auf das Kuchengitter."

Nur die engsten Familienmitglieder waren zur Geburtstagsfeier geladen. Hans und seine Frau, Andrea und Karl.

„Wer hat dir denn diese Rosen geschenkt?", wollte Andrea entzückt wissen. Sie nahm eine Blüte in die Hand und schnupperte daran.

„Jürgen natürlich", flunkerte Gitte. Sie hatte nicht vor, von ihrer leiblichen Mutter zu erzählen.

„Du Charmeur", sagte Hans grinsend zu seinem Bruder. „Warum zum einunddreißigsten Geburtstag dieser Aufwand und nicht zum runden im vergangenen Jahr?"

Verlegen strich sich Jürgen mit den Händen über den Bauch, der mittlerweile fülliger als zu Beginn ihrer Ehe geworden war.

„Mir war einfach danach", erwiderte er und langte nach der Kaffeekanne. „Es sollte ein Trost für die schmerzvollen vergangenen Monate sein."

„Mama", meldete sich Markus zu Wort. „Warum hat Papa die Rosen mit der Post geschickt? Er hätte sie dir auch kaufen und in die Hand geben können."

Der aufgeweckte Junge blickte sie aus großen Augen an.

„Das sollte den Überraschungseffekt erhöhen", erklärte Jürgen hastig und trat Gitte unter dem Tisch vorsichtig auf den Fuß.

„Lasst euch den Kuchen schmecken", sagte diese geistesgegenwärtig. „Mutti hätte gewollt, dass wir am heutigen Tag zusammen sind. Opa, für dich habe ich extra ein Pudding-Teilchen besorgt, weil du Aprikosenkuchen nicht magst."

Dieser blickte mit gerunzelter Stirn auf Karl, der sich ein Stück Kuchen auf den Teller legte.

„Wenn er das isst, möchte ich auch ein Stück davon." Der Opa blickte Karl missbilligend an. Er hatte sich an seine Sonderstellung in der Familie gewöhnt und mochte Gittes und Jürgens Aufmerksamkeit nicht mit Karl teilen. Hans und Andrea lachten. Gitte war darüber erleichtert, dass Opas Verhalten die anderen von Jürgens ungewöhnlichem Geburtstagsgeschenk ablenkte.

Hand in Hand spazierten Gitte und Jürgen vom Parkhaus in Richtung des Hauptbahnhofs. Sie hatten eine Verabredung mit Marie Roth im Chinarestaurant am

Islandufer. Die Straße heißt so, weil direkt neben ihr die Wupper entlang fließt. Sabrina hatten sie zu Hause gelassen. Markus war alt genug, um eine Weile auf seine Schwester und den Opa aufzupassen. Das neue Jahr war erst wenige Tage alt und zeigte sich bitterkalt. Es hatte den ganzen Tag über geschneit, und die Wege waren weiß. Gitte war schrecklich aufgeregt und brachte kein Wort heraus.

„Wir sind da", stellte Jürgen fest. Er ließ Gittes Hand los und öffnete die Eingangstür. Leise Musik empfing sie, und es roch intensiv nach Sojasauce und Gewürzen. Freudestrahlend kam eine kleine, chinesische Frau auf sie zu, neigte den Kopf und deutete mit der Hand auf die Garderobe neben dem Tresen. Jürgen hängte ihre Winterjacken auf, und Gitte schaute sich vorsichtig um. Das Restaurant war schlecht besucht, kein Wunder an einem Wochentag. Ihr Blick blieb an einem ungleichen Paar hängen, das an einem Tisch am Fenster saß.

„Das kann sie nicht sein", entfuhr es ihr überrascht.

Die Frau, die ihr zuwinkte, war das ganze Gegenteil von Charlotte Wagner. Klein und zierlich saß sie an der Seite eines rotwangigen, übergewichtigen und mürrisch dreinblickenden Mannes.

„Beweg dich, Schatz", forderte Jürgen seine zur Salzsäule erstarrte Frau auf. „Wer A sagt, muss auch B sagen."

„Frau Roth?", fragte Gitte unsicher, als sie den Tisch erreichten.

„Gitte, wie schön", sagte Marie lächelnd. „Aber bitte nenne mich nicht Frau Roth. Sag Marie zu mir."

Gitte ertappte sich dabei, dass sie die kurzhaarige Frau anstarrte, deren Nase der ihren glich. Ihre Handinnenflächen wurden feucht, als sie Marie gegenüber Platz nahm.

Jürgen begrüßte derweil den Mann an Maries Seite, der irgendetwas Unverständliches vor sich hin grummelte. Begeistert von diesem Treffen schien er nicht zu sein.

„Ich freue mich, dass ihr gekommen seid", bemerkte Marie nach einer Weile des unbehaglichen Schweigens.

Die Kellnerin hatte die Speisekarten gebracht, und Gitte studierte sie eingehend.

„Ich war neugierig, wie du bist, wie du aussiehst", gab sie zu. „Jürgen, nehmen wir die vier Köstlichkeiten für zwei Personen?"

Er nickte und schlug die Karte zu.

„Werner, wollen wir uns anschließen?", wollte Marie von ihrem schweigenden Mann wissen.

„Ich möchte Schweinefleisch süßsauer und ein Bier", wiegelte er unwirsch ab.

Er war Gitte auf Anhieb unsympathisch. Unwillkürlich war sie erleichtert, dass dieser Kerl nicht ihr leiblicher Vater war.

Nachdem sie ihre Bestellung abgegeben hatten, dauerte es nicht lange, bis die Speisen serviert wurden.

„Es stehen unzählige Gerichte auf der Karte, sie können nicht in derart kurzer Zeit frisch für uns gekocht haben", murrte der Mann, den Marie als Werner vorgestellt hatte.

„Meckere nicht ständig", schimpfte diese stirnrunzelnd. Sie warf Gitte einen verlegenen Blick zu.

Das Gespräch drehte sich um belanglose Dinge. Marie erkundigte sich bei Gitte nach ihren Interessen, Hobbies und Sabrina. Schließlich fragte sie, ob Gitte Interesse habe, ihre Geschwister kennenzulernen. Damit hatte sie Gittes wunden Punkt getroffen, hatte diese in ihrer Jugend Geschwister schmerzlich vermisst.

„Besuche uns doch in zwei Wochen", schlug Marie vor. „Wir wohnen in der Lothringer Straße."

„Ich weiß." Gitte nahm einen großen Schluck Mineralwasser. „Mutti hat mir von den vertauschten Briefen berichtet. Jürgen, was meinst du dazu?"

„Es ist deine Entscheidung, Liebes", entgegnete er schulterzuckend.

„Abgemacht. Wir werden euch in vierzehn Tagen mit Sabrina besuchen", sagte sie entschlossen.

Bei der Erwähnung ihrer Enkeltochter leuchteten Maries Augen.

Gitte hatte die Hände im Schoß gefaltet und blickte nachdenklich in die Dunkelheit.

„Hast du dir deine Mutter so vorgestellt?", wollte Jürgen wissen, der den Wagen in Richtung Heimat steuerte.

„Überhaupt nicht", erwiderte Gitte kopfschüttelnd. „In meiner Vorstellung sah sie wie Mutti aus. Mit dieser zierlichen Erscheinung habe ich nicht gerechnet."

„Werner finde ich unausstehlich", fügte Jürgen hinzu. „Hat ein Bier nach dem anderen getrunken und kaum ein vernünftiges Wort gesprochen."

„Umso mehr bin ich auf meine Geschwister gespannt", entgegnete Gitte leise. „Ich möchte wissen, ob ich in ihnen meine Mutter oder Werner entdecke. Vielleicht habe ich Ähnlichkeit mit meinen Geschwistern." Gitte holte tief Luft. „Es ist nicht zu fassen, dass ich sie kennenlernen werde."

Tränen stiegen ihr in die Augen, und ihre Schultern bebten. Auf einmal wurde ihr das ganze Ausmaß dieser Begegnung bewusst.

„Lass uns ein paar Schritte laufen, bevor wir reingehen", flüsterte sie, als Jürgen den Wagen vor dem Haus parkte. „Ich muss mich wieder fangen, bevor ich den Kindern begegne.

Jürgen hatte Mühe gehabt, einen Parkplatz zu finden, und sie mussten einige Schritte zu Fuß gehen. Ihr Weg führte sie an einem Platz vorbei, auf dem ein Betonklotz stand.

„Das ist ein Bunker aus dem Zweiten Weltkrieg", erklärte Jürgen. „Keine schöne Wohngegend ist das hier."

„Platz der Republik." Gitte blickte interessiert auf das Schild. „Etwas weiter die Straße runter müsste die Lothringer Straße sein."

„Mama, Schnee", machte sich Sabrina bemerkbar. Sie strahlte übers ganze Gesicht. Der Schnee knirschte unter den Rädern des Kinderbuggys.

„Wir sind angekommen", erklärte Jürgen nach dem kurzen Fußmarsch. Energisch betätigte er die Türschelle.

Sie mussten nicht lange warten, bis sich die Haustür öffnete.

„Guten Tag, zusammen", begrüßte sie eine dunkelhaarige Frau Anfang dreißig lächelnd. „Ich bin Karin, deine Schwester."

Gitte war sprachlos, als sie zum ersten Mal in die Augen ihrer Schwester blickte. Diese hatten dieselbe Farbe wie ihre eigenen, eine Mischung aus Grau und Grün. Karin ähnelte ihr sehr, obwohl sie etwas kleiner und nicht ganz so schlank wie Gitte war.

„Gitte", erwiderte sie schließlich, Karin ihre kalte Hand reichend.

„Meine Eltern wohnen in der ersten Etage", erklärte diese. „Du kannst den Buggy zusammenklappen und neben der Treppe abstellen. Ist das eine süße Maus. Wie heißt sie? Ich habe auch eine Tochter. Manuela. Sie ist vier Jahre alt."

„Sabrina wird im Mai zwei." Behutsam hob Gitte Sabrina aus dem Buggy und öffnete den Reißverschluss des Fußsacks, der sie vor der Kälte geschützt hatte.

„Folgt mir. Mutter hat Kuchen gebacken. Sie ist schrecklich nervös." Karin stieg vor ihnen die Treppenstufen empor.

Gittes Herz schlug ihr bis zum Hals. Diese erste Begegnung hatte sie überwältigt. Karin war ihr auf Anhieb sympathisch.

Neugierig schritt Gitte über die Türschwelle, ihre Tochter in den Armen haltend. Sie erblickte ein Mädchen im Teenageralter, das zwischen Marie und einem jungen Mann saß.

„Das ist unsere jüngste Schwester Larissa", informierte sie Karin, der Gittes Blicke nicht entgangen waren.

„Joachim", stellte sich ein Mann Mitte zwanzig vor und grinste schief. Gitte bemerkte ihn erst jetzt, weil er hinter der Tür gestanden hatte. „Dein Bruder."

Fest drückte Gitte Sabrina an ihre Brust. Ihr Kind vermittelte ihr das Gefühl von Sicherheit in dieser merkwürdigen Situation. Für Joachim schien diese Begegnung das Selbstverständlichste von der Welt zu sein, hingegen sich Larissa gelangweilt mit dem Mann an ihrer Seite beschäftigte, der augenscheinlich ihr Freund war.

„Gitte, Jürgen", rief Marie erfreut. „Schön, euch zu sehen. Und das ist Sabrina? Was ist sie entzückend."

Gitte war von Maries Überschwang irritiert. Sie wusste nicht recht, wie sie reagieren sollte. Diese Frau hatte sie vor fast dreißig Jahren ins Kinderheim gegeben und drei weitere Kinder bekommen.

„Guten Tag, Marie", sagte sie nach einer Weile ernst.

Jürgen stand an ihrer Seite und grüßte freundlich in die Runde.

Plötzlich öffnete sich die Wohnzimmertür, und Werner betrat den Raum. Grußlos setzte er sich gegenüber seiner Frau und seiner jüngsten Tochter an den Tisch, schenkte sich Kaffee ein und legte sich ein Stück Käsekuchen, das er großzügig mit Sahne bedeckte, auf den Teller. Ohne Gitte und ihren Mann zu beachten, begann er zu essen.

„Setz dich neben mich", forderte Karin Gitte auf.

„Lasst euch den Kuchen schmecken", sagte Marie mit leuchtenden Augen. „Gitte, begleitest du mich nach dem Kaffeetrinken zu Oma Frieda? Sie wohnt eine Etage höher und wird sich unglaublich freuen, dich zu sehen."

„Lasst doch meine Mutter in Frieden", brummte Werner und leerte mit einem großen Schluck seine Kaffeetasse. Er packte zwei weiter Stücke Kuchen auf seinen Teller, stand auf und verließ wortlos das Wohnzimmer. Seufzend schaute Marie zu Karin und sagte kopfschüttelnd: „Manchmal frage ich mich, was in dem Kopf deines Vaters vorgeht."

„Wer ist Frieda?", wollte Gitte neugierig wissen.

„Meine Oma", gab Karin Auskunft und nahm dankbar den von Jürgen gefüllten Kuchenteller entgegen. „Sie ist achtundachtzig und spricht häufig von dir. Ich war damals zu klein, um mich an die Zeit zu erinnern, die wir gemeinsam hier in der Lothringer Straße verbracht haben."

„Gemeinsame Zeit? Ich habe hier gelebt?" Gitte riss verwundert die Augen auf.

„Wir gehen jetzt", unterbrach Larissa die Unterhaltung, und Gitte betrachtete sie zum ersten Mal genauer. Sie war ein hübsches Mädchen mit langen, braunen Locken. Der junge Mann hatte den Arm um sie gelegt.

„Komm nicht zu spät heim", sagte Marie mahnend. „Es wird früh dunkel."

„Wir wollen Schlittschuh laufen", entgegnete Larissa. „In der Eishalle in Vohwinkel. Jan bringt mich um zwanzig Uhr nach Hause." Sie warf einen flüchtigen Blick auf Gitte. „Auf Wiedersehen." Sie lächelte zaghaft. „Vielleicht bis bald."

Karin nahm einen Stift aus ihrer Handtasche und bat ihren Bruder, ihr einen Zettel aus der Küche zu holen. Joachim erhob sich, und Gitte blickte ihm nach. Er war so blond wie sie selbst und hatte - wie alle Geschwister - Maries Locken geerbt. Es dauerte nicht lange, bis er mit einem Notizblock in der Hand zurückkehrte. Er reichte ihn Karin und verabschiedete sich mit der Begründung, verabredet zu sein.

„Außer Larissa wohnt keins meiner Kinder mehr hier", erklärte Marie rasch.

Karin schrieb ihre Telefonnummer auf ein Stück Papier und bat Gitte, es ihr gleichzutun. „Kommst du?" Marie war aufgestanden und hieß Gitte, ihr zu folgen.

Diese setzte Sabrina behutsam auf Jürgens Schoss und stand auf.

„Frieda ist sehr gebrechlich und liegt im Bett", flüsterte Marie. „Sie erwartet dich, weil ich deinen Besuch angekündigt habe." Sie öffnete die Schlafzimmertür und schaltete das Licht an. „Frieda", sagte sie leise. „Sieh mal, wen ich dir mitgebracht habe. Es ist Gitte."

„Gitte, meine liebe Gitte, dass ich das noch erleben darf", sagte die alte Frau und setzte sich mühsam auf. Liebevoll stützte Marie ihr mit einem Lagerungskissen den Rücken. „Mein Sohn hat nicht gut an dir und deiner Mutter gehandelt. Ich wollte dich adoptieren, war jedoch damals bereits sechzig Jahre und zu alt dafür."

Gitte bekam am ganzen Körper eine Gänsehaut.

„Und jetzt stehst du an meinem Krankenbett. Hattest du eine glückliche Kindheit?", wollte Frieda wissen.

Marie hielt der alten Frau vorsichtig einen Becher Wasser an die spröden Lippen. „Du musst etwas trinken. Ich bin so froh, dass es dich gibt. Was hätte ich all die Jahre nur ohne dich gemacht?"

„Lass Gitte antworten, Marie", forderte Frieda, trank jedoch gehorsam einen Schluck.

„Besser hätte es mir nicht gehen können", erwiderte Gitte ehrlich. Sie fühlte sich mit der Situation überfordert. Der im Bett liegenden Frau konnte sie keine Erinnerung zuordnen. Dennoch schien Gitte ihr viel zu bedeuten. Im Stillen brannte sie darauf, sich allein mit ihrer Schwester zu treffen, um über die Vergangenheit und was damals geschehen war zu sprechen.

Gitte versuchte, die Tränen zu unterdrücken, um ihre Tochter auf der Rückbank nicht zu verängstigen, doch es gelang ihr nicht.

„Vielleicht solltest du den Kontakt zu dieser Familie abbrechen, wenn dich alles derart aufwühlt", sagte Jürgen besorgt. Konzentriert steuerte er den tannengrünen Ford Escort durch die Dunkelheit des frühen Abends. Sie hatten den VW-Käfer verkauft und sich für den gebrauchten Ford entschieden, um mehr Platz für die Kinder zu haben.

„Es war zu viel auf einmal", wisperte Gitte, im Handschuhfach nach einem Taschentuch suchend. „Erst das unbeschreibliche Glücksgefühl." Umständlich putzte sie sich die Nase. „Dieses Glück, meiner Schwester zu begegnen, die mir gleicht und ähnliche Interessen zu haben scheint. Sekunden später sehe ich zum zweiten Mal diese Frau, die mich geboren hat, mit der mich nichts verbindet, der ich anscheinend trotzdem etwas bedeute."

Sabrina begann zu wimmern, und Gitte senkte die Stimme, sodass Jürgen die Ohren spitzen musste, um sie zu verstehen.

„Am meisten berührt hat mich die Begegnung mit Frieda Roth", fuhr sie fort. „Sie gab an, dass sie mich damals adoptieren wollte, bevor Marie mich ins Kinderheim brachte. Sie meinte, zu alt gewesen zu sein." Gitte brach ab, zog ein weiteres Taschentuch hervor und wischte sich die Tränen von den Wangen. „Ich muss unbedingt mit Karin sprechen und erfahren, was wirklich passiert ist. Gleich heute Abend werde ich sie anrufen und einen Termin vereinbaren."

Der Bus kurvte durch die Straßen unterhalb der Universität. Es war zwei Wochen nach Gittes erster Begegnung mit ihrer Schwester. Sie und Sabrina saßen direkt hinter dem Fahrer und blickten neugierig durch die Fenster. Vorgestern hatte Jürgen sie mit dem Auto zur Wohnung ihrer Schwester gefahren und herausgefunden, welcher Bus an der Cäcilienstraße hielt.

„Wir müssen an der nächsten Haltestelle aussteigen", sagte Gitte zu Sabrina und rückte die Mütze des Mädchens zurecht.

„Mama, Arm." Sabrina strahlte ihre Mutter an. Sie hatte sich zu einem ausgeglichenen Kleinkind entwickelt und bildete fleißig Zweiwortsätze. „Tür auf."

Gitte stützte sich mit einer Hand an der Stange vor der Ausgangstür ab, ihre Tochter nahm sie an ihre andere Hand.

„Gleich hält der Bus, und wir können aussteigen. Dann nehme ich dich auf den Arm", versprach sie lächelnd.

Die Sonne schien an diesem milden Februartag und wärmte ihr Herz.

„Sonne." Sabrina deute mit dem Finger Richtung Himmel.

Liebevoll nahm Gitte Sabrina auf den Arm, lief die letzten Meter und klingelte energisch. Es dauerte nicht lange, bis Karin ihr öffnete.

Sie begrüßten sich freudig und eilten die Stufen hoch in die erste Etage.

„Ihr habt es schön hier", sagte Gitte staunend. Beeindruckt betrachtete sie die modern und in hellen Farbtönen eingerichtete Wohnung.

„Guten Tag, Tante Gitte." Ein Mädchen mit halblangen, hellbraunen Haaren und roten Wangen lief auf sie zu.

„Guten Tag. Du bist gewiss Manuela, stimmt's?", fragte Gitte lächelnd.

Das Mädchen nickte eifrig.

„Runter, runter." Sabrina strampelte aufgeregt mit den Beinen.

„Lass die Kleine laufen, und gib mir deinen Mantel." Karin deutete mit der Hand auf die Garderobe im Flur. „Ich habe in der Küche gedeckt. Es gibt Spinat mit Spiegelei und Kartoffeln."

Eine Stunde später saßen sie in den cremefarbenen Korbsesseln im Wohnzimmer und tranken Kaffee.

„Ich hätte mir nie träumen lassen, dass wir uns einmal kennenlernen", sagte Gitte, nachdenklich ein Plätzchen in ihren Becher tunkend.

„Ich kannte dich bereits als kleines Mädchen, habe dich groß werden sehen." Karin fuhr sich mit den Händen durch die dunklen Locken. Sie trug die Haare schulterlang, ein helles Tuch hielt ihre Stirn frei. „Unsere Mutter hat dich dein Leben lang beobachtet."

„Was soll das bedeuten?", fragte Gitte erstaunt. Sie warf einen schnellen Blick auf das Sofa, auf dem die zwei Mädchen lagen und einen Mittagsschlaf hielten.

„Jedes Jahr an deinem Geburtstag musste ich mit Mutter zur Arnoldstraße fahren", erklärte Karin. „Bei Wind und Wetter. Selbst als Joachim geboren war, konnte nichts sie davon abhalten. Vater hat damals einen Aufstand gemacht, sein Geschrei ängstigte mich."

„Ehrlich gesagt, bin ich froh, dass Werner nicht mein

leiblicher Vater ist", gab Gitte zu. „Was findet Marie bloß an ihm?"

„Er ist ein Trinker", erwiderte Karin ernst. „Sobald ich volljährig wurde, bin ich ausgezogen. Ich habe kein inniges Verhältnis zu meinem Vater. Als Älteste hatte ich das Gefühl, auf Mutter aufpassen zu müssen. Gewalttätig war mein Vater nicht, aber unsere Mutter ist alles andere als glücklich." Gedankenverloren rührte sie in ihrem Kaffee. „Sobald sie nicht mehr leugnen konnte, dass du meine Schwester bist, habe ich mit Oma Frieda gesprochen. Sie erzählte mir, was damals wirklich passiert ist." Sie hielt einen Moment inne, trank einen Schluck und blickte Gitte in die Augen. „Mein Vater lernte Mutter in einem Tanzlokal kennen. Zu dieser Zeit lebte sie im Mutter-Kind-Heim. Sie stammt aus Oberschlesien, hatte eine unglückliche Liebe hinter sich. Des Geldes wegen musste dein leiblicher Vater eine andere Frau heiraten. Von deiner Existenz hat er nie etwas erfahren."

„Aus Oberschlesien…", wiederholte Gitte leise.

„Mutter hat drei Schwestern, mit zweien ist sie einige Jahre nach Kriegsende geflohen." Karin schenkte ihnen Kaffee nach. „Obwohl *fliehen* nicht der richtige Ausdruck ist. Die drei waren auf der Suche nach neuen Perspektiven, wollten weg von dem kleinen Kaff Sterda, das auf keiner Landkarte verzeichnet ist. Irgendwann unterwegs bemerkte Mutter ihre Schwangerschaft. Ich denke, sie täuschte sich in Vater. Zu Beginn soll nicht die Rede davon gewesen sein, dass er dich nicht wollte."

Sabrina war aufgewacht und gähnte. Auch Manuela rutschte vom Sofa und wurde unruhig.

„Ich bin vollkommen durcheinander", bemerkte Gitte seufzend. „Ich fühle nichts für Marie, könnte sie nie Mutter oder gar Mutti nennen. Wie kann eine Frau ihr Kind abgeben?" Zärtlich blickte sie zu Sabrina. „Wir werden jetzt heimfahren. Nächstes Mal kommst du zu uns, in Ordnung?"

„Sehr gerne", entgegnete Karin. „Joachim und Larissa sind viel jünger als ich. Ich habe mir immer eine Schwester gewünscht, mit der ich Gemeinsamkeiten habe."

„Vater wird sich gewiss freuen, uns zu sehen", sagte Gitte kichernd. „Das war eine Spitzenidee von dir."

„Es ist ein glücklicher Zufall, dass ich beruflich nach Tirol muss und den Termin auf einen Samstag legen konnte", erklärte Jürgen zufrieden. Die letzten Tage im April zeigten sich weniger wechselhaft als gewöhnlich in diesem Monat. Die Sonne strahlte vom Himmel, und Tulpen und Narzissen schmückten die Landschaft. Sie hatten die Autobahn verlassen und waren auf dem Weg zu der Pension, in der Gittes Vater Unterkunft gefunden hatte.

„Weißt du, was Karin mir bei unserem letzten Treffen erzählt hat?", fragte Gitte plötzlich. Ihre Schwester war ihr in den vergangenen zwei Jahren eine gute Freundin geworden, mit der sie ein- bis zweimal im Monat etwas unternahm. Zu Marie hatte sich keine engere Beziehung entwickelt. Gitte blieb den Geburtstagen von ihr und den Geschwistern fern, lediglich Karins Geburtstag feierten die zwei einen Tag später nach.

„Verrätst du es mir?", fragte Jürgen gut gelaunt. Er war froh, seine Frau drei Tage ganz allein für sich zu haben.

Auf Markus war Verlass. Er würde gut auf seine Schwester und den Opa aufpassen.

„Marie wusste, dass ich geheiratet hatte und konnte daher den im Generalanzeiger erschienenen Bericht über unseren Unfall mit mir in Verbindung bringen. Die Geburtsanzeige von Sabrina informierte sie darüber, dass sie Oma geworden war. Aber jetzt kommt das Beste." Gitte machte eine bedeutungsvolle Pause.

„Jetzt spann mich nicht auf die Folter. Was hat deine Schwester gesagt?", hakte Jürgen ungeduldig nach.

„Marie wollte zu mir ins Krankenhaus kommen, Blumen mitbringen und sagen, dass sie sich über ihr Enkelkind freue", ließ Gitte die Bombe platzen.

„Um Himmels willen", entfuhr es Jürgen entsetzt. „Das wäre der ungünstigste Zeitpunkt überhaupt gewesen. Der Unfall, Corinnas Tod, die Geburt und die Krebserkrankung deiner Mutti."

„Dass Marie überhaupt daran denken konnte", entrüstete sich Gitte. „Wie dreist wäre das gewesen, derart unverhofft in mein Leben zu platzen. Stell dir meinen Vater vor. Zum Glück weiß er bis heute nicht, dass Marie und ich lockeren Kontakt halten."

„Und wer oder was konnte sie von ihrem Vorhaben abbringen?", erkundigte sich Jürgen neugierig, den Wagen in eine Seitenstraße lenkend.

„Karin", erklärte Gitte. „Aber jetzt schau…die Berge sind wunderschön und die Kuppen wie mit Puderzucker bestreut."

Sie hatten beim Fremdenverkehrsverein nach der Unterkunft der aus Deutschland angereisten Reisegruppe gefragt und erfahren, dass Karl in einer Pension am Rande des Örtchens Ellmau am Wilden Kaiser untergekommen war. Jürgen und Gitte waren mitten in der Nacht von Wuppertal losgefahren und hatten ihr Ziel in Österreich am Nachmittag erreicht.

Gespannt läuteten sie bei der Pension *Zum schönen Blick*.

„Grüß Gott, liebe Leut', was kann ich für Sie tun?" Eine rotwangige, korpulente Frau mit Schürze und Kopftuch stand im Türrahmen. Sie hatte ein Fensterleder in der Hand, und neben ihr stand ein Putzeimer.

„Guten Tag", antwortete Jürgen freundlich. „Wir möchten Herrn Wagner, Karl Wagner, besuchen. Ich bin sein Schwiegersohn."

„Herr Wagner ist unterwegs", erklärte die Frau bedauernd. „Bei dem Wetter ist das kein Wunder. Ihr Schwiegervater ist rüstig und ein Wandersmann. Ich bin Frau Winkler. Brauchen Sie eine Herberge? Wir sind leider voll belegt."

„Das ist schade, aber wir werden gewiss für zwei Nächte etwas finden", bemerkte Gitte zuversichtlich.

„Gegen sechs isst Herr Wagner für gewöhnlich bei uns zu Abend", berichtete Frau Winkler hilfsbereit.

„Vielen Dank", entgegnete Gitte lächelnd. „Wir spazieren jetzt ins Örtchen. Auf Wiedersehen."

Arm in Arm schlenderten sie durch die Nachmittagssonne.

„Ich liebe die Berge", bemerkte Gitte und atmete tief die frische Luft ein und aus.

„Vielleicht ist es ein Schachzug des Schicksals, dass

wir Karl in Österreich besuchen", erwiderte Jürgen versonnen, als sie die Zone mit den Geschäften erreichten.

„Wie meinst du das?", wollte Gitte erstaunt wissen.

„In St. Jakob werde ich im Leben nicht mehr Urlaub machen können, nach dem, was auf der Heimreise geschehen ist", gab Jürgen Auskunft. Ein Schatten fiel über sein Gesicht.

„Es hätte überall auf der Welt passieren können", sagte Gitte leise. „Versuch, die zwei Tage in den Bergen zu genießen." Sie hauchte Jürgen einen Kuss auf die Wange. „Wir sind hier nicht in St. Jakob, sondern in Ellmau."

Gitte löste sich von ihm und blickte interessiert in die Schaufenster der kleinen Läden. „Wie hübsch", rief sie begeistert aus. „Ich werde im Souvenirladen Postkarten und ein Andenken kaufen."

Einige Minuten später kehrte sie mit einer Tragetasche zu Jürgen zurück.

„Nett, die Tasche", sagte dieser wenig begeistert. Auf der Stofftasche waren die Berge zu sehen und die Aufschrift *Ellmau am Wilden Kaiser*. „Was hast du gekauft?"

„Zwei schöne Tassen, eine für dich, eine für mi…" Gitte kippte die Kinnlade runter, und ihre Augen weiteten sich. „Das ist doch…ist das etwa…"

„Stimmt etwas nicht? Hast du ein Gespenst gesehen?", fragte Jürgen kopfschüttelnd.

Gitte zog Jürgen am Arm zurück in das Geschäft.

„Schau", flüsterte sie. „Siehst du den Mann und die Frau, die gerade aus dem Laden auf der anderen Straßenseite getreten sind? Das ist mein Vater. Meine Güte, er hat eine Frau an seiner Seite."

Jürgen prustete los. „Na und?" Er knuffte Gitte liebevoll in die Seite. „Eine Mitreisende, die keine Lust hat, allein umherzuwandern."

„Er hält ihre Hand", sagte Gitte entrüstet.

„Möchtest du nicht hingehen?", fragte Jürgen verwundert.

„Mir ist das unangenehm", wehrte Gitte ab. „Schließlich rechnet er nicht mit uns. Lieber würde ich ihm beim Abendessen begegnen und mich mit ihm für Sonntagmittag zum Essen verabreden."

„Nicht bereits morgen?" Jürgen zog erstaunt die Augenbrauen hoch.

„Morgen musst du deinen Termin wahrnehmen, und ich möchte dich an meiner Seite haben", erklärte Gitte bestimmt.

Sie saßen bereits am Tisch des gemütlichen Gasthofs und tranken Spezi, eine Mischung aus Cola und Orangenlimonade, als Karl ins Restaurant eintrat. Eine kleine, zarte Frau folgte ihm, die optisch das komplette Gegenteil der verstorbenen Charlotte Wagner war.

„Hallo, ihr Lieben", grüßte Karl strahlend in die Runde. „Da habt ihr mir gestern eine schöne Überraschung bereitet. Wer erscheint plötzlich während meines Tirol-Urlaubes an meinem Abendbrottisch? Meine Tochter und mein Schwiegersohn. Das hier ist übrigens Elly." Wie selbstverständlich legte er seiner Begleitung die Hand auf die Schulter.

Gitte wusste nicht recht, was sie sagen sollte, und war froh darüber, dass Jürgen aufstand und der Frau die

Hand reichte. „Ich bin Jürgen und freue mich, Sie kennenzulernen."

Mit klarer und freundlicher Stimme erwiderte Elly seinen Gruß.

„Habt ihr schon bestellt?", wollte Karl wissen. Er nahm Gitte gegenüber Platz und schenkte Elly und sich Spezi ein.

Gitte nickte zustimmend. „Eine Tiroler Spezialität. Ihr dürft gespannt sein."

Sie mussten nicht lange warten, bis die Kellnerin die Speisen servierte.

„Viermal die Speckknödel mit Champignonrahmsoße?" Sie lächelte und blickte fragend in die Runde.

„Eine gute Wahl", lobte Karl erfreut.

Eine Weile widmeten sie sich schweigend den deftigen Köstlichkeiten. Schließlich hielt Gitte es nicht mehr aus. Sie blickte ihrem Vater fest in die Augen und fragte: „Kennt ihr zwei euch schon länger?"

„Wir haben uns bei der Anreise kennengelernt." Liebevoll legte er Elly den Arm um die Schultern. „Während der langen Busfahrt haben wir über unsere Interessen gesprochen und festgestellt, wie viele Gemeinsamkeiten wir besitzen."

Gitte registrierte, dass ein rosiger Hauch Ellys Wangen überzog.

„Ich wohne in Düsseldorf und bin seit vielen Jahren verwitwet", erklärte sie und legte das Besteck am Tellerrand ab. „Mit Karl habe ich gemein, dass ich mich nach langen Reisen sehne. Aber allein macht alles keine Freude. In der ersten Woche in Tirol haben wir viel Zeit miteinander verbracht. Ich habe vor, Düsseldorf zu verlassen und eine Wohnung in Karls Nähe zu beziehen."

„Das geht flott", rief Jürgen erstaunt aus.

„Die Zeit verfliegt", entgegnete Karl fest. „Wir haben keine Sekunde zu verlieren. Ich möchte das Leben noch mal genießen, mit Elly an meiner Seite."

Gitte beobachtete ihren Vater genau. Er hatte lange nicht so gut ausgesehen. Ihm hatte eine Frau an seiner Seite gefehlt. Vielleicht hatte sich die Situation zu ihrer aller Gunsten entwickelt.

Schicksalsstunden
Mai 1994 - Februar 1996

„Hast du dir eine Arbeit gemacht", stellte Andrea anerkennend fest. „Und das an Sabrinas vierzehntem Geburtstag." Sie verteilte das Besteck neben den Tellern, auf denen festlich gefaltete Servietten lagen.

„Dass die Konfirmation auf den Sonntag nach ihrem Geburtstag fällt, müssen wir akzeptieren", erwiderte Gitte schulterzuckend. Zufrieden blickte sie auf den liebevoll geschmückten Tisch. Die Feier des Ehrentages ihrer Tochter würde morgen nach dem Gottesdienst in dem Gemeindesaal stattfinden. Gitte war dankbar dafür, dass Jürgen, Hans und Andrea ihr hilfreich zur Seite standen. Die Männer hatten die Tische zusammengestellt und die Stühle getragen.

„War Sabrina traurig, weil ihr heute nicht groß gefeiert habt?", erkundigte sich Andrea und ließ sich auf einen Stuhl fallen. „Setz dich einen Moment, Gitte. Wir haben viel geschafft. Wie schön die Abendsonne durch die Fenster fällt. Dieser Mai ist wahrlich ein Wonnemonat."

„Sabrina ist viel zu aufgeregt vor morgen, um eine Geburtstagsfeier zu vermissen. Zumal sie als Einzige zur Einsegnung zum Altar gerufen werden wird." Gitte kam der Aufforderung nach und nahm neben ihrer Schwägerin Platz.

„Schade, dass dein Vater die Konfirmation seiner Enkeltochter nicht mehr erleben darf", sagte Andrea bedauernd. Sie griff nach einer Flasche Limonade, blickte Gitte fragend an und öffnete sie schließlich.

„Es sind ausreichend Getränke vorhanden. Wir können uns einen Schluck gönnen", erwiderte Gitte. „Mein Vater hatte schöne Jahre mit Elly." Gedankenverloren nahm sie einen Schluck des Erfrischungsgetränks. „Die beiden passten hervorragend zusammen. Papas Träume wurden wahr."

„Sie überwinterten mehrmals auf Mallorca und Andalusien, nicht wahr?" Andrea blickte Gitte fragend an.

„Richtig. Nach ihren Reisen kehrten sie braungebrannt zurück." Gitte lächelte bei der Erinnerung. „Ich bin froh, dass er nach seinem Schlaganfall vor drei Jahren nicht lange leiden musste." Ihre Blicke schweiften erneut durch den Raum. Zwei von ihr gebackene Kuchen und mit Frischhaltefolie abgedeckte Salate standen verlockend auf den Tischen. Morgen früh wollte sie um halb sechs aufstehen, um alles Weitere frisch zuzubereiten.

„Heute heiratet Larissa", sagte Gitte nach einer Weile.

„Deine jüngste Schwester", stellte Andrea fest. „Unglaublich, wie die Zeit vergeht."

„Sie hat mich zur Hochzeitsfeier eingeladen, aber aufgrund der Vorbereitungen für die Konfirmation habe ich abgesagt", berichtete Gitte und schenkte sich Limonade nach.

„Du hast lange nichts mehr von deiner leiblichen Mutter erzählt. Ich höre dich immer nur von Karin reden. Wie hat sich euer Verhältnis in der letzten Zeit entwickelt?", wollte Andrea neugierig wissen. Sie war eine der Ersten gewesen, der Gitte sich vor zehn Jahren anvertraut hatte.

„Marie sehe ich nur sporadisch", gab Gitte Auskunft. Aus den Augenwinkeln heraus sah sie Jürgen und seinen Bruder das Blumenarrangement bringen.

„Du nennst sie immer noch Marie?", hakte Andrea nach.

„Ich kann sie nicht Mutter nennen und schon gar nicht Mutti", erklärte Gitte bestimmt. „Meine Mutti ist seit Jahren tot. Hast du dir die Haare gefärbt? So blond warst du früher nicht."

„Du versuchst abzulenken." Andrea grinste breit. „Ich bin grau, deswegen färbe ich. Genauso wie du, meine Lieblingsschwägerin. Was ist mit Karin?" Sie reckte sich und warf einen Blick auf die Wanduhr.

„Karin und ich haben uns gesucht und gefunden", erklärte Gitte mit leuchtenden Augen. „Stell dir vor, sie kommt morgen mit ihrem Mann und ihrer Tochter zum Gottesdienst."

Andrea stand auf und gähnte.

„Es ist spät geworden. Erledigen wir die letzten Handgriffe. Wir haben den Feierabend verdient", bemerkte Gitte und erhob sich.

„Schau dir unsere Mädchen an. Vierzehn und sechzehn sind sie bereits", sagte Karin leise. „Sabrina sieht richtig erwachsen aus. Die schwarze Hose steht ihr ausgesprochen gut. Auch die dunkle Weste zur weißen Bluse gefällt mir."

„Ich bin gespannt, wie lang sie ihre Haare noch wachsen lassen wird. Sie reichen jetzt schon weit über die Schulter. Ich bin wirklich stolz auf Sabrina", erwiderte Gitte strahlend.

„Schade, dass Mutter nicht hier sein kann. Du weißt, sie hätte es sich gewünscht", warf Karin ein.

„In der Gemeinde weiß niemand davon, dass ich mit euch Kontakt halte. Meine Mutti war die Frau, die mich zum Kirchenchor und zum Glauben gebracht hat. Marie geht nicht zur Kirche, und Religion spielt für sie keine große Rolle", bemerkte Gitte und stutzte plötzlich. Irgendetwas an ihrer Schwester war anders als sonst.

„Du kennst meinen Vater", erwiderte Karin bitter. „Der hat mit Gott nichts am Hut, und meine Mutter musste ihm alles recht machen. Dass sie sich getraut hat, dich in ihre Wohnung einzuladen, ist ein kleines Wunder. Aber mein Vater wird sowieso immer gleichgültiger. Ihn interessieren nur seine Bierflaschen." Sie warf einen suchenden Blick über ihre Schulter. Der Anblick ihres Mannes, der sich etwas weiter entfernt von ihnen angeregt mit Sabrina und Jürgen unterhielt, zauberte ein Lächeln auf ihr Gesicht. Derweil betrachtete Gitte ihre Schwester. Jetzt wurde ihr bewusst, was sie an Karin störte.

„Fehlt dir Vitamin B?", erkundigte sie sich besorgt.

„Weshalb?" Karin zog erstaunt die Augenbrauen hoch.

„Wegen deiner Mundwinkel. Die Risse sind ein Zeichen für Vitamin-B-Mangel", antwortete Gitte ernst.

„Nicht dass ich wüsste", entgegnete Karin, zog einen Schminkspiegel aus der Handtasche und begutachtete sich. „Du hast recht."

„Mögt ihr drei nicht zur Feier bleiben? Ich habe mir mit dem Buffet große Mühe gegeben", fragte Gitte hoffnungsvoll.

„Irgendwie fühle ich mich nicht wohl", erwiderte Karin ausweichend. „Vielleicht hast du mit deiner Vermutung recht. Mir fehlt die Kraft. Ich könnte ständig schlafen, und mir mangelt es an Appetit. Ich werde kommende Woche zum Arzt gehen. Immerhin habe ich dir die Freude gemacht, bei Sabrinas Konfirmation dabei gewesen zu sein. Die Arme musste allein zum Altar. Das würde in der Landeskirche nicht vorkommen."

„Stimmt. Uns fehlt der Nachwuchs. Aber ist das nicht überall der Fall? In der heutigen Zeit ist Religion für viele Menschen unwichtig." Gitte seufzte. Sie schlang die Arme um ihre Schwester und hauchte ihr einen Kuss auf die Wange. „Schön, dass ihr gekommen seid."

Zufrieden saß Gitte am Frühstückstisch und betrachtete ihre Kinder. Markus hatte sich zu einem hübschen jungen Mann entwickelt, dem die Mädchen nachliefen. Er trug einen Schnurrbart und war bereits im Mai leicht gebräunt. Vor vielen Jahren hatten Jürgen und sie beschlossen, dass Gitte Markus adoptieren sollte. Diese Formalität hatte im Familienleben keine Rolle gespielt, doch Gitte wollte, sollte Jürgen etwas zustoßen, nicht dessen Cousin Arnold die Entscheidungen überlassen müssen. Die Zeit war schwierig für sie gewesen. Die ständige Anwesenheit der Mitarbeiter des Jugendamtes, die nicht nur sie, sondern ihr gesamtes Umfeld unter die Lupe genommen hatten, war purer Stress für sie gewesen.

Gitte atmete tief durch. All das lag hinter ihr. Sie war nicht nur Sabrinas leibliche Mutter, sondern ebenfalls Markus' offizielle Adoptivmutter.

„Tschüss, Mama", verabschiedete sich Sabrina und unterbrach ihre Gedanken. „Ich gehe sofort nach der Schule in den Reitstall, okay?"

Schon früh hatte sich herausgestellt, dass Sabrina nicht nur sehr pferdelieb, sondern ebenfalls eine talentierte Reiterin war.

„Viel Spaß", sagte Gitte lächelnd. „Wann bist du zurück, Markus?"

„Am Abend, auf der Arbeit ist diese Woche viel zu tun." Markus stand auf, warf seiner Mutter einen Handkuss zu und verließ summend die Küche.

Gut gelaunt begann Gitte, das Geschirr abzuräumen. Plötzlich läutete das Telefon.

„Karin? Einen Moment, ich gehe ins Wohnzimmer." Sie freute sich über den Anruf ihrer Schwester. Sie hatten es sich zur Angewohnheit gemacht, mehrmals in der Woche ausführlich miteinander zu telefonieren.

Besorgt beendete sie wenige Minuten später das Telefonat. Karin hatte sich nicht gut angehört. Sie wollte unbedingt unter vier Augen mit ihr reden. Ungewöhnlicherweise hatte sie gemeint, am Telefon nicht über ihr Problem sprechen zu können. Sie hatten sich für den Nachmittag verabredet, und Gitte nahm sich vor, beim Konditor vorbeizufahren und Teilchen zu besorgen. Im

Stillen dankte sie Gott, dass Jürgen einen Dienstwagen zur Verfügung gestellt bekommen hatte.

Als Karin die Tür öffnete, liefen ihr die Tränen in Strömen über die Wangen. Gitte hatte ihre Schwester zuletzt vor zwei Wochen bei der Konfirmation gesehen. Dort hatte Karin ihr bereits nicht gefallen, doch ihr jetziger Anblick erweckte Gittes blankes Entsetzen. Karin war schneeweiß im Gesicht und hatte dunkle Schatten unter ihren Augen.

„Was ist los?", fragte Gitte entsetzt. „Warst du beim Arzt? Hat er eine schlimme Krankheit diagnostiziert?"

„Wir müssen uns zunächst setzen", schluchzte Karin. Sie hatte ihre Locken im Nacken zusammengebunden und war ungeschminkt. Schwankend ging sie durch den Flur, öffnete die Tür zum Wohnzimmer und deutete auf die Ledersessel. Gitte war angst und bange, während sie ihrer Schwester folgte.

„Jetzt sag mir bitte, was geschehen ist", forderte sie eindringlich. Sie spürte, dass sie vor Aufregung begonnen hatte zu schwitzen.

Karin holte mehrmals tief Luft. Schließlich sagte sie: „Ich bin schwanger."

Gitte glaubte, sich verhört zu haben. Jetzt verstand sie die Verzweiflung, die sie in Karins Augen sah. „Das darf nicht wahr sein." Fassungslos schüttelte sie den Kopf. „Du bist schon über vierzig."

„Das Schlimmste kommt erst noch." Karin stützte den Kopf auf die Hände, und ihre Schultern bebten. „Der von den Ärzten errechnete Geburtstermin ist bereits in zwei Monaten."

„Du bist hochschwanger?", rief Gitte entsetzt aus.

„Ich habe keine Zeit, mich darauf vorzubereiten. Ich fühle mich wie vor den Kopf geschlagen", schluchzte Karin.

Gitte betrachtete sie eingehend. Ihr war wohl aufgefallen, dass ihre Schwester etwas zugenommen hatte, doch damit hatte sie nichts Ungewöhnliches verbunden. Mit zunehmendem Alter veränderte sich der Körper, und Karin war von jeher etwas fülliger gewesen. Mit einer Schwangerschaft hatte Gitte auf keinen Fall gerechnet.

„Wie kann es sein, dass du nichts davon gemerkt hast?", wollte sie verstört wissen. Die Puddingteilchen lagen unangetastet in der Bäckertüte auf dem Tisch. Gitte war der Appetit vergangen. „Was ist mit deiner Regelblutung? Ist die ausgeblieben?"

Karin putzte sich mit einem Papiertaschentuch die Nase und nickte.

„Ich habe mir nichts dabei gedacht", sagte sie schließlich. „Meine Periode ist unregelmäßig. Ich dachte, ich würde in die Wechseljahre kommen."

„Wissen Erik und Manuela davon?", erkundigte sich Gitte und blickte sich in der Wohnung um. Vor ihrem inneren Auge sah sie die dreiköpfige Familie ihrem Alltag nachgehen. Nichts hier deutete darauf hin, dass Nachwuchs erwartet wurde.

Karin nickte langsam. „Erik macht sich Vorwürfe, weil auch er nichts bemerkt hat. Manuela verkraftet die Situation am besten. Als Teenagerin hat sie natürlich andere Dinge im Kopf." Sie seufzte und legte die Hände auf ihren Bauch. „Ich kann mich damit nicht anfreunden."

Traurig beobachtete Gitte die Schwester. Sie dachte Jahre zurück, erinnerte sich an den tragischen Unfall und den Tod von Corinna.

„Wie ungerecht es auf der Welt zugeht", wisperte sie, und ihre Augen füllten sich mit Tränen. „Ich hätte alles dafür gegeben, damit Corinna am Leben geblieben wäre. Jetzt kündigt sich neues Leben an, und es ist unerwünscht."

„Was hast du gesagt?" Karin hatte ihre gehauchten Worte nicht verstanden.

„Nichts, meine Liebe, nichts", entgegnete Gitte leise. „Warte ein paar Tage ab. Vielleicht wirst du dich doch auf dein Baby freuen."

Die Tür öffnete sich, und Sabrina betrat die Wohnung. Gitte war froh, in diesem Moment nicht allein zu sein. Ihre Tochter war zeitig vom Reitstall zurückgekehrt und schlenderte auf sie zu. Sie trug noch ihre Reithose und verströmte Stallgeruch. Gitte selbst traute sich nicht auf den Rücken eines Pferdes, so sehr Sabrina sie auch dazu zu bewegen versuchte. Aber der typische Duft der Pferde war ihr nicht unangenehm.

„Heute ist Karins Sohn Olaf auf die Welt gekommen", berichtete sie und starrte auf den Kalender, der vor ihr auf dem Wohnzimmertisch lag.

„Du machst dir Sorgen, Mama, nicht wahr?" Sabrina hauchte Gitte einen Kuss auf die Wange.

Diese nickte und notierte in die Spalte vom fünfzehnten Juli 1994: Geburtstag von Olaf Engel.

„Tante Karin hat einen schönen Nachnamen", stellte Sabrina fest.

„Wie ein Engel ist sie mir als Schwester erschienen", murmelte Gitte nachdenklich. „Ich hoffe aus ganzem Herzen, dass sie ihre Lebensfreude wiederfindet."

Der August zeigte sich dieses Jahr von seiner schönsten Seite. Die Sonne schien, Sonnenblumen und Hortensien schmückten die Vorgärten und die Blumenkästen der Balkone. Marie schlenderte die Cäcilienstraße entlang, zwei schwere Einkaufstaschen in den Händen haltend. Sie hatte keine Eile, war in Gedanken versunken. Sie dachte an Werner und daran, wie gut es ihr nach der Trennung von ihm ging. Sie war unendlich dankbar, dass Larissa ihr eine kleine Wohnung in der Hochstraße besorgt hatte. Ihre jüngste Tochter war ihr am nächsten. Für sie hatte Marie tapfer an Werners Seite ausgeharrt. Larissas Hochzeit und ihr Auszug aus der Familienwohnung in der Lothringer Straße waren für sie die Auslöser gewesen, Werner zu verlassen. Sie steuerte eine Bank an und setzte sich. Eine Weile wollte sie die wärmenden Sonnenstrahlen genießen, bevor sie ihre mit der späten Mutterschaft überforderte Tochter besuchen würde. Ihre Gedanken schweiften weit in die Vergangenheit. Sie hörte den Lärm des Zweiten Weltkriegs, spürte erneut die Angst vor den Bomben und den gewalttätigen Russen. Ihr Herz zog sich zusammen, als sie sich an Rolf erinnerte, den jungen Mann, den sie geliebt hatte, der eine andere geheiratet hatte und Gittes Vater war. Manchmal fragte sie sich, wie es ihm ergangen war, ob er noch lebte oder nicht. Energisch schüttelte Marie den Kopf, um wieder in die Gegenwart zurückzukehren. Sie erhob sich in dem Bewusstsein, dass ihre Hilfe benötigt wurde.

Karin hatte ihr Zweitschlüssel für Haus- und Wohnungstür gegeben, und sie brauchte nicht zu schellen.

„Karin?" Marie stand im Flur und stellte die Einkaufstaschen ab. „Ich bin's, Mama." Sie entnahm einer der Taschen das Pulver zum Anrühren der Säuglingsnahrung, schritt durch den Eingangsbereich und betrat die Küche. Ihre Tochter saß schweigend am Tisch, und der erst wenige Wochen alte Olaf schlief an ihrer Seite in seinem Stubenwagen. Karins Blick ging ins Leere. Zum Leidwesen aller hatte sich die Freude über das Kind nach der Geburt noch nicht eingestellt. Zwar versuchte Karin, Olaf bestmöglich zu versorgen, doch die Situation überforderte sie. Ohne Maries Hilfe wäre sie nicht zurechtgekommen. Seufzend setzte diese sich zu ihr und stellte den Becher mit dem Pulver auf den Tisch. Karin fehlte die Kraft, ihr Baby zu stillen.

„Wie geht es dir heute?", erkundigte sich Marie behutsam.

„Es könnte besser sein", antwortete Karin ehrlich. „Manchmal denke ich, ich sehe die Welt durch einen Filter. Alles ist so dunkel."

Mit Besorgnis registrierte Marie die Falten in Karins Gesicht.

„Wenn Manuela zu Hause ist, kümmert sie sich rührend um Olaf. Aber wir können von einem siebzehnjährigen Mädchen nicht verlangen, dass sie ihre ganze Freizeit mit ihrem Bruder verbringt", sagte sie nach einer Weile.

Marie erhob sich und setzte Kaffeewasser auf. Sie würde heute für Karin und ihre Familie kochen, Wäsche waschen und putzen.

„Aber es hilft alles nichts." Karin stützte den Kopf auf die Hände. „Ich bin keine gute Mutter."

„Natürlich bist du das, mein Schatz", widersprach Marie und kam zurück zum Tisch.

„Seien wir ehrlich, Mama", fuhr Karin bitter fort. „Die Psychologin des Krankenhauses sagt, ich hätte die Schwangerschaft verdrängt, weil ich sie nicht ertragen konnte und nicht wahrhaben wollte. Wie konnte das bloß passieren?"

„Diese Frage habe ich mir im Leben mehr als einmal gestellt, mein Herz", entgegnete Marie. „Als ich damals Oberschlesien verließ und mir unterwegs bewusst wurde, dass ich in Umständen war, ging für mich eine Welt unter. Im Gegensatz zu dir war ich sehr jung. Als ich deinen Vater kennenlernte, war er mein Licht in der Dunkelheit, meine ganze Hoffnung."

„Ausgerechnet Vater", erwiderte Karin ernst. „Dieser Miesepeter hat dir nur Kummer bereitet. Es ist gut, dass du dich von ihm getrennt hast. Das hättest du viel früher machen sollen. Aber du wolltest unbedingt warten, bis Larissa aus dem Haus ist."

„Jedenfalls werde ich mir nie verzeihen, dass ich nicht stark genug war, um Gitte zu kämpfen. Sie wird mich niemals Mutter nennen. Mach du nicht denselben Fehler bei Olaf", beschwor Marie ihre Tochter. „Die Liebe wird sich einstellen. Jede Mutter schließt ihr Kind ins Herz. Wir haben alle Mütterherzen."

„Olaf hat sich prächtig entwickelt", stellte Gitte fest. Sie ging, dick in ihren Wintermantel eingepackt, neben ihrer Schwester her. Sie unternahmen einen Spaziergang über die Hardt. Der botanische Garten war ein beliebtes Ausflugsziel nicht nur für die Wuppertaler Bevölkerung. Die Gartenanlage lag auf einer Anhöhe. Die zwei Frauen waren mit dem Auto die steile Straße raufgefahren und erfreuten sich jetzt an dem ebenen Weg.

„Vor zwei Jahren hätte ich nicht gedacht, dass ich für Olaf dasselbe fühlen könnte wie für Manuela", erwiderte Karin nachdenklich. „Und jetzt, wenn ich ihn vor mir sehe, quillt mein Herz über vor Liebe."

„Du hattest eine Schwangerschaftsdepression", erklärte Gitte, tief die kühle Januarluft einatmend. „Das kommt bei etwa zehn Prozent aller gebärenden Frauen vor. Marie hat dir nach Olafs Geburt sehr geholfen."

„Ich glaube, unterbewusst ist ihr klar, dass sie Larissa, ihr Nesthäkchen, uns allen vorgezogen hat und vorzieht. Mit ihrer damaligen Unterstützung wollte sie etwas wiedergutmachen. Zu der Zeit redete sie viel von dir. Sie sehnt sich danach, dass du sie nicht mehr Marie nennst." Fürsorglich zog Karin den Reißverschluss des Regenschutzes am Buggy zu. Es hatte leicht zu schneien begonnen.

„Meine Antwort darauf ist dieselbe wie am Tag unserer ersten Begegnung", sagte Gitte ernst. „Mittlerweile ist sie keine fremde Frau mehr für mich, aber das macht sie nicht zu meiner Mutter."

„Vor mir brauchst du dich nicht zu rechtfertigen, ich verstehe dich", entgegnete Karin. Sie blieb stehen und legte den Arm um ihre Schwester. „Ich möchte dir sagen, dass du das Beste bist, was mir passiert ist. Für mich bist du Schwester und Freundin zugleich."

„Du sprichst mir aus der Seele", sagte Gitte und küsste Karin zart auf die Wange. „Wir können über alles reden, unternehmen viel zusammen. Dich möchte ich nie mehr missen."

„Zu Joachim und Larissa habe ich keine derart innige Bindung", erklärte Karin und schob den Buggy weiter. „Das liegt zum Teil auch am Altersunterschied. In den vierzehn Jahren, die wir uns jetzt kennen, danke ich fast täglich dem Himmel, dass er uns zusammengeführt hat."

Der Schnee knirschte unter ihren Füßen, als sie ihre Wanderung fortsetzten.

„Manuela hat Erik und mir etwas Tolles zu Weihnachten geschenkt. Das muss ich dir unbedingt erzählen", sagte Karin nach einer Weile des einträchtigen Schweigens. „Stell dir vor, sie hat uns Karten für Starlight Express unter den Tannenbaum gelegt. Die Abendvorstellung findet am zweiten Sonntag im Februar statt."

„Dazu hat sie dir ihre Zeit geschenkt", fügte Gitte hinzu. „Ich gehe davon aus, dass sie an diesem Abend auf ihren Bruder aufpassen wird."

Karin nickte freudestrahlend. „Ich freue mich sehr auf Starlight Express."

Gut gelaunt betrachtete sich Erik im Spiegel. Er trug eine eng sitzende Jeans, ein weißes Hemd und ein schwarzes Jackett.

„Starlight Express, Starlight Express, wo bist du? Sag es mir. Starlight Express, ich brauche dich jetzt und wünsch mir, du wärst hier", summte er vor sich hin.

„Papa hör auf", rief Manuela grinsend und hielt sich scherzhaft die Ohren zu. „Ich soll dir von Mama ausrichten, dass sie noch Zeit im Badezimmer benötigt."

„Typisch Frauen", entgegnete Erik lachend. „Ihr zwei

Damen und eure Schönheitsrituale. Zum Glück habe ich durch Olaf männliche Unterstützung bekommen."

„Apropos Olaf", sagte Manuela und kniff Erik liebevoll ins Ohrläppchen. „Mama sagt, du sollst mit ihm eine Runde drehen. Etwas frische Luft kann ihm nicht schaden."

„Ach?" Erik faltete die Hände und zwinkerte seiner Tochter zu. „Wofür habe ich eine fast volljährige Tochter? Warum gehst du nicht mit deinem Bruder raus in die Kälte?"

„Ich passe den ganzen Abend auf den Kleinen auf, schon vergessen?" Manuela deutete mit dem Finger auf den Garderobenständer. „Schnapp dir deine Jacke und mach dich auf den Weg."

„Frauen", murmelte Erik und kam der Aufforderung nach.

„Da wären wir wieder, Olaf", sagte er zu dem Jungen im Buggy.

„Papa lieb." Olaf strahlte seinen Vater an. „Mama gehen."

Liebevoll nahm Erik seinen Sohn auf den Arm, öffnete die Haustür und setzte ihn auf dem Boden ab. Routiniert klappte er den Buggy zusammen und fasste Olafs kleine Hände.

„Papa hüpfen!", forderte dieser.

„Und hopp, die erste Stufe", sagte Erik munter, Olaf in die Luft hebend und auf die erste Stufe setzend. Vater und Sohn hatten großen Spaß und lachten, als sie etwas außer Atem ihre Wohnung betraten.

„Ist Mama fertig?", wollte Erik von seiner Tochter wissen.

Diese verdrehte die Augen und sagte: „Sie hat das Bad immer noch nicht verlassen."

„Ich werde sie zur Eile antreiben, wir möchten schließlich nicht zu spät kommen", erwiderte Erik und machte sich auf den Weg zum Bad.

Schwungvoll öffnete er die Tür.

„Karin", rief er munter. „Wir müssen los, bist du… Karin?" Fassungslos starrte er auf den gekachelten Boden vor der Dusche. Ein Schrei entfuhr seiner Kehle, und er sank auf die Knie. Karin lag, noch im Bademantel, seitlich verdreht auf dem Fußboden. Verzweifelt versuchte Erik, seine Frau aufzurichten, doch ihr Körper war wie Gummi in seinen Armen.

„Manuela", schrie Erik entsetzt. Er drückte wie verrückt auf Karins Brustkorb, versuchte sie mit letzter Kraft wiederzubeleben.

Als sie die furchterregenden Schreie ihres Vaters hörte, deckte sie erschrocken ihren Bruder zu. Das Buch mit den Gutenachtgeschichten ließ sie achtlos zu Boden fallen. Aufgeregt schloss sie die Tür des Kinderzimmers und rannte zum Badezimmer. Was sie dort sah, schnürte ihr die Kehle zu. Ihr Herz verkrampfte sich, und das Adrenalin schoss durch ihre Adern. „Mama", schrie sie entsetzt.

„Bleib bei Mama, ich rufe den Rettungswagen." Manuela registrierte, dass ihr sonst so starker Vater Mühe hatte, auf die Füße zu kommen. Sein gesamter Körper bebte. Manuela sank auf die Knie, wie kurze Zeit zuvor ihr Vater.

„Mama", rief sie unter Tränen. „Mama, nein. Mama, wach bitte auf. Mama, hörst du mich nicht? Ich liebe dich, Mama."

Manuela umarmte den schlaffen Körper ihrer Mutter und verbarg den Kopf an ihrer Brust. Weinkrämpfe erschütterten sie, während sie langsam begriff, dass ihre Mutter tot war.

Innerhalb von drei Minuten nach Absetzen des Notrufs waren Arzt und Sanitäter vor Ort.

„Ich habe alles versucht", hörte sie wie durch Watte ihren Vater sagen.

Die Sanitäter drängten sie zur Seite und schlossen ihre Mutter an den Defibrillator an.

Erst jetzt registrierte sie die gellenden Schreie aus dem Kinderzimmer.

Olaf, fuhr es ihr durch den Kopf. Wie in Trance verließ sie das Badezimmer. Im Kinderzimmer angekommen, legte sie sich zu dem weinenden Jungen ins Bett, nahm ihn in die Arme und wiegte ihn vorsichtig hin und her.

„Pst", flüsterte sie. „Pst. Alles wird gut, Olaf. Ich bin bei dir."

Im Fernsehen lief die Live-Übertragung des Rosenmontagszuges. Derweil Gitte ihre Karnevalskostüme bügelte, betrachtete sie aus den Augenwinkeln heraus die Motto-Wagen. Sie wollte später in ihr Prinzessinnen-Kostüm schlüpfen und hatte für Jürgen den Harlekin-Anzug ausgewählt. Obwohl Gitte keine Karnevalsfanatikerin war, freute sie sich auf die am Abend stattfindende Feier mit Freunden.

Das Läuten des Telefons ließ sie in ihrer Arbeit innehalten. Weil der Opa immer mehr abbaute und das Leben in zwei Wohnungen auf Dauer kein Zustand gewesen war, hatten sie vor Kurzem eine größere Wohnung in der Horather Straße bezogen. Sie stellte das Bügeleisen beiseite und ging zum Telefon. „Groß", sagte sie in den Hörer. Eine Weile lauschte sie schweigend den Worten des Mannes von Larissa. Was sie hörte, schien ihr den Boden unter den Füßen wegzuziehen.

„Nein, nein", schrie sie verzweifelt. „Das ist nicht wahr. Sag bitte, dass das nicht wahr ist."

Augenblicklich öffnete sich die Küchentür.

„Was ist los, Gitte? Warum schreist du?", wollte Jürgen besorgt wissen.

Hinter ihm betrat Sabrina den Raum, ihre Mutter ängstlich beobachtend.

„Karin liegt im Sterben." Gitte griff nach der Fernbedienung und schaltete zitternd den Fernseher aus.

„Wie bitte?" Jürgen wurde schlagartig ernst. Erst jetzt bemerkte er, dass seine Frau aschfahl im Gesicht war. „Wie kann das sein? Als ich sie zum letzten Mal gesehen habe, war sie putzmunter."

„Wie schrecklich, Mama." Sabrina kam auf Gitte zu und nahm sie fest in die zarten Arme. „Olaf ist noch so klein."

„Ich weiß nicht, was passiert ist. Larissas Mann hat mich angerufen und gefragt, ob ich mich verabschieden möchte", sagte Gitte und löste sich behutsam aus den Armen ihrer Tochter. „Axel wird mich in wenigen Minuten abholen und zum Krankenhaus fahren."

Gitte saß neben Axel und Larissa im Vorraum der Intensivstation des Bethesda Krankenhauses. Sie trug einen grünen Kittel, der vor Krankenhauskeimen schützen sollte. In den unendlich langen dreißig Minuten, die sie zu Hause auf Axel gewartet hatte, war sie komplett zusammengebrochen. Sie hatte geweint wie niemals zuvor, nicht bei Corinnas Tod und nicht beim Tod ihrer Mutter.

„Haben die Ärzte die Ursache für Karins Hirntod gefunden?", fragte sie nach einer Weile flüsternd. Larissa und Alex hatten ihr berichtet, wie Erik seine Frau am gestrigen Abend vorgefunden hatte.

„Es soll ein Aneurysma im Kopf geplatzt sein", gab Larissa Auskunft.

Gitte hatte ihre jüngste Schwester noch nie derart aufgelöst gesehen.

„Karin war auf der Stelle tot", fuhr Larissa fort. Sie hatte schwarze Ränder unter den Augen. Die sorgfältig aufgetragene Wimperntusche war verlaufen.

„Die Ärzte haben trotzdem noch eine Notoperation am Kopf gemacht, also wundere dich nicht über den Verband", fügte Alex hinzu. Fürsorglich legte er den Arm um Larissa.

Auf einmal öffnete sich die Schiebetür und ein ganz in Grün gekleideter Mann mit einer Haube auf dem Kopf kam auf sie zu.

„Frau Groß?", sprach er Gitte direkt an. „Ich benötige eine Auskunft von Ihnen."

„Von mir?", wunderte sich Gitte.

„Ich habe bereits mit Herrn Engel darüber gesprochen, ob die Verstorbene zu Lebzeiten Bereitschaft zeigte, nach dem Tod ihre Organe zu spenden." Er zog einen Notizblock und einen Stift aus der Kitteltasche. „Herr Engel gab an, dass dies der Fall gewesen sei. Er sagte, seine Frau habe zu Ihnen ebenfalls davon gesprochen, stimmt das?"

Gitte nickte und schluckte tapfer. „Das ist richtig", brachte sie mühsam heraus.

„Vielen Dank für Ihre Bestätigung", sagte der Mediziner freundlich. „Wenn Sie möchten, dürfen Sie jetzt von Ihrer Schwester Abschied nehmen."

Augenblicklich erhob sich Gitte und folgte dem Mann durch die Schiebetür. Das Erste, was sie wahrnahm, waren die schrecklichen Geräusche der Herz-Lungen-maschinen. Es pochte und zischte wie eine Dampflok. Eine Gänsehaut überzog Gittes Arme. Der Arzt schob einen Vorhang beiseite und wies mit der Hand auf das Bett neben dem Fenster. Anschließend ließ er sie allein. Vorsichtig näherte sich Gitte dem Krankenbett. Ganz langsam senkte sie ihre Hand und legte sie auf Karins. Als sie die Wärme der Haut spürte, zuckte sie zusammen.

„Wie kann sie warm sein, wenn sie doch tot ist?", entfuhr es ihr verständnislos.

Sie warf einen Blick auf den Überwachungsmonitor, der tatsächlich Puls- und Blutdruckwerte anzeigte. Eine leichte Bewegung von Karins Bein schreckte sie vollständig auf. Sie griff nach der Klingel und läutete nach der Krankenschwester, die zu ihrer Erleichterung rasch erschien.

„Karin lebt", rief sie aufgeregt. „Sehen Sie nur, ihr Bein bewegt sich."

Die Intensivschwester legte behutsam die Hand auf Gittes Schulter.

„Ich kann verstehen, dass Sie das denken", sagte sie sanft. „Ihre Schwester wird künstlich am Leben gehalten, bis sie morgen nach Düsseldorf zur Organentnahme transportiert wird. Die Nervenzellen sterben nach und nach ab. Das verursacht solche Zuckungen. Bereits zwei Ärzte haben eindeutig den Hirntod diagnostiziert. Dr. Schneider wird in einer halben Stunde die dritte Diagnose stellen. Das ist in solchen Fällen Vorschrift. Nehmen Sie in Ruhe Abschied."

Mit diesen Worten verschwand sie hinter dem Vorhang.

„Mein Gott, warum tust du mir das an?", fragte Gitte und verbarg das Gesicht in den Händen. Wieder begann sie, hemmungslos zu weinen. „Wie kannst du mir nach dreißig Jahren eine Schwester schenken und sie mir jetzt wieder nehmen?" Dreißig Minuten lang wiederholte sie diese Frage wieder und wieder, laut oder in ihren Gedanken. Zum ersten Mal in ihrem Leben haderte sie mit Gott, stellte sie ihn und seine Gerechtigkeit in Frage.

„Frau Groß, ich muss Sie bitten, jetzt die Intensivstation zu verlassen." Die Stimme des herbeigetretenen Arztes, der die dritte Diagnose stellen wollte, riss sie aus ihren Überlegungen.

„Karin, mein Herz. Ich werde dich nie vergessen, werde dich immer lieben", sagte Gitte zum letzten Abschied. Zitternd und unter Tränen ließ sie sich von der Schwester hinausbegleiten.

Marie
Mai 1996 - Januar 2012

Gitte stellte Waffeln, heiße Kirschen und Sahne auf den Tisch und lächelte den ruhig auf seinem Stuhl sitzenden Opa liebevoll an. Helmut Groß redete nicht mehr viel, doch sie merkte ihm an, dass er das Familienleben genoss. Eine Weile würde er noch Teil dieser Lebensgemeinschaft sein. Erst, wenn es gar nicht mehr ging, würden sie ihn ins Pflegeheim geben. Während sie wartete, musste Gitte sich eingestehen, sich auf Maries Besuch zu freuen. Nachdem Karin gestorben war, hatten sich die Anrufe ihrer leiblichen Mutter verzehnfacht. Sie konnte den Verlust ihrer zweitältesten Tochter nicht verkraften und klammerte sich mehr und mehr an die Hoffnung, in Gitte einen Ersatz für den Verlust zu finden. Gitte selbst hatte in den Wochen nach Karins Tod lange, einsame Spaziergänge unternommen. Sie hatte mit Gott gehadert, ihm gesagt, sie könne ihm nie verzeihen, dass er ihr die geliebte Schwester geraubt habe. Auch jetzt, drei Monate später, fiel es ihr schwer, den Gottesdienst zu besuchen. Sie fühlte sich innerlich leer und oft einsam. Sabrina machte ihre Ausbildung, und Markus war aus der elterlichen Wohnung ausgezogen. Sie vermisste die Gemeindemitglieder, insbesondere Sibylle und Wolfgang Albrecht. Jürgen und sie hatten sich vor Karins Tod nach den Gottesdiensten häufig mit dem Ehepaar unterhalten. Gitte nahm sich vor, über ihren Schatten zu springen und sich wieder mehr in der Gemeinde einzubringen.

„Wer weiß, welcher Sinn sich hinter dem Ganzen verbirgt", flüsterte sie vor sich hin. „Durch ein Wunder bekam ich die Herzensschwester geschenkt, nach der ich mich immer gesehnt hatte. Warum wurden uns nur wenige gemeinsame Jahre gegönnt?"

Das Geräusch des sich im Schloss umdrehenden Wohnungsschlüssels riss sie aus ihren Überlegungen.

„Wir sind da", verkündete Jürgen gut gelaunt. Marie untergehakt, betrat er das Wohnzimmer. „Es riecht köstlich, mein Schatz."

Mit leuchtenden Augen nahm Marie neben Gitte Platz. Eine Zeit lang unterhielten sie sich über Larissa und darüber, dass Alex und sie Marie zu sich holen wollten. Sobald eine Wohnung im Haus, in dem Larissa und Alex lebten, frei werden würde, sollte Marie dort einziehen. Sie war von der Vorstellung sehr angetan, doch leider sah es bisher nicht danach aus.

„Das Schlimmste ist für mich, dass es keinen Ort gibt, an dem ich um Karin trauern kann", sagte sie nach einer Weile und riss ein Herz von ihrer Waffel ab. Gedankenverloren betrachtete sie es.

„Für mich ist das auch schwierig, aber es war Karins ausdrücklicher Wunsch, dass ihre Asche in alle Winde verstreut werden sollte", erwiderte Gitte. Aufmerksam schenkte sie Marie Kaffee nach. „Erik hat ihren Willen dem Beerdigungsinstitut mitgeteilt."

Betrübt gab Marie einen Löffel Zucker in das dampfende Getränk.

„Meinst du, Werner wäre zu Karins Trauerfeier gekommen, wenn er noch leben würde?", erkundigte sich Jürgen interessiert.

„Ich glaube nicht." Marie schüttelte den Kopf. „Der

Alkohol hatte ihn mehr und mehr im Griff. Letztendlich hat er sich zu Tode gesoffen."

„Du warst nicht auf seiner Beerdigung", stellte Gitte fest.

Ein Schatten fiel über Maries schmales Gesicht. „Nach der Trennung habe ich mit ihm abgeschlossen. Ich habe lange genug an seiner Seite ausgeharrt. Joachim und Larissa waren auf seiner Beisetzung."

„Karin hat es wie du gehalten", erinnerte sich Gitte und nahm einen Schluck Kaffee. Einige Minuten lang widmeten sie sich schweigend den Waffeln.

Als alle Teller geleert waren, begann Gitte abzuräumen.

„Ich übernehme den Abwasch", bot sich Marie eifrig an und sprang auf.

Gitte war bereits des Öfteren aufgefallen, dass Marie gerne ihre Hilfe anbot. Die Gefälligkeiten schienen die Schwere ihres schlechten Gewissens abzumildern, das sie Gitte gegenüber immer noch hegte.

Jürgen steuerte den Wagen die Uellendahler Straße entlang, als Marie aus heiterem Himmel zu schluchzen begann.

„Was ist mit dir?", erkundigte sich Gitte besorgt, die neben ihr auf der Rückbank saß.

Marie zog ein Taschentuch aus ihrem Ärmel. „Wenn du rechts aus dem Fenster schaust, erblickst du das Kinderheim, in das ich dich abgegeben habe."

Gitte sah den unendlichen Schmerz in Maries Augen, und sie fühlte großes Mitleid mit der Frau, die sie niemals Mutter genannt hatte. In diesem Augenblick blitzte die Sonne durch die Wolkendecke. Spontan schlang Gitte die Arme um die bebende Frau und sagte: „Mutter, du brauchst dir keine Vorwürfe mehr zu machen. Ich hatte es sehr gut. Meine Eltern haben alles für mich getan. Ich hatte die beste Mutti der Welt. Wer weiß, wie es mir mit Werner ergangen wäre."

„Er hätte dich dein Leben lang spüren gelassen, nicht seine leibliche Tochter zu sein", flüsterte Marie und erwiderte Gittes Umarmung. „Hast du mich soeben Mutter genannt?"

„Ja, Mutter, das habe ich. Und es ist gleichgültig, was früher war. Jetzt bin ich bei dir."

Die Sonne brannte vom Himmel und bräunte ihre entblößten Arme und Beine. Kühe grasten auf den Weiden des von Bergen gesäumten Tals. Sonthofen war ein beliebtes Reiseziel im Allgäu. Die Gästehäuser und Pensionen reihten sich aneinander und fügten sich harmonisch ins Gesamtbild des rustikalen Ortes ein. Seit vier Tagen genossen sie den bayerischen Charme und die frische Luft. Sie hatten ausgiebige Spaziergänge unternommen und über die sieben Jahre nach Karins Tod geredet. Das Verhältnis zwischen Gitte und ihrer Mutter war inniger geworden, als Marie es jemals zu hoffen gewagt hatte. Der Verlust der geliebten Schwester und Tochter hatte die beiden zusammengeschweißt.

„Es ist kaum zu fassen, dass du Ende des Jahres vierundfünfzig wirst", sagte Marie und wischte sich mit einem Taschentuch den Schweiß von der Stirn. „Ich komme mir schrecklich alt vor."

„Du bist alt", entgegnete Gitte lachend. „Aber ich kann dich verstehen. Mir geht es bei meinen Kindern ähnlich. Markus ist über dreißig und Sabrina über zwanzig."

„Ich freue mich, dass ihr mir ein Wiedersehen mit Anna ermöglicht", sagte Marie und strahlte mit der Sonne um die Wette.

„Auch ich bin neugierig auf meine Tante", gab Gitte zu.

„Jetzt, wo die Kinder aus dem Haus sind, können wir Urlaub machen, wann und wo wir möchten", mischte sich Jürgen ein und schloss den Wagen auf. „Von Sonthofen bis Friedrichshafen am Bodensee sind hundertachtzehn Kilometer über Land zu fahren. Wir werden gute zwei Stunden unterwegs sein."

Sie hatten verabredet, Marie bei ihrer Schwester zu lassen und sie nach drei Tagen wieder abzuholen.

„Puh, hier drin ist es so heiß wie in einer Sauna", beschwerte sich Gitte.

„Stell dich nicht so an, Schatz", erwiderte Jürgen. „Wir lassen Luft ins Auto, und dann geht's los."

Wenig später genoss Gitte trotz der hochsommerlichen Temperaturen die Autofahrt und den Ausblick auf das Hochgebirge.

„Nachdem die Klostermauern sich damals um Lotta, meine jüngste Schwester, geschlossen hatten, nahm sie einen Ordensnamen an. Das erfuhr ich noch im Mutter-Kind-Heim. Die Äbtissinnen standen miteinander in Kontakt", berichtete Marie. „Mittlerweile ist Lotta selbst Äbtissin in Winterberg. Ich bin so neugierig auf Anna. In meiner Erinnerung ist sie ein lebensfroher, molliger Wirbelwind."

Pünktlich zur Mittagszeit erreichten sie die Zeppelin-
stadt Friedrichshafen. Sie liegt am Ufer des Bodensees in
Süddeutschland. Die Stadt ist für ihre bedeutende Rolle
in der Luftfahrtgeschichte bekannt, die im Zeppelin
Museum detailliert dargestellt wird.

Die Seepromenade war von Cafés gesäumt. Ein Stahl-
turm am Hafendamm bot einen weiten Blick über die
Stadt und die Alpen. Die gewölbten barocken Türme der
Schlosskirche beherrschten das Stadtbild und konnten
bei Rundflügen mit dem Zeppelin aus der Luft bestaunt
werden. Das fantastische Wetter unterstrich den schönen
Anblick.

„Jetzt verstehe ich, warum Anna und Franz damals
unbedingt zum Bodensee wollten", entfuhr es Marie
begeistert.

„Wir sind gleich am Ziel", verkündete Jürgen, und
Gitte betrachtete ihren Mann liebevoll. Er war mit den
Jahren weicher geworden, und feine Fältchen hatten sich
auf der Stirn und unter den Augen gebildet.

„Seht mal, das muss sie sein", rief Marie aufgeregt.
Sie deutete mit der Hand auf eine kräftige Frau, die ih-
nen winkte. An ihrer Seite stand ein Mann mit grauen
Haaren.

Jürgen parkte den Wagen direkt vor dem hellen Zwei-
familienhaus. Für Marie gab es kein Halten mehr. Sie
sprang aus dem Wagen und lief auf ihre Schwester zu.

Gitte hakte ihren Mann unter und bemerkte: „Wie
Tante Anna habe ich mir meine leibliche Mutter vorgestellt. Stabil und groß statt klein und zierlich."

Jürgen lachte. „Komm, lass uns deine Tante und deinen Onkel begrüßen."

Der Empfang war sehr herzlich. Anna hatte im Garten gedeckt und ein kaltes Buffet serviert. Sie war zu Tränen gerührt, nicht nur ihre Schwester, sondern auch deren Tochter und Schwiegersohn bewirten zu dürfen. Gitte freute sich, die Familie kennenzulernen. Ihre Cousinen waren für das Treffen zu Besuch gekommen, und die Stimmung war ausgelassen. Anna zeigte sich enttäuscht, weil Gitte und Jürgen nach dem Nachmittagskaffee die Rückfahrt nach Sonthofen antraten. Die zwei wollten den Schwestern die Möglichkeit geben, sich über ihre Erlebnisse auszutauschen.

Sie saßen auf der Bank und blickten auf den See. Ein laues Lüftchen wehte und brachte das Wasser zum Kräuseln. Touristen flanierten am Ufer entlang, und Musik lag in der Luft.

Marie trocknete sich mit einem Taschentuch die Tränen. Sie hatte ihrer Schwester berichtet, was nach ihrem Abschied vor vielen Jahren geschehen war. Zwar hatten die beiden des Öfteren miteinander telefoniert, jedoch immer nur aktuelle Ereignisse besprochen. Dieses Gespräch war das intensivste, das sie jemals geführt hatten.

„Franz und ich haben dich für verrückt erklärt, weil du allein nach Wuppertal weiterreisen wolltest", sagte Anna leise. „Nicht zu fassen, meine Schwester war mit Prostituierten unterwegs."

„Die drei Frauen waren sehr nett", erklärte Marie, wieder gefasster. Die Erinnerungen hatten sie aufgewühlt. „Ohne das Geld von Madame Bluret hätte ich es nicht nach Wuppertal geschafft. Zumindest nicht sicher und komfortabel mit dem Zug. Dass du einmal ein streng religiöses Leben führen würdest, damit hätte ich früher nicht gerechnet. Weißt du, dass ihr Lotta in der Kirche sehr verstört habt? Vielleicht wäre ihr Weg ein anderer geworden, wenn ihr euch ein paar Nächte zurückgehalten hättet."

Anna stieg die Röte ins Gesicht.

„Wir waren alle jung", sagte sie beschwichtigend. „Schlimm, dass Mutter und unsere älteste Schwester bei einem Hausbrand ums Leben gekommen sind."

Marie seufzte.

„Wer weiß, ob wir noch leben würden, hätten wir damals nicht den Aufbruch ins Ungewisse gewagt. Sollen wir ein Stück spazieren gehen?", fragte sie und gähnte.

Anna nickte, und Arm in Arm schlenderten sie am Ufer des Sees entlang.

„Das sind viele Gäste", stellte Sabrina fest, die Gitte neugierig über die Schulter schaute.

„Ich plane meinen sechzigsten Geburtstag, da bleibt das nicht aus", entgegnete Gitte und rückte die Brille zurecht, die sie seit einiger Zeit tragen musste. „Unsere Familie ist groß und durch Mutter noch größer geworden. Ich möchte, dass alle meine Lieben diesen Tag mit mir feiern. Meine Mutter wird sich freuen, ihren Urenkel zu sehen." Zärtlich blickte Gitte auf den anderthalb Jahre alten Marcel, der friedlich in seinem Reisebettchen schlief.

Sie notierte die letzten Namen auf ihrer Gästeliste und bemerkte: „Ich kann verstehen, dass du Mutter nicht als Großmutter akzeptierst, obwohl mir das für sie leidtut."

„Mama, der Gedanke, dass eine Mutter ein Kind abgibt, ist für mich unerträglich. Welcher Mann ist diesen Preis wert? Werner etwa?" Sabrina lachte bitter.

„Lass meiner Mutter ihr Glück, Uroma geworden zu sein. Du musst sie nicht lieben, das verlangt niemand von dir. Auch ich habe viele Jahre gebraucht, Mutter...", Gitte hielt inne und faltete die Hände, „Mutter zu ihr zu sagen. Und weißt du was, Sabrina? Inzwischen blicke ich in den Himmel und danke Gott dafür, dass er mir zwei Mütter geschenkt hat."

Die Wohnzimmertür öffnete sich, und Jürgen betrat den Raum. Er hielt eine Kaffeekanne in den Händen, die er stolz auf den Tisch stellte. „Für euch", sagte er und zog die Gästeliste zu sich. Eine Weile studierte er sie eingehend. „Gitte, magst du nicht Sibylle und ihren Mann Wolfgang einladen? Wir haben in der letzten Zeit viel zusammen unternommen. Die zwei sind mir sehr wichtig."

„Du hast recht. Ich hätte selbst darauf kommen müssen." In den Jahren nach Karins Tod hatte sie keine Freundin gefunden, die ihr die Schwester ersetzen konnte. Doch die Zeit heilte die Wunden, ließ sie offener werden für neue Freundschaften. Bei den Veranstaltungen in der Gemeinde hatte sie viele Gespräche mit Sibylle geführt. Sie nahm die Liste an sich und fügte die Namen hinzu.

„Jetzt können wir die Einladungen verschicken", stellte sie zufrieden fest. „In vier Wochen ist es dann soweit."

Der Gemeindesaal war festlich geschmückt, und die Gäste redeten munter durcheinander. Fröhliches Gelächter drang an Gittes Ohr. Sie freute sich, dass alle so zahlreich erschienen waren. Das war nicht selbstverständlich, denn in den letzten Tagen hatten heftige Schneestürme getobt. Sie war in großer Sorge gewesen, ob das reichhaltige Buffet geliefert werden konnte. Doch zu ihrer grenzenlosen Erleichterung war alles gut gegangen. Marie saß an ihrer Seite und wiederholte mehrfach, der glücklichste Mensch der Welt zu sein. Sie war dabei gewesen, als Sabrina Marcel in der Küsterwohnung schlafen gelegt hatte. Dort war er die Feier über in guter Obhut. Marie platzte fast vor Stolz, den Ehrenplatz zwischen Gitte und Jürgen bekommen zu haben. Neugierig blickte sie sich um. Sie sah Larissa mit ihrem Mann und den Kindern und lächelte. Seit Kurzem lebte sie bei ihrer jüngsten Tochter. Dadurch verbrachte sie viel Zeit mit ihren Enkelkindern. Ihr Sohn war ebenfalls anwesend und unterhielt sich munter mit einem ihr unbekannten Mann.

„Wer hat die Tische arrangiert und die Platzkärtchen verteilt?", wollte sie neugierig wissen.

„Jürgen, Andrea, Hans und Sibylle", gab Gitte bereitwillig Auskunft.

„Wer ist Sibylle?", fragte Marie überrascht nach.

Gitte wies mit der Hand ans andere Ende des Tisches.

„Sibylle ist die Frau, die neben Andrea und Hans sitzt", erklärte Gitte. „Wir haben ihr und ihrem Mann die Plätze neben Jürgens Geschwistern zugewiesen, weil sie aufgrund der Veranstaltungen in der Gemeinde gut miteinander bekannt sind."

„Du hast nie von ihr erzählt", stellte Marie fest.

„Wir kennen uns bereits lange durch die Gemeinde. Inzwischen hat sich die gute Bekanntschaft zur Freundschaft entwickelt", erwiderte Gitte und nahm einen Löffel in die Hand. „Jürgen und ich möchten den Kontakt zu ihr und Wolfgang nicht mehr missen." Sie räusperte sich und zwinkerte ihrer Mutter zu. Anschließend klopfte sie mehrmals mit dem Löffel gegen ihr Weinglas. „Liebe Verwandte, liebe Freunde", sagte sie laut, nachdem die Unterhaltungen verstummt waren. „Ich danke Gott für euere heutige Anwesenheit und dafür, dass ihr meinen sechzigsten Geburtstag mit mir feiert. Das Buffet ist eröffnet. Ich freue mich auf einen schönen Abend mit euch."

„Ich sehe die Pferde", rief Thorben begeistert und drückte seine Nase ans Fenster des roten Peugeot.

„Siehst du, Sibylle, alle Kinder lieben Pferde", sagte Gitte lachend zu ihrer Freundin.

In den Jahren nach ihrem sechzigsten Geburtstag war ihre Beziehung zu der lebenslustigen, rundlichen Frau mit den kurzen, mittelblonden Haaren sehr innig geworden. Sibylles Enkelsohn war nur ein Jahr älter als Marcel, und die beiden verstanden sich prächtig. Die Freundinnen unternahmen viel gemeinsam mit ihren Enkelsöhnen, besuchten Spielplätze und machten Ausflüge in den Tierpark.

Gitte parkte den Wagen auf einem freien Besucherparkplatz. An diesem sonnigen Samstag Ende Mai war viel los in der Reitschule Flandersbach in der Nähe von Mettmann. Sabrina hatte dort ihr Pferd und ihr Pony untergestellt. Ihre Leidenschaft fürs Reiten hatte sich im Erwachsenenalter sogar verstärkt.

Die zwei Frauen stiegen aus und nahmen Thorben in ihre Mitte. Gut gelaunt machten sie sich auf den Weg zum Reitplatz.

„Marcel sitzt schon auf dem Pony." Thorben befreite sich und rannte los. An seinem Ziel angekommen, musste er sich auf die Zehenspitzen stellen, um über die Bande sehen zu können.

„Geh nicht allein auf den Platz", rief Sibylle und beschleunigte besorgt ihre Schritte.

Viele Reiter bewegten ihre Pferde diesen Nachmittag auf dem großen Platz neben den Ställen, geschützt durch Helme, die unter dem Kinn mit einem Band befestigt waren.

Sabrina hatte die Ankunft des Jungen bereits bemerkt, ließ ihren Sohn mit dem Pony allein und eilte auf Thorben zu.

Etwas außer Atem erreichten auch Gitte und Sibylle den Reitplatz.

„Ihr habt schönes Wetter mitgebracht", sagte Sabrina lächelnd und küsste Gitte zart auf die Wange. Sie hatte ihre schulterlangen Haare zu einem lockeren Zopf geflochten und verströmte den vertrauten Geruch nach Stall und Pferd. In einer Hand hielt sie ihren Sturzhelm. „Magst du Sternchen reiten?" Sie wandte ihr Augenmerk Thorben zu.

„Auf jeden Fall. Deswegen bin ich hier." Er nickte eifrig mit dem Kopf.

„Dann komm, ich werde dir zeigen, wie du aufsteigen musst." Sabrina nahm Thorben bei der Hand und ließ die Frauen allein zurück.

„Ich traue mich nicht auf den Rücken eines Pferdes, so sehr Sabrina mich auch dazu zu überreden versucht", stellte Gitte fest. Sie lehnte sich über die Bande und sah ihrem Enkel beim Absteigen zu. „Marcel hat vor Kurzem sein erstes Reitturnier auf Sternchen erfolgreich bestanden. Wir waren alle stolz, als er seine silberne Schleife in Empfang genommen hat."

„Kein Wunder. Durch Sabrina ist er fast im Reitstall aufgewachsen", entgegnete Sibylle und beobachtete stolz, wie Thorben einen Fuß in den Steigbügel setzte. Sabrina zeigte ihm, wie er den Sattelknauf anfassen musste.

„Schau", rief Sibylle aus. „Thorben ist aufgesessen."

Glücklich winkte er den beiden Frauen zu. Sabrina klopfte Sternchen leicht auf den Rücken und das Pony setzte sich gehorsam in Bewegung.

„Als Sabrina uns damals erzählte, sich in einen Reitlehrer verliebt zu haben, waren Jürgen und ich nicht überrascht", erklärte Gitte. „Komm, wir setzen uns auf die Bank neben den Stallungen. Von dort aus können wir alles beobachten und sitzen dabei schön in der Sonne."

„Sternchen ist entzückend, nussbraun und mit Stoppelmähne", sagte Sibylle und streckte wohlig die Beine aus. Ihre Augen ruhten auf dem Pony, das neben Sabrina her trabte.

„Bei diesem Traumwetter fällt mir unser erster gemeinsamer Urlaub ein", stellte Gitte fest. „Es war wunderschön, mit euch Lanzarote zu erkunden."

„Weißt du noch, wie wir am ersten Abend das Buffet bestaunt haben?" Sibylle kicherte bei der Erinnerung.

Gitte prustete laut los. „Wie unerfahren wir waren. Wir hatten uns schrecklich beeilt, um pünktlich zum Abendessen im Restaurant zu sein."

„Wäre ja möglich gewesen, dass wir ansonsten vor halb geleerten Platten gestanden hätten." Sibylle hielt sich den Bauch vor Lachen.

„Unsere Sorge war jedenfalls unbegründet." Gitte wischte sich eine Lachträne aus dem Augenwinkel.

„Am eindrucksvollsten fand ich den Nationalpark. Wahnsinn, dass der felsige Park Timanfaya durch Vulkanausbrüche in den 1730er Jahren entstanden ist", erinnerte sich Sibylle weiter.

„Wolfgang und du seid eine große Bereicherung für unser Leben." Plötzlich fiel ein Schatten über Gittes Gesicht. „Schade, dass du Karin nicht näher kennenlernen durftest. Ihr hättet euch gewiss gut verstanden."

„Alles im Leben hat seine Zeit", sagte Sibylle tröstend. „Wir müssen jeden schönen Augenblick auskosten."

„Sabrina winkt uns." Gitte hakte Sibylle unter, und gemeinsam standen sie auf. „Ich glaube, Sternchen hatte genug Bewegung für heute."

Voller Vorfreude saß Marie an dem von Gitte liebevoll gedeckten Tisch. Sie konnte es kaum erwarten, zum ersten Mal ihren zweiten Urenkel zu sehen. Am neunten Januar hatte Sabrina ihren zweiten Sohn geboren, und nur eine Stunde später musste der Säugling auf die Intensivstation verlegt werden. Er war bereits mit einem Infekt zur Welt gekommen. Außer Sabrina und Manfred hatte niemand zu ihm gedurft.

„Nach drei Tagen durfte ich Jeremy endlich besuchen", berichtete Gitte, während sie den Apfelkuchen anschnitt. „Ich war zwar überglücklich, doch der Anblick des an die Geräte angeschlossenen winzigen Wesens hat mich ziemlich mitgenommen. Das Pflegepersonal musste seine Handgelenke fixieren. Sonst hätte Jeremy sich von den Kabeln befreit. Zum Glück hat der Kleine alles gut überstanden."

„Wann kommen sie endlich?", wollte Marie ungeduldig wissen und zog ein Taschentuch aus dem Ärmel ihrer Bluse.

Unwillkürlich musste Gitte lächeln. Es war Maries Eigenart, ständig ein Tempotaschentuch im Ärmel bei sich zu tragen.

„Gleich ist es soweit." Sie warf einen Blick auf ihre Armbanduhr. „Ich meine, ich höre schon Manfreds Geländewagen."

„Ich mache ihnen auf." Jürgen erhob sich, ging zum Schlüsselbrett in der Diele und verschwand aus dem Blickfeld der Frauen.

Sie brauchten nicht lange zu warten, bis sie laute Stimmen hörten. Als Erster erschien Marcel im Wohnzimmer. Er war seinem Vater wie aus dem Gesicht geschnitten und hatte dessen dunkle Haare geerbt. Er rannte auf Gitte zu, und sie hob ihn freudestrahlend in die Höhe. Das war mittlerweile kein leichtes Unterfangen mehr.

„Marcel", rief Marie und streckte ihre Arme aus. Sie zitterte leicht. Larissa hatte Gitte davon berichtet, dass Marie wackelig auf den Beinen geworden war. In drei Jahren würde sie ihren fünfundachtzigsten Geburtstag feiern.

Marcel ging zu seiner Uroma und reichte ihr artig die Hand. Im Stillen überlegte Gitte, dass sie mit ihrer Tochter sprechen musste. Deren innerer Abstand zu Marie übertrug sich auf Marcel.

„Hallo, ihr Lieben", sagte Manfred munter. Er war ein schlanker Mann mit ebenmäßigen Gesichtszügen. Sabrina betrat gleich nach ihm das Wohnzimmer, Jeremy stolz in den Armen haltend.

Marie hielt nichts mehr auf ihrem Stuhl. Begeistert ging sie auf ihre Enkeltochter zu.

„Endlich, endlich", wiederholte sie in einem fort.

Behutsam hielt Sabrina ihr Jeremy hin, sodass sie zart über seine rosigen Wangen streichen konnte.

„Er gähnt", rief Marie entzückt aus.

„Jeremy ist müde. Ich werde ihn in Mamas Gästebettchen legen", sagte Sabrina entschieden.

„Mein kleiner Jeremy muss schlafen", meldete sich Marcel zu Wort.

„Richtig", stimmte ihm Gitte zu. „Und für uns gibt es Apfelkuchen."

Nachdem sie herzhaft zugegriffen hatten und satt und zufrieden waren, nahm Gitte ihre Tochter beiseite.

„Schatz, bitte tu mir einen Gefallen", sagte sie leise.

„Ich weiß, was du von mir möchtest." Sabrina zog ihre Augenbrauen hoch.

„Versuche mir zuliebe, herzlicher zu deiner Großmutter zu sein", bat Gitte. „Sie ist unglaublich stolz auf ihre zwei Urenkel. Larissa sagt, Mutter baue mehr und mehr ab. Gönne ihr die Jahre, die sie mit Marcel und Jeremy hat. Lass sie bei Marcels Einschulung dabei sein. Das ist ihr sehnlichster Wunsch."

Sabrina schwieg eine Weile und warf einen Blick über ihre Schulter. Ein Lächeln schlich sich auf ihr Gesicht, als sie Manfred mit Marie sprechen sah. Die zarte, alte Frau hatte ihren Arm um Marcel gelegt und strahlte über das ganze Gesicht. Es war ein herzerwärmender Anblick.

„Ich werde Marie nie verzeihen können, dass sie dich abgegeben hat", sagte Sabrina nachdenklich. „Ich könnte das keiner Frau, keiner Mutter verzeihen. Aber ich werde versuchen, ihr in Zukunft offener zu begegnen. Dir zuliebe, Mama. Von mir aus darf sie bei Marcels Einschulung dabei sein."

Abenddämmerung
Dezember 2015 - Februar 2017

Maries Blicke schweiften über den festlich geschmückten Raum des griechischen Restaurants. Die Wände waren aus rustikalem Backstein, und Götterstatuen verbreiteten mediterranes Flair. Das Personal hatte heiße Platten mit griechischen Spezialitäten serviert. Für gewöhnlich nahm Marie in den Abendstunden keine deftigen Speisen mehr zu sich, doch an ihrem fünfundachtzigsten Geburtstag würde sie eine Ausnahme machen. Sie füllte ihren Teller mit einem Fleischspieß, rotem Reis und Grillgemüse. Leise Musik untermalte das Stimmengewirr. Ihr Herz klopfte unregelmäßig, sie spürte die Stolperer und Aussetzer, doch es störte sie nicht. Ihre Aufregung war eine freudige. Sie konnte ihr Glück kaum fassen. Ihre gesamte Familie war versammelt. Sie schaute auf Larissa, Alex und die Kinder, erfreute sich an Joachim und seiner Familie, fühlte sich reich beschenkt, als ihr Blick auf Gitte und Jürgen hängen blieb. Sie vermisste ihre älteste Tochter Karin, während sie Erik, Manuela und Olaf beobachtete. Wieder einmal überwältigten sie ihre Gefühle, diese Mischung aus Schuld und Dankbarkeit. Sie hatte ihre verlorene, ihre abgegebene Tochter wiedergefunden und etliche Jahre mit ihr verbringen dürfen. Gedankenverloren schob sie mit der Gabel die Fleischstücke vom Spieß. Sie überlegte, ob sie etwas sagen sollte, doch ihr fehlte der Mut. Voller Liebe wanderten ihre Augen zu ihren Urenkeln Marcel und Jeremy, die ihr ganzer Stolz waren. Was sollte sie weiter mit sich hadern? Nur Gott wusste, was geschehen wäre, hätte sie damals die Kraft besessen, sich Werner zu widersetzen. Zu dieser späten Stunde jedenfalls waren sie zusammen, jetzt, wo das Licht des Tages in die Dunkelheit der Nacht überging.

„Was wollte Larissa um diese Uhrzeit von dir?", wollte Jürgen erstaunt wissen. Er hatte im Schlafzimmer die Betten aufgeschlagen und lediglich Gittes Abschiedsgruß am Telefon mitbekommen.

„Du glaubst nicht, was gerade passiert ist", sagte Gitte und öffnete den obersten Knopf ihres Schlafanzugs. Eine Tasse heiße Milch mit Honig stand vor ihr auf dem Wohnzimmertisch.

„Ich bin gespannt", entgegnete Jürgen und nahm neben ihr auf dem Sofa Platz.

„Vor wenigen Augenblicken kam Mutter runter und klopfte, komplett ausgehfertig, an Larissas Wohnungstür. Sie wollte einkaufen", gab Gitte kopfschüttelnd Auskunft. „Stell dir das vor. Um zweiundzwanzig Uhr möchte die alte Frau in die Stadt spazieren."

„Das hört sich nicht gut an", stellte Jürgen sachlich fest.

„Richtig. Da sind wir einer Meinung. Larissa wird morgen unverzüglich mit Mutter zum Arzt gehen", berichtete Gitte gähnend. „Hoffentlich ist sie nicht an Alzheimer erkrankt."

„Sollte das der Fall sein, wird sie nicht in ihrer Wohnung bleiben können", erwiderte Jürgen. „Ich habe mich bei ihrem sechsundachtzigsten Geburtstag schon gefragt, wie lange diese Konstellation noch gut geht", sagte Gitte und nippte vorsichtig an ihrer Milch. „Bei der Feier hat sie mich Karin genannt. Weil es bei dem einen Mal geblieben ist, habe ich mich nicht dazu geäußert."

„Warten wir die ärztliche Diagnose ab." Jürgen gab Gitte einen Kuss auf die Wange. „Lass uns ins Bett gehen. Es ist spät, und du kannst im Moment nichts für deine Mutter machen."

Gitte steckte den Brief in den Umschlang, der an ihre Tante Anna am Bodensee adressiert war. Auch dieser ging es gesundheitlich nicht gut. Trotzdem fühlte sich Gitte verpflichtet, sie über die Erkrankung ihrer Schwester zu informieren. Nachdem Marie gestern Abend verhaltensauffällig geworden war, hatte Maries Hausarzt am Morgen Gittes Verdacht bestätigt. Marie war an einer rasch fortschreitenden und zur Bettlägerigkeit führenden Form der Demenz erkrankt. Gitte beschloss, zum Briefkasten zu gehen und anschließend einen Spaziergang durch die Oktobersonne zu unternehmen. Trotz der wärmenden Sonnenstrahlen fröstelte sie, wurde sie von einer unendlichen Traurigkeit überwältigt. Wie Blitze bei einem heftigen Gewitter drängten sich ihr die Bilder der Vergangenheit auf. Sie sah sich als kleines Mädchen mit ihrer Mutti auf dem Sofa sitzen und mit einer Frau sprechen, die ernst war und ständig bei den Wagners zu Besuch. Sie sah ihre Mutti, die sie zur Schule brachte, sah sich im Chor auf der Beerdigung von Jürgens erster Frau singen, sah Corinna verdreht auf dem Asphaltboden liegen, hörte ihren letzten Atemzug. Die Tränen strömten über ihre Wangen, während sie den Umschlag durch den Briefkastenschlitz schob. Sie sah ihre Mutti, gezeichnet vom Krebs, hörte den Opa lächelnd sagen, er habe den Telefonhörer aufgelegt, weil er schlafen wolle.

„Geht es Ihnen nicht gut?" Wie durch Watte hörte sie die Stimme einer Frau, die ihren Hund ausführte. „Kann ich Ihnen helfen?"

„Es ist alles gut, ich brauche nur etwas frische Luft", wiegelte Gitte die hilfsbereite Frau ab.

Warum bloß hatte sie in den Stunden vor dem Tod ihrer Mutti nicht neben dem Telefon geschlafen und ihrem alten Schwiegervater vertraut? Sie hörte die Verzweiflung in der Stimme ihres Vaters, als er ihr sagte, Mutti sei im Augenblick ihres Todes allein gewesen.

„Mama?" Sie zuckte zusammen, als sie die Rufe ihres Sohnes vernahm. In ihrem Schmerz hatte sie vergessen, dass Markus sich zu einem späten Frühstück angekündigt hatte. Trotz seines guten Aussehens hatte er die Frau fürs Leben bisher nicht gefunden. Er arbeitete im Schichtdienst und nahm ihre Kochkünste gern und oft in Anspruch. „Mama?"

Sie spürte ihn an ihrer Seite, und wieder blitzte ein Bild durch ihr Gehirn. Sie sah sich und ihn in der leeren Wohnung im Neuenbaumer Weg, hörte ihn sagen, er werde nicht zur Schule gehen, sie in der Einsamkeit ohne Jürgen und Corinna nicht allein lassen.

Sie spürte den festen Druck seiner Umarmung.

„Markus, Mutter ist dement." Ihre Tränen liefen über seine Halsbeuge.

„Was heißt das? Wird sie vergesslich?" Markus strich ihr sacht über den Kopf.

„Schlimmer", erwiderte Gitte. „Wir werden sie verlieren, zunächst an ihr Gedächtnis und später an den Tod."

Markus löste die Arme von ihr und nahm sie stattdessen an der Hand.

„Wir gehen zurück. Du bist nicht allein. Ich werde dir nie vergessen, was du für Papa, Corinna und mich getan hast."

Gitte stieg hinter Larissa die Treppen herunter. Ihre jüngste Schwester hatte sich in den Jahren kaum verändert und sich ihre schlanke Figur bewahrt. Das lockige Haar fiel ihr offen über die zarten Schultern. Bei ihrer ersten Begegnung vor vielen Jahren in der Lothringer Straße hatte Larissa auf Gitte oberflächlich und desinteressiert gewirkt. Im Gegensatz zu der verstorbenen Karin war sie mit ihren zwei weiteren Geschwistern nie warm geworden. Erst durch Maries schwere Erkrankung wurde ihre Beziehung inniger, insbesondere die zu Larissa. Gitte zollte ihr großen Respekt, weil sie Marie seit Jahren in ihren Haushalt aufgenommen hatte.

„An der Fensterwand ist ein Tisch frei", bemerkte Larissa und durchquerte das großräumige Café des Petrus Krankenhauses.

„Schade, dass wir mit Mutter nicht durch die Parkanlage spazieren können", stellte Gitte fest, während sie ihre dicke Winterjacke über die Stuhllehne hängte und Platz nahm.

Larissa nickte zustimmend. „Das Petrus Krankenhaus ist das schönste in Wuppertal. Selbst jetzt im tristen Februar beruhigt mich der Blick auf den Park. Was möchtest du trinken?"

„Eine Tasse Cappuccino." Gitte lächelte die Schwester liebevoll an.

Während sie darauf wartete, dass diese mit den Getränken zurückkam, hing sie ihren Gedanken nach. Wie die Ärzte es prognostiziert hatten, war Maries geistiger und körperlicher Verfall rasch vorangeschritten. Im Januar hatten die Ärzte Marie in die geriatrische Station des Petrus Krankenhauses eingewiesen. Mit dem Personal waren sie sehr zufrieden. Im Verhältnis zu anderen Krankenstationen wies die Geriatrie einen größeren Personalschlüssel auf. Die Geschwister besuchten ihre Mutter fast rund um die Uhr. Joachim, von ihnen der einzige, der berufstätig war, kam für gewöhnlich in den Abendstunden. Was Marie noch mitbekam, wussten sie nicht. Es gab gute Tage, und es gab schlechte Tage. An den guten Tagen sprach sie ihre Kinder mit Namen an und lächelte zufrieden. An den schlechten Tagen lag sie apathisch in ihrem Bett.

„Ich habe uns zwei Stücke Apfelkuchen mitgebracht", riss Larissa sie aus ihren Gedanken und stellte das Tablett auf den Tisch.

Gitte nickte dankbar. Sie hatte drei Stunden am Krankenbett ihrer Mutter ausgeharrt und fühlte sich schlapp und hungrig.

„Was ist los mit dir?", wollte Larissa stirnrunzelnd wissen. „Selbst die Tönungscreme kann deine Blässe nicht verstecken. Mir ist das in der letzten Zeit bereits des Öfteren aufgefallen. Liegt das nur an Mutters Erkrankung?"

Gitte wunderte sich über Larissas Aufmerksamkeit. Sie schwieg eine Weile, überlegte, ob sie sich der Schwester anvertrauen sollte. Schließlich sagte sie: „Mir geht es gar nicht gut. Du weißt, dass ich Probleme mit dem Rücken habe?"

Larissa nickte. „Es sind immer die Bandscheiben, stimmt's?" Sie stach mit der Gabel ein Stückchen vom Kuchen ab.

„Richtig." Gitte seufzte und nahm einen Schluck von ihrem Cappuccino. Sie blickte sich in der Cafeteria um, sah die gebrechlichen Menschen mit ihren Verbänden und Gehhilfen. „Nie war es derart schmerzhaft. Ich kenne die Symptome. In meinem linken Bein habe ich kaum Gefühl. Wenn ich beim Gehen nicht aufpasse, stolpere ich. Damit könnte ich leben, nicht aber mit den unbeschreiblichen Schmerzen. Ich nehme viel zu viele Schmerztabletten, aber ohne halte ich es nicht aus."

„Warum gehst du nicht zum Arzt?", fragte Larissa vorwurfsvoll. „Das läuft gut mit uns. Wir wechseln uns schließlich ab mit unseren Krankenhausbesuchen."

„Wenn ich zum Arzt gehe, weist er mich bestimmt sofort ins Krankenhaus ein. Meine Intuition sagt mir, dass ich den schlimmsten Bandscheibenvorfall meines Lebens habe. Larissa, seien wir ehrlich zueinander. Mutter wird bald sterben. Ich werde mich um mich kümmern, wenn alles hinter uns liegt", sagte Gitte bestimmt.

„Die Ärzte meinen, es werde nur noch wenige Tage dauern, bis sie einschläft. Ich habe alle Vorbereitungen getroffen", erwiderte Larissa. „Das Pflegebett ist bereits geliefert worden, und ich stehe in Kontakt mit dem ambulanten Palliativ-Pflegepersonal. Mutter soll nicht hier sterben, sondern bei uns in der Familie. Lucy vermisst sie schrecklich."

Unwillkürlich schlich sich ein Lächeln auf Gittes Gesicht. Lucy war Larissas schwarze Mischlingshündin. Zwischen dem Tier und der alten Frau hatte sich eine intensive Beziehung entwickelt.

„Ich habe in einer Stunde einen Termin mit dem Oberarzt", fuhr Larissa fort. „Wir werden besprechen, wann ich Mutter heimholen kann." Sie leerte ihre Kaffeetasse und blickte Gitte fest in die Augen. „Ich möchte dir etwas sagen." Nervös spielte sie mit ihrer Halskette. „Als Mutter uns damals mitteilte, dass du zum Kaffee kommen würdest, war ich mit der Situation vollkommen überfordert. Ich war fast noch ein Kind und frisch verliebt. Und dann kamst du, in meinen Augen eine fremde Frau." Sie lachte verlegen. „Auch später konnte ich nicht verstehen, warum Karin so viel Aufhebens um dich machte. Ich war ein wenig eifersüchtig auf dich. Ich war ihre kleine Schwester, warum hat sie dich mehr geliebt als mich?"

„Ach was", wiegelte Gitte verlegen ab. „Sie hat dich ebenso geliebt wie mich."

Energisch schüttelte Larissa den Kopf. „Du weißt, dass das nicht wahr ist. Aber ich habe meinen Frieden damit gemacht. Genau wie mit meinem Vater, der an allem schuld ist. In letzter Zeit ist mir bewusst geworden, wie wichtig du für mich bist, wie wichtig du für Mutter bist. Ich bin froh, dass es dich gibt, Herzensschwester."

Gittes Augen wurden vor Rührung feucht. Sie legte ihre Hände auf Larissas. „Alles, was zählt, ist der Augenblick. Dieser Moment gehört uns."

Zur späten Abendstunde schloss Larissa Roth die Esszimmertür. Alex und sie hatten den Raum komplett ausgeräumt und Marie ein Krankenzimmer eingerichtet. Lediglich die Anrichte erinnerte an die ursprüngliche Funktion des Raumes. Anders als ihre verstorbene Schwester hatte Larissa nach der Hochzeit ihren Mädchennamen behalten.

Erschöpft setzte sie sich an den Küchentisch und griff nach der Wasserflasche. Gedankenverloren beobachtete sie die kleinen Bläschen, verursacht von der Kohlensäure, als sie ihr Glas füllte. Sie nahm einen Löffel und rührte kräftig, damit das Gas entwich. Kleine Gewohnheitsgesten, die ihr dabei halfen, die letzten Tage im Leben ihrer Mutter zu ertragen. Es war für die ganze Familie schwer. Auf ihre Kinder war sie stolz. Sie nahmen tapfer von ihrer Großmutter Abschied. Nina, die seit Längerem eine eigene Wohnung besaß, hatte viele Stunden an Maries Bett verbracht. Janosch, mitten in seiner Ausbildung, stand seinen Eltern bei der Pflege der Großmutter beiseite. Doch ohne die Unterstützung der Palliativbegleiterinnen hätten sie die Situation nicht meistern können. Larissa war unendlich dankbar dafür, dass die Krankenschwestern auf Anruf augenblicklich erschienen. Sie versorgten Marie mit den Medikamenten, die ihr zum Glück sämtliche Schmerzen nahmen.

Larissa zog ihr Smartphone aus der Hosentasche. Eingehend betrachtete sie das Foto, das sie soeben von ihrer Mutter gemacht hatte. Sie hatte Marie mit dem Gesicht zur Wand gelagert, sodass sie nicht zu erkennen war. Das höhenverstellbare Pflegebett war runtergefahren, und der Katheterbeutel, der zum Auffangen des Urins diente, berührte die vor dem Bett liegende Matratze. Während sie Gitte das Bild schickte, füllten sich Larissas

Augen mit Tränen. Als Bildunterschrift schrieb sie: *Lucy bewacht Oma.*

Tatsächlich war die Hündin seit drei Tagen nur dazu bereit, ihren Platz an der Seite der Sterbenden zu verlassen, wenn sich ein Spaziergang nicht mehr vermeiden ließ.

Es dauerte nicht lange, bis Larissas Smartphone ihr signalisierte, eine Textnachricht bekommen zu haben. An diesem Februartag im Jahr 2017 stand sie in reger Kommunikation mit ihrer ältesten Schwester. Sie öffnete die Textnachricht und las:

Liebe Larissa, danke für das Foto. Es bewegt mich sehr, dass Lucy ihr nicht von der Seite weicht und sie bewacht. Gib mir weiterhin Bescheid, was mit Mutter ist. Ich würde Euch morgen gern besuchen. Danke, dass Du mich auch um diese Uhrzeit über den Stand der Dinge informierst. Ich wünsche Dir und Alex viel Kraft für die Nacht. Du kannst mich jederzeit anrufen! Liebe Grüße, Gitte.

Larissa senkte ihre Augenlider und dachte nach. Nach einer Weile griff sie erneut nach dem Smartphone und scrollte sich durch die Unterhaltung mit ihrer Schwester. Schließlich blieb ihr Blick an einer Nachricht vom fünften Februar hängen. An diesem Tag hatten sie Marie zum Sterben nach Hause geholt. Gitte hatte am Abend geschrieben:

Ich habe viel an Mutter und Euch gedacht. Ihr habt es ihr schön gemacht. Als ich heute bei Euch war, habe ich gespürt, dass Mutter die Geborgenheit und Wärme und das Wissen, daheim zu sein, zu hundert Prozent mitbekommen hat. Ich bin Gott dankbar, dass mein Leben in diese Richtung verlaufen ist und wir uns gefunden haben. Euch nun einen ruhigen Abend und eine gute Nacht. Bis morgen, Gitte.

„Larissa?" Die Küchentür öffnete sich. „Ich habe noch mal nach deiner Mutter gesehen. Sie schläft ruhig."

„Warst du mit Lucy draußen?", wollte Larissa wissen. Eine unendliche Müdigkeit überfiel sie. Sie griff nach dem Haarband, das sie ums Handgelenk gewickelt hatte, und band ihre Locken zu einem Pferdeschwanz.

„Janosch war mit ihr spazieren. Jetzt liegt sie wieder an ihrem Platz vor dem Pflegebett. Lass uns ins Bett gehen, Schatz. Wir brauchen unseren Schlaf."

„Was für ein Unterschied zu dem ersten Tag zu Hause", flüsterte Gitte. Sie blickte auf Marie, die sie aus großen Augen anschaute.

„Vor fünf Tagen dachte ich, alles sei bloß ein schlimmer Traum gewesen, eine Fehldiagnose der Ärzte", stellte Larissa fest.

Gitte legte ihren Zeigefinger auf die Lippen und zog ihre Schwester zur Tür. Sie verließen das Esszimmer und nahmen in der Küche am Tisch Platz.

„Ich möchte nicht, dass Mutter unsere Unterhaltung mitbekommt", erklärte Gitte. „Ich habe davon gehört, dass es kein gar so seltenes Ereignis ist. Viele Sterbende blühen kurz vor dem Tod auf, ein letztes Aufbäumen gegen das nahende Ende."

„Am ersten Tag daheim war sie fröhlich und hat sogar allein und mit Appetit gegessen. Ich dachte, gleich erhebt sie sich aus dem Bett und fragt, wer sie in die Stadt begleiten möchte." Larissa stützte den Kopf auf die geballten Fäuste.

„Mutter war glücklich, nicht mehr im Krankenhaus sein zu müssen. Bei dir zu sein, daheim zu sein, das hat diese positive Veränderung bewirkt. Hast du den Blick bemerkt, mit dem sie mich soeben angesehen hat?" Gitte stand auf und ging zur Kaffeemaschine. „Möchtest du auch einen Kaffee?"

Larissa nickte, ließ den Kopf jedoch auf den Händen ruhen. Die Erschöpfung stand ihr ins Gesicht geschrieben.

Gitte füllte Wasser in die Maschine und gab drei Messlöffel Kaffeepulver in den Filter. Diesen in der Hand haltend, drehte sie sich um.

„Ihr ist bewusst, dass sie in den nächsten Stunden sterben wird. Ihre Augen haben mir erzählt, dass sie glücklich ist, mich zu sehen. Mir schien, sie wollte den Blick nicht mehr von mir wenden." Der Kaffeefilter in ihrer Hand zitterte. Rasch wandte sie ihr Augenmerk erneut der Maschine zu, legte den Filter an seinen Bestimmungsort und ließ das Wasser laufen. Es war kurz vor zwölf Uhr. Jürgen hatte Gitte am Morgen nach dem Frühstück zu ihrer Schwester in die Bendahler Straße gebracht. Larissa und Alex wohnten ruhig, ganz in der Nähe des Wuppertaler Skulpturenparks Waldfrieden.

„Heute werden alle Kinder und Enkelkinder kommen und sich von ihr verabschieden", sagte Larissa heiser.

Gitte stand, wie zur Salzsäule erstarrt, neben der Kaffeemaschine.

Nach einigen Augenblicken des Schweigens sagte sie: „Die Palliativschwester hat gesagt, dass sie heute von uns gehen wird?" Sie nahm zwei Tassen aus dem Küchenschrank. Leicht schwankend füllte sie die Becher.

Larissa nickte zustimmend. „Heute Morgen, als sie Mutter gewaschen hat, meinte sie, dass ihre Reise begonnen habe. Deswegen habe ich alle informiert, gesagt, dass sie kommen sollen, um sich endgültig von ihrer Mutter und Oma zu verabschieden."

In diesem Augenblick schellte es.

„Ich mache rasch auf", erklärte Larissa.

Die Schwestern waren allein. Jürgen hatte versprochen, am Nachmittag wiederzukommen, und Alex hatte sich nicht freinehmen können.

Gitte schloss ihre Tochter fest in die Arme. „Schön, dass du hier bist", flüsterte sie bewegt.

„Mein Chef hat mich früher gehen lassen." Vorsichtig befreite sich Sabrina aus der Umarmung. „Ich möchte zu Oma", sagte sie leise.

Gitte glaubte, sich verhört zu haben, aber sie äußerte sich dazu nicht. Sie öffnete die Tür, die zum Esszimmer führte, und gemeinsam traten sie über die Schwelle.

Marie hatte die Augen geschlossen. Die kurzen, weißen Haare waren frisch gewaschen und sorgfältig gekämmt. Die Schwester hatte ihr ein graues, leichtes Langarm-Shirt mit weißen Punkten angezogen. Maries Brust hob und senkte sich in unregelmäßigen Atemzügen.

„Sie sieht friedlich aus", hauchte Sabrina Gitte ins Ohr.

Zärtlich strich diese ihrer Tochter über den Kopf.

Behutsam, fast so, als traue sie sich nicht, ging Sabrina zu dem Stuhl, der neben dem Pflegebett stand.

„Oma", sagte sie leise.

Maries blasse Lippen bebten, verzogen sich, öffneten sich, doch sie brachte keine Worte hervor. Gitte registrierte, dass Sabrina sacht ihre Finger um Maries Hand schloss. Sie entschied, den Raum zu verlassen, um ihrer

Tochter und ihrer Mutter Zeit zu geben, sich voneinander zu verabschieden.

In einen dicken Mantel gewickelt, sagte sie zu Larissa: „Ich muss an die frische Luft."

„Nimm dir einen Schirm mit. Es regnet." Larissa deutete mit der Hand auf den Schirmständer neben der Wohnungstür.

„Das ist nur leichter Schneeregen, ich brauche keinen Schirm", wehrte Gitte ab. „Sabrina ist schon eine halbe Stunde bei Mutter."

„Ich mische mich nicht ein und lasse ihr die Zeit, die sie braucht." Larissa umarmte Gitte kurz.

Diese schloss die Tür hinter sich und ging die Treppe runter zur Gartentür. Sie steckte die Hände in die Jackentaschen, um sie vor der Kälte zu schützen. Doch die Winterluft bekam ihr gut. Ihre Gedanken wanderten in die Vergangenheit, hin zu einem anderen Abschied. In ihrem Geiste sah sie sich neben ihrem Vater am Sterbebett ihrer Mutti stehen. Tränen liefen ihr über die Wange. Sie blickte in den Himmel, der aus einer dichten, grauen Wolkenwand bestand.

Sie versuchte gar nicht erst, ihre Tränenflut zu stoppen. In ihrer Erinnerung hörte sie ihren Vater sagen, er habe die ganze Nacht angerufen, damit Jürgen ihn zum Krankenhaus fahre. Sie hörte ihn fragen, warum Gitte den Telefonhörer aufgelegt habe. Ein stechender Schmerz holte sie in die Gegenwart zurück. Sie nahm sich vor, eine zusätzliche Schmerztablette zu nehmen und durchzuhalten, bis ihre Mutter beerdigt sein würde.

Gitte wusste, dass sie keinen Schlaf finden würde. Bis neun Uhr war sie bei ihrer Mutter geblieben, die ihre Augen nicht mehr geöffnet hatte. Doch ein leichter Händedruck war zu spüren gewesen, als Gitte zum letzten Mal ihre eingefallenen Wangen geküsst hatte.

Als das Telefon klingelte, war es kurz vor Mitternacht. Sie wusste, welche Nachricht sie erwartete. Marie Roth, geborene Ansorge, war am Ende ihrer langen Reise angekommen.

Engelszungen
März 2017

„Was ist denn draußen für ein Unwetter?", wollte Gitte schläfrig wissen. Mühsam versuchte sie, sich aufzurappeln.

„Frau Groß, bleiben Sie bitte liegen." Eine Frauenstimme durchbrach das Geräusch des auf die Fensterscheiben prasselnden Starkregens. „Sie liegen auf der Intensivstation."

Ein Frauenkopf, dessen Haare mit einer grünen Haube bedeckt waren, schob sich in Gittes Gesichtsfeld.

„Intensivstation?", fragte Gitte erschrocken. Sie sah sich um und entdeckte Kabel, die sie mit Geräten verbanden, die ihre Vitalwerte überwachten. „Ich dachte, ich läge daheim im Bett und draußen wäre ein Unwetter."

„Das sind die Nachwirkungen Ihrer Narkose", erklärte die Intensivschwester. „Die Rückenoperation hat über sechs Stunden gedauert."

Mit einem Schlag kehrte Gittes Erinnerung zurück. Ängstlich bewegte sie ihre Füße.

„Ich spüre meine Beine noch", sagte sie erleichtert.

„Sie haben sehr großes Glück gehabt. Das hätte böse ins Auge gehen können. Bei derart starken Schmerzen müssen Sie in Zukunft eher zum Orthopäden gehen. Oder zum Hausarzt. Sie haben eine Querschnittslähmung riskiert", maßregelte sie die Schwester.

Gitte hatte vor der Operation unterschreiben müssen, über das Risiko einer Querschnittslähmung bei auftretenden Komplikationen informiert worden zu sein.

Wenige Tage nach der Beerdigung ihrer Mutter hatte sie endlich ihren Hausarzt aufgesucht. Dieser hatte augenblicklich eine Kernspintomographie angeordnet. Anschließend war alles ganz schnell gegangen. Sie hatte kaum noch Zeit gehabt, ihre Koffer für den Aufenthalt im Bethesda Krankenhaus zu packen, und ihre Kinder zu bitten, ein Auge auf Jürgen zu haben.

„Morgen Nachmittag werden Sie auf eine andere Station verlegt", informierte sie die Intensivschwester. „Ihr Kreislauf braucht etwas Zeit, um sich zu stabilisieren. Versuchen Sie, ein wenig zu schlafen. Das wird Ihnen guttun."

Leise klopfte es an die Tür. Sekunden später öffnete sie sich. Eine Frau in Gittes Alter trat ein, schlicht gekleidet, mit kurzen, grauen Haaren. Sie lächelte freundlich, während sie auf Gitte zukam. Diese war allein im Zweibettzimmer.

„Ich bin Gabriele Weber von der Krankenhausseelsorge", stellte sich die Frau vor. „Wie geht es Ihnen?"

„Den Umständen entsprechend", entgegnete Gitte. Sie schloss das Buch, in dem sie gelesen hatte, und legte es auf den Nachttisch. „Ich hatte einen besonders schlimmen Bandscheibenvorfall, bei dem es nur noch eine Möglichkeit gab: Eine Versteifung durch einen Fixateur mit Schrauben. Ich werde wochenlang ein Korsett tragen müssen."

„Und wie geht es Ihnen seelisch?", erkundigte sich Gabriele Weber behutsam.

„Es ist so viel auf einmal …", begann Gitte und nahm einen Schluck Wasser. „Ich habe gerade meine Mutter verloren, zum zweiten Mal verloren."

„Möchten Sie darüber sprechen?" Frau Weber griff nach einem Stuhl, zog ihn zum Krankenbett und setzte sich.

„Haben Sie denn so viel Zeit?" Gitte blickte die Seelsorgerin überrascht an.

„Ich höre gern zu", sagte diese schlicht und faltete die Hände in ihrem Schoß. „Es ist Abend. Ich habe Zeit."

Zögernd begann Gitte zu erzählen, und Frau Weber lauschte ihren Ausführungen. Die Worte flossen nur so über Gittes Lippen. Die Seelsorgerin saß ruhig und geduldig auf dem Stuhl. Ab und zu nickte sie, doch sie unterbrach Gitte nicht, während diese ihr ihre Lebensgeschichte erzählte. „Am Tag nach Mutters Tod rief Larissa mich an." Gitte war fast am Ende ihrer Erzählung angekommen. „Die Palliativschwester hatte Mutter liebevoll gewaschen und angekleidet. Larissa schickte mir ein Foto, Sie wissen, über das Smartphone."

Frau Weber nickte lächelnd. „Die heutige Technik birgt viele Wunder", sagte sie leise.

„Meine Schwester hatte ihr ein Taschentuch in den Hemdsärmel gesteckt." Gitte räusperte sich. Vom vielen

Reden war ihre Kehle wie ausgedörrt. Sie schenkte sich Wasser nach und trank das Glas mit großen Schlucken leer. „Sie müssen wissen, unsere Mutter hatte immer ein Tempotaschentuch im Ärmel. Damit haben wir sie oft geneckt." Gitte lächelte bei der Erinnerung. „Larissas Geste hat mich sehr bewegt. Sie fragte mich, ob ich dabei sein wollte, wenn das Beerdigungsinstitut Mutter abholen würde. Ich konnte nicht, Frau Weber. Es war zu viel für mich."

Die Angesprochene nickte und schwieg.

„Zwei Tage später erhielt ich erneut einen Anruf von meiner Schwester", fuhr Gitte fort. „Sie bat mich, sie und unseren Bruder zum Beerdigungsinstitut zu begleiten, um alles zu besprechen. In diesem Augenblick war mir zum ersten Mal richtig bewusst, dass Larissa und Joachim mich als Schwester akzeptiert hatten." Gitte wischte sich mit einem Tuch über die feuchten Augen. „Mein Name wurde in der offiziellen Traueranzeige in der Zeitung erwähnt. Das hat mich sehr berührt. Zu lesen, dass ich als ihr Kind in der Todesanzeige stand." Gitte hielt inne und warf einen Blick auf die Wanduhr. „Sie sind fast zwei Stunden bei mir", entfuhr es ihr überrascht. „Dafür bin ich Ihnen unendlich dankbar. Es hat so gutgetan, alles am Stück zu erzählen."

„Ich habe zu danken, Frau Groß", entgegnete Frau Weber. Gedankenverloren strich sie sich mit den Händen über die Haare. „Was Sie erlebt haben, sollten Sie niederschreiben."

Die Tür öffnete sich, und die Nachtschwester betrat den Raum.

„Sind Sie noch hier?" Verwundert blickte sie Frau

Weber an. „Es ist kurz vor neun." Sie reichte Gitte die Tabletten für die Nacht. „Ich wünsche Ihnen eine angenehme Nachtruhe. Wenn etwas ist, melden Sie sich bitte." Sie wies mit der Hand auf die Schelle, die um den Galgen gewickelt war, nickte Frau Weber freundlich zu und ließ die zwei Frauen allein.

„Die Zeit beim Zuhören ist wie im Flug vergangen", bemerkte Frau Weber. Sie reckte sich und unterdrückte ein Gähnen.

„Aufschreiben könnte ich das nicht", ging Gitte auf Frau Webers vorherige Bemerkung ein.

„Wieso nicht? Machen Sie sich Notizen, das wird Ihnen gewiss helfen, alles zu verarbeiten", blieb Frau Weber beharrlich. „Es ist wunderbar, dass Sie eine Freundin gefunden haben, der Sie in allen Belangen vertrauen können. So einen Menschen wie Sibylle hat nicht jeder. Sie haben soeben erzählt, an Ihrer Seite gewesen zu sein, als sie völlig überraschend ihren Mann verloren hat. Möchten Sie mir Genaueres berichten?"

Gitte lief es eiskalt den Rücken herunter, als sie sich an den Anruf von Sibylles Sohn vor drei Jahren erinnerte.

„Mein Mann und ich haben geschlafen, als das Telefon uns weckte", nahm sie nachdenklich den Faden wieder auf. „Ich hörte, wie Jürgen den Namen von Sibylles Sohn nannte. Er klang furchtbar erschrocken. Ich wusste, dass etwas Schlimmes geschehen sein musste. Maurice hatte uns nie zuvor angerufen. Ich rechnete mit dem Schlimmsten, damit, dass Sibylle etwas zugestoßen war." Gitte holte tief Luft. Wie damals hatte sie das Gefühl, dass sich eine Schlinge um ihren Hals zuzog. „Ich riss Jürgen das Telefon aus der Hand. Nachdem Maurice mir erzählt hatte, dass sein Vater gestorben sei, war ich fassungslos. Maurice bat mich, zu kommen und Sibylle beizustehen."

„Das haben Sie getan", sagte Frau Weber, erhob sich und schob den Stuhl zurück an den Tisch. „Sie haben sich als Sibylles wahre Freundin erwiesen. Und diese Freundschaft hält bis heute. Jetzt werde ich Sie verlassen. Schlafen Sie gut, und vergessen Sie meine Worte nicht. Ihre Geschichte ist es wert, erzählt zu werden."

Quer durch die Hölle
Oktober 2017

> *Auch in dunklen Stunden der Zeit*
> *gibt es ein Licht der Hoffnung.*
> *Wir werden es finden, auch wenn*
> *es jetzt unmöglich erscheint.*

„Was wollte Sibylle um diese Uhrzeit?", fragte Jürgen neugierig. Er hatte im Schlafzimmer die Bettdecken für die Nacht aufgeschlagen und von dem Telefonat nur die Abschiedsworte mitbekommen. „Worüber sollst du mit mir sprechen?"

„Komm, setz dich einen Moment zu mir aufs Sofa", bat Gitte ihren Mann und erhob sich vom Tisch. Seit einiger Zeit lebten sie in einer Wohnung am Westfalenweg. Diese war großzügig geschnitten, mit einem weitläufigen Wohnzimmer, das sie zusätzlich als Esszimmer nutzten. Jürgen folgte Gitte, und sie nahmen nebeneinander auf dem hellen Sofa Platz.

„Maurice' Schwiegervater liegt im Sterben", berichtete Gitte leise. „Maurice wollte mit Wiebke und den Kindern übernächste Woche nach Rhodos fliegen, alles ist bereits gebucht."

„Hat er die Reise storniert?" wollte Jürgen wissen.

„Wiebke möchte gewiss nicht fliegen, jetzt, wo ihr Vater bald sterben wird. Dieser furchtbare Krebs." Nachdenklich langte Jürgen in die Schale mit Salzgebäck.

„Wiebke und Maurice haben Sibylle gebeten, die Reise mit den Kindern anzutreten", gab Gitte Auskunft. „Thorben und Sören sollen raus. Wiebke möchte in Ruhe alles organisieren können. Die Kinder werden ihren Großvater verlieren. Dann haben sie keinen Opa mehr."

„Ich finde die Idee gut, die beiden mit ihrer Großmutter in den Urlaub zu schicken", stellte Jürgen fest.

„Sibylle traut sich das allein nicht zu." Gitte blickte Jürgen direkt in die Augen. „Sie hat gefragt, ob ich sie begleiten möchte. Ich habe ihr geantwortet, dass ich das so spontan nicht entscheiden könne. Darüber muss ich erst nachdenken."

Jürgen schwieg und nahm sich eine Handvoll Erdnüsse.

„Wie stellt ihr euch das eigentlich vor?", fragte er und knabberte die Nüsse. „Was ist, wenn den Kindern während der Zeit etwas passiert?"

„Maurice hat eine Lösung dafür", erwiderte Gitte. Sie schüttelte den Kopf, als Jürgen ihr die Dose mit den Nüssen anreichte. „Er und Wiebke übertragen uns schriftlich das Recht, an ihrer statt Entscheidungen für die Kinder zu treffen. Wir übernehmen somit die Verantwortung."

„Du musst wissen, ob du dich auf dieses Wagnis einlassen möchtest", sagte Jürgen schulterzuckend.

„Bedeutet das, du lässt mich fliegen?", fragte Gitte hoffnungsvoll. Rhodos war eine Insel, von der sie seit Langem träumte.

„Du hast viele schlimme Erlebnisse hinter dir. Ich gönne dir den Urlaub mit deiner besten Freundin." Er legte seine Hand auf ihre. „Schlimmer wäre es für mich, wenn du wieder ins Krankenhaus müsstest. Ich kann es nicht ertragen, wenn du leidest."

Gerührt drückte Gitte ihm einen Kuss auf die Wange.

„Wir werden das morgen in Ruhe entscheiden", sagte sie schließlich. „Ich muss mich mit Markus und Sabrina kurzschließen."

Gitte hörte Sabrina in der Küche mit dem Geschirr hantieren. Jürgen hatte Kaffee gemacht und unterhielt sich mit seiner Tochter. Wenige Augenblicke später erschienen die beiden im Wohnzimmer, und Sabrina platzierte Kuchenteller und Gabeln auf dem Tisch. Sie öffnete die Bäckertüte und entnahm ihr drei Käsesahneschnitten mit Mandarinenstücken.

Gitte musste lächeln. Das war ihr Lieblingskuchen.

„Du kannst mein Stück haben", sagte Jürgen, der Gittes freudigen Blick bemerkt hatte.

Jürgen aß selten Kuchen und Süßigkeiten. Er bevorzugte herzhafte Kost.

„Papa", sagte Sabrina und legte ihren Kopf schief. Sie war direkt nach der Arbeit zum Westfalenweg gefahren, hatte die langen Haare zum Zopf geflochten und trug eine schlichte Jeans und eine weiße Bluse. „Probiere wenigstens."

Ergeben seufzte Jürgen. Er konnte seiner Tochter schlecht etwas abschlagen.

„Jeremy hat letzte Woche eine goldene Schleife auf Sternchen geholt", berichtete Sabrina stolz.

„Wird er nicht bald zu groß für das Pony?", erkundigte sich Jürgen und schenkte ihnen Kaffee ein.

„Er saß schon auf Soraya", entgegnete Sabrina und goss Milch in ihren Kaffee. „Aber jetzt zum Thema. In der Mittagspause habe ich ausgiebig mit Markus telefoniert. Wir sind uns einig. Du hast dir eine Auszeit auf Rhodos mehr als verdient. Erst die Beerdigung von Großmutter, schließlich deine schwere Rückenoperation. Und das alles in einem Jahr. Markus und ich kümmern uns um Papa. Mache dir keine Sorgen." Sabrina zwinkerte Jürgen zu.

„Hört, hört", sagte Jürgen gespielt entrüstet. „Bin ich etwa ein Kleinkind?"

Sabrina und Gitte grinsten sich an. Jürgen war ein treusorgender Ehemann und liebevoller Vater, der gerne mal staubsaugte, abtrocknete und Kaffeewasser aufsetzte. Wäsche waschen, kochen und putzen überließ er hingegen lieber Gitte.

„Im Ernst, Papa", sagte Sabrina liebevoll. „Wir helfen dir, wenn Mama weg ist."

Enttäuscht beendete Sibylle das Telefonat. Ihr zweiter Sohn hatte ihr mitgeteilt, dass er sie nicht nach Rhodos begleiten könne. Elias war Laiendarsteller im TiC, einem kleinen Theater in Wuppertal - Cronenberg. Augenblicklich hatte er drei Auftritte in der Woche, die er nicht absagen konnte. Ihre letzte Hoffnung war Gitte.

Seit dem Telefonat vor zwei Tagen hatte sie nichts mehr von ihr gehört. Sibylle griff nach der Wasserflasche und schenkte sich ein. Sie nahm einen Schluck, setzte das Glas wieder ab und dachte nach. Sie hatte Gitte und Jürgen in der Gemeinde kennengelernt. Aus einer lockeren Bekanntschaft war eine innige Freundschaft entstanden. Sie erinnerte sich an die vielen gemeinsamen Reisen, an Malta, an Lanzarote und Sonthofen. Sibylle seufzte schwer. Nach dem Tod ihres Mannes war sie nicht mehr geflogen. Jürgen war sehr lieb, er hatte nichts dagegen, dass Sibylle viel Zeit mit Gitte verbrachte. Alle drei trauerten sie der Zeit nach, als die zwei Paare zusammen Reisen und Ausflüge unternommen hatten. Sibylle schloss die Augen. Sie würde sich von Herzen freuen, wenn Gitte ihr zusagte. Sibylle war sich sicher, Rhodos würden ihnen beiden guttun. Sie dachte weit zurück, an die Zeit, in der Gitte noch kein Teil ihres Lebens gewesen war. Wolfgang und sie waren seit ihrer Hochzeit mit einem gleichaltrigen Paar befreundet. Zu ihrer großen Begeisterung hatten sich ihr Sohn und deren Tochter ineinander verliebt. Umso mehr bedauerte sie jetzt den großen Verlust. Maurice' Schwiegervater war ihr Freund, und sie war im Krankenhaus gewesen, um sich von ihm zu verabschieden.

Das Geräusch des Telefons riss sie aus ihren Überlegungen. Sie sah den Namen ihrer besten Freundin auf dem Display und holte tief Luft.

„Ja?", fragte sie statt einer Begrüßung. Hoffnungsvoll erwartete sie Gittes Entscheidung. „Juchhu", rief sie Sekunden später glücklich aus. „Gitte, wir zwei und die Kinder fliegen nach Rhodos."

Der ICE rauschte in den Stuttgarter Bahnhof ein. Gitte war von der Zugfahrt begeistert. Thorben und Sören hatten ihre Nasen an die Fensterscheiben gedrückt und munter die vorbeirasende Landschaft bewundert.

„Ich freue mich jetzt schon auf die Rückfahrt", sagte Gitte augenzwinkernd.

„Erstmal geht es mit der S-Bahn weiter zum Flughafen", erwiderte Sibylle und wuchtete ihre zwei schweren Koffer zum Ausgang.

Liebevoll betrachtete Gitte ihre Freundin. Nach Wolfgangs plötzlichem Tod hatte sie an Gewicht verloren, doch mittlerweile war ihr Körper wieder so kurvig wie früher.

„Gitte, träum nicht", rief Sibylle. Sie und die Kinder standen bereits auf dem Bahnsteig, bereit zum Umsteigen.

Mühsam hievte Gitte ihren Koffer zur Türe.

„Hole deine Reisetasche, ich kümmere mich um den Koffer." Resolut griff Sibylle nach dem Gepäckstück.

Gitte war unendlich dafür dankbar, dass Sibylle ihr zur Hand ging. Auf das Korsett konnte sie zu ihrer Erleichterung inzwischen verzichten, doch sie litt unter den Nachwirkungen der OP. Die Ärzte hatten ihr dringend davon abgeraten, schwere Gegenstände zu tragen. Sie hatte einen guten Vorrat an Schmerztabletten im Gepäck.

„Oma", rief Thorben, der ältere der zwei Jungs. „Gegenüber fährt die S-Bahn ein."

Ächzend nahm Gitte die Stufen zum Bahnsteig und packte die Griffe ihres Koffers und ihrer Reisetasche. Die schweren Gepäckstücke waren mit Rollen ausgestattet, sodass ihr das Transportieren auf ebener Strecke mühelos gelang.

„Oma, Oma, ich möchte schwimmen", rief Sören aufgeregt.

„Dürfen wir heute noch ins Wasser?", fragte der einen Kopf größere Thorben.

Zärtlich betrachte Sibylle ihre Enkelkinder. Als sie am späten Nachmittag das Familienhotel Alex Beach erreicht hatten, war ihnen die Anlage wie das Paradies erschienen. Sie hatten ihren Bungalow bezogen, rasch ausgepackt und schließlich mit den Kindern einen ersten Rundgang unternommen. Dieser hatte sie vorbei an etlichen kleinen und größeren Pools mit Inseln, auf denen einzelne Palmen standen, geführt.

„Heute nicht mehr. Ab morgen", sagte Sibylle zu den Jungs, die voller Energie an ihrer Seite auf und ab hüpften.

„Das war ein Festmahl", warf Gitte ein und strich sich wohlig über den Bauch.

„Ich fühle mich wie neu geboren", erwiderte Sibylle. „Mit dem Hotel hat Maurice eine ausgezeichnete Wahl getroffen. Beim Buffett war für jeden Geschmack etwas dabei."

„Ist dir aufgefallen, dass viele ältere Ehepaare mit kleinen Kindern im Restaurant waren?", fragte Gitte. Sie blieb stehen und setzte sich auf eine Bank.

„Wir sind jedenfalls nicht die Einzigen, die hier mit den Enkelkindern ihren Urlaub verbringen", stellte Sibylle fest und nahm neben Gitte Platz.

„Wir möchten ans Meer", quengelte Thorben und zupfte Sibylle an ihrem Sommerkleid. Eine leichte Strickjacke schützte sie vor der lauen Abendbrise. Im Flugzeug hatten die Flugbegleiter die Passagiere informiert, dass diese auf Rhodos bestes Wetter erwarte, doch davor gewarnt, dass es in den Abendstunden frisch sein könne.

„Morgen beginnt der Urlaub richtig", sagte Sibylle bestimmt. „Heute müssen wir uns von der Anreise erholen." Sie zwinkerte Gitte zu und deutete mit der Hand auf die Tüte neben sich. Eine Flasche Wein wartete darauf, auf der Terrasse ihres Bungalows geöffnet zu werden. „Den guten Tropfen haben wir uns heute redlich verdient."

„Du hast ihn dir verdient. Diese Schlepperei mit den Koffern beim Ein- und Umsteigen. Ohne dich wäre ich nicht in Rhodos angekommen, zumindest nicht mit meinem Gepäck."

„Wir möchten weiter." Sören zog ungeduldig an Sibylles Hand. Diese seufzte ergeben und stand auf.

Gitte genoss die wärmenden Sonnenstrahlen auf ihrer Haut. Sie hielt einen gut gekühlten Longdrink in der Hand und hing ihren Gedanken nach. Die ersten zwei Tage waren wie im Flug vergangen. Die Sonne brannte vom Himmel, und die Jungen waren kaum von den Pools wegzulocken. Fast jeder der vielen Bungalows, die Platz für zwei bis drei Familien boten, besaßen ein eigenes, kleines Schwimmbad. Zusätzlich gab es ein großes Becken, in dem emsige Schwimmer ihre Bahnen zogen. Thorben und Sören hatten rasch Anschluss gefunden und verbrachten viel Zeit mit den Enkelkindern eines Paares in Gittes und Sibylles Alter. Gestern hatten sie die Hauptstadt von Rhodos besichtigt und die Altstadt bestaunt. Diese gehört zum Weltkulturerbe und wird von einer hohen Mauer umschlossen. Den Aufstieg hatte Gitte Sibylle und den Kindern überlassen.

„Wie gut, dass wir uns entschlossen haben, mit den Kindern an diesen traumhaften Ort zu fahren", sagte Sibylle und räkelte sich zufrieden auf dem Liegestuhl.

„Hier ist es so herrlich, mir ist gar nicht nach vielen Ausflügen", erwiderte Gitte und stellte ihren Drink auf dem zwischen ihr und Sibylle stehenden Tisch ab.

„Aber den Halbtagesausflug morgen zur Akropolis machen wir, nicht wahr?", wollte Sibylle besorgt wissen. Für sie sollte der morgige Tag der Höhepunkt ihrer Reise werden.

„Natürlich", antwortete Gitte und griff nach dem Roman, den sie bereits zur Hälfte durchgelesen hatte. „Ich genieße diese Ruhe, das Traumwetter, das Lachen der Kinder. Schade, dass Maurice nur eine Woche gebucht hat."

„Ich bin müde", jammerte Sören.

„Stell dich nicht so an." Thorben kniff seinen jüngeren Bruder in die Wange. „Wir wollen zur Akropolis und den Tempel der Göttin sehen."

Der agile, sportliche Zehnjährige war von Mythen und Legenden begeistert.

„Los, Kinder", mahnte Sibylle zur Eile. „Wir gehen jetzt zur Toilette, damit ihr auf der Fahrt nicht einhalten müsst."

Sie nahm die Jungs an den Händen und verließ mit ihnen den Frühstücksraum. Gitte trank rasch den letzten Schluck ihres Kaffees und folgte ihnen. Das Hotelpersonal hatte ihnen ein frühes Frühstück bereitet, bestehend aus Croissants, Brötchen, Marmelade, Aufschnitt, Saft und Kaffee. Für später standen Lunchpakete bereit. Um sieben Uhr würde der Bus losfahren. Gewiss würden sie im Laufe des Vormittags Hunger verspüren.

„Du musst zwei Treppen runter und dann links abbiegen", informierte Sibylle Gitte. „Beeil dich, gleich kommt der Reisebus."

Rasch kam Gitte der Aufforderung nach. Unsicher hielt sie sich am Geländer fest. Seit der Operation versuchte sie, Treppen wo es eben ging zu vermeiden. In Gedanken war sie bei der Akropolis. Sie freute sich auf den höchsten Punkt der Stadt und den weiten Blick über die Insel. Mit einem Mal verlor sie den Boden unter den Füßen. Das Geländer war zu Ende, und die Treppe führte weiter nach links. Mit einem lauten Knall krachte sie auf den Boden, und ein stechender Schmerz durchfuhr sie. Tränen schossen ihr in die Augen.

„Was ist passiert? Kann ich Ihnen helfen?" Ein Mann kam die Treppenstufen hoch und streckte hilfsbereit die Hände aus.

„Ich bin gestürzt, ja, ja, bitte", stammelte Gitte verzweifelt. „Helfen Sie mir bitte hoch, der Bus…"

Nur mit Mühe gelang es dem Mann, der zitternden Gitte auf die Beine zu helfen. Schließlich hakte er sie unter und ging langsam mit ihr die Stufen hoch.

„Gitte? Du bist ganz blass. Ist alles in Ordnung mit dir?" Besorgt blickte Sibylle auf Gitte und den freundlichen Herrn.

„Ich bin gefallen", berichtete Gitte mit bebender Stimme.

„Der Bus fährt gleich los", rief Thorben aufgeregt. „Wir müssen einsteigen."

„Was sollen wir machen?", wollte Sibylle hilflos wissen.

„Was wir machen sollen? Einsteigen", sagte Gitte entschieden. „Nimm mich am Arm und dann los."

„Ich kenne dich", sagte Sibylle mit gerunzelter Stirn. „Bei deinem Bandscheibenvorfall hast du wegen deiner Mutter die Schmerzen ignoriert, sodass du beinahe querschnittsgelähmt geworden wärst."

„Wir fahren", sagte Gitte beharrlich. Tapfer biss sie die Zähne zusammen. Unterstützt von Sibylle schleppte sie sich zum Bus. „Es geht bereits wieder etwas besser."

In letzter Sekunde stiegen sie ein, und die Fahrt ging los. Nach etwa einer halben Stunde hielt der Reisebus, um Gäste eines weiteren Hotels aufzunehmen.

„Ich muss dringend zur Toilette", sagte Gitte. „Lass uns bitte schnell in die Rezeption gehen."

Ängstlich bat Sibylle das Ehepaar auf den Sitzplätzen vor ihr, den Busfahrer vom Losfahren abzuhalten, bis sie zurück wären. Die Kinder würden nicht mit aussteigen, und es wäre ein Drama, von ihnen getrennt zu werden.

Zum Glück war die Toilette ebenerdig und direkt neben der Rezeption.

„Gebrochen ist jedenfalls nichts, sonst könntest du keinen Schritt laufen", stellte Sibylle erleichtert fest, als sie wenig später das kurze Stück zurück zum Bus eilten. Gitte sagte kein Wort. Kalter Schweiß stand ihr auf der Stirn.

„Die Akropolis von Lindos ist eine Burgruine im Süden von Rhodos. Die Ruinen der Akropolis wurden zu Beginn des 20. Jahrhunderts von dänischen Archäologen ausgegraben. Hierbei wurden auch Funde aus der Jungsteinzeit auf dem Berg entdeckt. Die Byzantiner bauten über den Trümmern des antiken Heiligtums eine Burg. Das jetzige Bauwerk ist eine Kreuzfahrerfestung der Johanniter, die sie auf früheren Burgen aufgebaut haben. Zentral steht in der Festung ein teilweise rekonstruierter Athenetempel aus dem 4. Jahrhundert v. Chr. Die Burgruine liegt auf einem 116 Metern hohen Felsen direkt im Stadtkern. Sie ist über steile Fußwege zu erreichen. An einem der Wege bieten Treiber Esel zum Ritt an, an einem anderen Frauen Handarbeiten. Sie haben die Wahl, ob Sie hochreiten oder laufen möchten." Gitte ballte die Hände zu Fäusten, während der Reiseleiter routiniert die Touristeninformationen herunterratterte.

„Ich hatte niemals zuvor solche Schmerzen, noch nicht mal bei meinem Bandscheibenvorfall", gestand sie, als der Bus auf dem Parkplatz unterhalb der Akropolis zum Stehen kam. „Fragst du den Ausflugsleiter, ob ich im Reisebus bleiben darf? Ihr drei könnt hoch zur Akropolis reiten, ich bewege mich nicht mehr von der Stelle."

Hoffnungsvoll blickte sie Sibylle hinterher, die sich an den munter durcheinanderredenden Passagieren vorbeidrängte. Sie führte ein kurzes Gespräch mit dem Reiseleiter und kehrte niedergeschlagen zu Gitte und den Kindern zurück.

„Keine Chance", stellte sie betreten fest. „Herr Papadopoulos wurde richtig frech, fragte, warum du nicht im Hotel geblieben seist."

„Gitte, was hast du denn?", fragte Sören. Seine Kinderaugen blickten fragend und leuchteten hell im bereits leicht von der Mittelmeersonne gebräunten Gesicht.

„Sie ist gefallen", mischte sich Thorben ein. „Wir sehen uns aber die Tempel an?" Ihn hielt nichts auf seinem Sitzplatz. Er nahm seinen Bruder an der Hand und ging zum hinteren Ausgang.

Unglücklich wanderten Sibylles Augen zwischen ihren Enkelkindern und ihrer besten Freundin hin und her.

„Also muss ich aussteigen?", fragte Gitte seufzend, und Sibylle nickte traurig.

Mühsam rappelte sich Gitte auf und ließ sich von Sibylle zum Ausgang helfen. Sie unterdrückte tapfer einen Schmerzensschrei, als sie die paar Stufen nach draußen nahm. Es war mittlerweile kurz vor zehn. In einer Stunde würde die Sonne vom Himmel brennen. Suchend blickte sie sich nach einer schattigen Sitzgelegenheit um. Zu ihrer Erleichterung wurde sie rasch fündig. Direkt neben ihrem Bus stand eine Bank.

„Kann ich dich wirklich allein lassen?" Besorgnis und Unentschlossenheit standen Sibylle ins Gesicht geschrieben.

„Natürlich. Ich habe alles, was ich brauche." Gitte zeigte mit der Hand auf ihr Lunchpaket. „Die Kinder freuen sich schließlich auf den Ausflug."

„Ich weiß nicht", erwiderte Sibylle unentschieden. Eine Sorgenfalte hatte sich auf ihrer Stirn gebildet.

„Gitte sagt, wir sollen gehen. Ich möchte so gerne auf dem Esel reiten", drängte Thorben ungeduldig.

Ergeben seufzte Sibylle und entschied: „Also gut, Kinder, auf geht's. Du wirst dir schlimme Prellungen zugezogen haben. Die schmerzen manchmal schlimmer als ein Bruch. Deine Tabletten hast du im Hotel gelassen, stimmt's?"

„Es war keine Zeit mehr, sie noch zu holen", erklärte Gitte. „Sonst wären sie ohne uns losgefahren."

Gitte hatte das Gefühl, ihre Schmerzen würden sich jede Minute verdoppeln. Wie gerne hätte sie in diesem Augenblick Sibylle an ihrer Seite gehabt.

„Du bist selbst schuld", flüsterte sie. „Du wolltest Thorben den Spaß nicht verderben."

Gitte rannen die Tränen über ihr Gesicht. Aus den Augenwinkeln heraus registrierte sie die griechischen Busfahrer, die rauchten und die Busfenster reinigten, in ihre Pausenbrote bissen und sich miteinander unterhielten. Eindeutig war Gitte ein Gesprächsthema. Einige riefen ihr Worte zu, die Gitte jedoch nicht verstand. Sie hatte das Gefühl, ein Messer würde ihr brutal das Bein von der Hüfte abtrennen. Ihre Finger waren trotz der hochsommerlichen Temperaturen eiskalt. Sie krümmte sich vor Qual und warf einen Blick auf ihre Armbanduhr. Ihrem Empfinden nach saß sie schon stundenlang auf dieser griechischen Bank, die, im Gegensatz zu den ihr bekannten Bänken in Deutschland, gewölbt wie eine Strandmuschel war und schlechten Halt bot. „Es ist erst halb elf", hauchte sie entsetzt. Gerade einmal eine halbe Stunde war vergangen. Sie befürchtete, in den Stunden, die sie hier noch würde ausharren müssen, ohnmächtig zu werden. Ihre verzweifelten Blicke wanderten vom Parkplatz für die Busse zu dem etwas unterhalb liegenden Parkplatz für die Privatautos. Die Menschen, die den Weg an ihr vorbei zur Akropolis gingen, unterhielten sich angeregt in Sprachen, die sie weder verstand noch einordnen konnte. Es war ihr unmöglich aufzustehen. Sie fragte sich, wie ihr es vor zwei Stunden gelungen war, an Sibylles Seite zur Rezeption des Hotels zu laufen.

„Hilfe, Hilfe." Sie versuchte zu schreien, brachte jedoch nur ein heiseres Wimmern hervor.

Was ihr geschah, konnte sie nicht begreifen. Mutterseelenallein wand sie sich auf einer Bank in einem fremden Land vor Schmerzen, und niemand eilte ihr zur Hilfe. Eine gefühlte Ewigkeit später entdeckte sie ein Paar, das Händchen haltend in Richtung Akropolis schritt. Mit letzter Kraft winkte sie den beiden zu. Erleichterung machte sich in ihr breit, als die Frau sich von ihrem Mann löste und die kleine Anhöhe zu Gitte hinaufstieg.

„German?", fragte Gitte unter Tränen.

„Wir sind Deutsche. Was ist passiert?" Die blonde Frau Anfang fünfzig legte Gitte besorgt die Hand auf die bebende Schulter.

Schluchzend berichtete Gitte, was sich am Morgen ereignet hatte. „Ich muss ins Krankenhaus."

„Mit welcher Reisegesellschaft sind Sie unterwegs?", fragte der hinzugetretene Mann.

Leise nannte Gitte ihm den Namen.

„Das ist ein Glück. Wir haben bei der gleichen Gesellschaft gebucht", stellte der Mann fest. „Ich werde augenblicklich in unserem Hotel in Lindos anrufen. Unser Ansprechpartner muss sich mit Ihrer Reiseleitung in Verbindung setzen." Er griff nach seinem Mobiltelefon und setzte sein Versprechen in die Tat um.

„Meine Freundin Sibylle ist mit ihren Enkelkindern auf der Akropolis. Ich muss sie informieren. Nicht auszudenken, was sie fühlen wird, wenn sie mich nicht mehr auf dieser Bank vorfindet", sagte Gitte derweil zu der Frau.

„Schaffen Sie es zu telefonieren?", wollte diese wissen.

„Mein Handy, es ist in meiner Handtasche", wisperte Gitte erschöpft.

„Ein Rettungswagen ist unterwegs und wird Sie ins Krankenhaus nach Rhodos Stadt bringen", sagte der hilfsbereite Mann, nachdem er das Telefonat beendet hatte.

„Wir bleiben bei Ihnen, bis die Ärzte hier sind." Tröstend legte die Frau ihre Arme um Gitte. Diese zwischenmenschliche Geste der Fremden tat Gitte unendlich gut.

„Ich möchte Sie nicht von Ihrem Ausflug abhalten", erwiderte sie. „Wenn Sie bitte nach meinem Handy sehen würden…meine Freundin."

Die Frau langte nach Gittes Tasche, suchte eine Weile und sagte: „Sagen Sie mir den Namen Ihrer Freundin. Ich sehe ins Adressbuch und verbinde Sie."

„Sibylle Albrecht." Gitte streckte ihre zitternde Hand aus und nahm ihr Smartphone in Empfang. „Sibylle? Nein, es geht mir gar nicht gut. Ein Ehepaar hat sich mit unserer Reiseleitung in Verbindung gesetzt. Wir warten auf den Rettungswagen. Es tut mir leid. Ich melde mich später. Kümmere du dich um die Kinder."

„Sie sind am Strand von Theologos untergekommen?", fragte die Frau mit ruhiger Stimme. „Erzählen Sie mir einfach etwas. Es wird alles gut."

Gitte wusste, dass die Frau sie von ihren Schmerzen ablenken wollte. Sie war ihr dafür von Herzen dankbar, obwohl das Ablenkungsmanöver nichts half.

„Zu Hause hat man uns gewarnt, dass das mit den Rettungswagen auf den griechischen Inseln im Notfall wertvolle Zeit in Anspruch nehmen kann. Meist gibt es nur einen Krankenwagen pro Insel", erklärte der Mann. „Aber - wer rechnet schon im Urlaub mit einem Unfall?"

Gitte wurde es ganz anders zumute. Nicht nur wegen ihrer Schmerzen, sondern auch wegen des Dokuments, das sie immer bei sich trug. Maurice und Wiebke hatten Sibylle und ihr zu gleichen Teilen die vollständige Verantwortung für Thorben und Sören übertragen. Das galt insbesondere für medizinische Belange. Jetzt war sie ihrer Freundin keine Unterstützung mehr.

„Endlich. Der Rettungswagen", rief der Mann erleichtert.

„Unter einem Rettungswagen stelle ich mir etwas anderes vor." Gitte blickte auf das weiße Gefährt, dem zwei weiß gekleidete Männer entstiegen. Der Krankenwagen hätte aus einem Kinofilm der sechziger Jahre entsprungen sein können.

„Warum kommen die nicht mit der Trage zu mir?", wunderte sich Gitte. „Das ist nicht deren Ernst." Die Gesten der zwei Sanitäter signalisierten ihr, dass sie die Anhöhe aus eigenen Kräften hinabsteigen sollte.

„Ich sage ihnen, dass es Ihnen unmöglich ist zu laufen", sagte der Mann bestimmt. „Ich spreche fließend Englisch. Sie sollten mich verstehen." Mit großen Schritten eilte er auf die wartenden Männer zu. Gitte beobachtete, dass er zunächst auf sie, dann auf sein rechtes Bein und zuletzt auf die Trage deutete. Die Männer diskutierten kurz miteinander und kamen schließlich gemächlich auf Gitte zu.

„No, no", rief Gitte entsetzt. „Schmerzen, Schmerzen. Bitte, Trage."

Ohne auf ihre Worte Rücksicht zu nehmen, nahmen die Männer Gitte in ihre Mitte und schleiften sie die Anhöhe runter. Sternchen flatterten hinter Gittes geschlossenen Augenlidern. Nur mit äußerster Konzentration gelang es ihr, bei Bewusstsein zu bleiben. Wortlos hievten die Sanitäter sie auf die Trage. Gitte wollte ihren Augen nicht trauen, als sie verstand, was die Männer vorhatten.

„No, no", schrie sie in Panik. Zu den höllischen Schmerzen gesellte sich unvorstellbare Angst. Sie bangte um ihr Leben. „No, no, nicht Bein, Hüfte." Kraftlos versuchte sie den über ihr Bein gebeugten Sanitäter davon abzuhalten, ihr rechtes Bein zu bandagieren und zu fixieren. Dieser jedoch wickelte seelenruhig weiter. Mit einem Ruck zog sein Kollege an Gittes Bein und spreizte es ab. Gitte brannte lichterloh. Das Fegefeuer schlug über ihr zusammen, und die Welt war nichts mehr als schwarze Asche.

„Athene oder Athena ist eine Göttin der griechischen Mythologie. Sie ist die Göttin der Weisheit, der Strategie und des Kampfes, der Kunst, des Handwerks und der Handarbeit sowie Schutzgöttin und Namensgeberin der griechischen Stadt Athen. Sie gehört zu den zwölf olympischen Gottheiten, den Olympioi. Ihr entspricht die römische Göttin Minerva", erklärte der Reiseleiter. In der Hand hielt er sein Notizbuch, doch er blickte selten hinein.

„Was der alles weiß", flüsterte Thorben. Ehrfürchtig bestaunte er die sandfarbenen Säulen der Tempelanlage.

„Herr Papadopoulos führt fast täglich Touristen durch die Anlage. Kein Wunder, dass er die Texte auswendig herunterspult", erklärte Sibylle in leisem Tonfall. Sie freute sich über das Interesse des Jungen, war in ihren Gedanken jedoch nicht bei der Sache. Während des Ritts auf den Eseln hatte Gitte ihr die schlechte Nachricht verkündet. Auf der Akropolis angekommen, war Sibylle unverzüglich zu Herrn Papadopoulos geeilt. Doch dieser hatte nur unwirsch abgewinkt und gesagt, er werde sich am Ende seiner Führung mit der Reiseleiterin im Hotel in Verbindung setzen. Anschließend hatte er in aller Seelenruhe mit der Beschreibung der Sehenswürdigkeiten begonnen. Der Tempel der Athene war das letzte Ziel, das Herr Papadopoulos angesteuert hatte. Im Stillen machte sich Sibylle Vorwürfe, weil sie Gitte allein gelassen hatte. Zwar war Sörens Begeisterung beim Ritt auf dem Esel schön anzusehen gewesen, doch die Sorge um die Freundin beschwerte ihre Seele.

Endlich hatte Herr Papadopoulos seine Führung beendet und forderte die Reisegesellschaft auf, sich selbstständig auf dem Gelände umzusehen. In einer Stunde würde man sich treffen und gemeinsam den Abstieg antreten. Sibylle sah, wie er in die Tasche seiner Dreiviertelhose griff und ihr ein Mobiltelefon entnahm. Aufgeregt schritt er auf und ab. Wenig später beendete er das Telefonat, und Sibylle eilte an seine Seite.

„Frau Albrecht, ich kann Ihnen nichts Genaues sagen. Mir wurde lediglich mitgeteilt, dass Frau Groß in Rhodos Stadt im Krankenhaus ist", sagte Herr Papadopoulos bedauernd.

„Damit habe ich gerechnet. Mehr konnten Sie nicht erfahren?", fragte Sibylle verärgert.

„Es muss eine schwerwiegende Verletzung sein", fuhr Herr Papadopoulos fort. „Die Reiseleiterin wird Ihnen heute Nachmittag weitere Auskünfte geben. Ich muss mich bei Ihnen für meine Unfreundlichkeit heute Morgen im Bus entschuldigen. Wer rechnet denn mit sowas? Äußerlich wirkte Frau Groß nicht schwer verletzt. Ich dachte, sie stellt sich an." Er zuckte verlegen mit den Schultern.

„Schon in Ordnung", murmelte Sibylle, zu entsetzt, um mit dem Reiseführer zu diskutieren.

„Ist was Schlimmes passiert mit Gitte?", wollte Thorben wissen. Er und sein Bruder standen Hand in Hand neben ihrer Großmutter und blickten betreten auf Herrn Papadopoulos.

„Kinder, Gitte ist an einem sicheren Ort. Im Krankenhaus ist sie besser aufgehoben als auf einer Bank. Wir können jetzt nichts für sie tun. Wir müssen warten, bis uns der Bus am frühen Nachmittag zurück ins Hotel bringt", erklärte Sibylle und holte tief Luft. „Später kümmern wir uns um alles Weitere."

„Aufwachen", hörte Gitte eine angenehme Frauenstimme rufen. Benommen schlug sie die Augen auf. „Sie kommt wieder zu sich", sagte die Stimme weiter, und Gitte erkannte die hilfsbereite Frau von der Bank.

„Können Sie den Ärzten sagen, dass sie mir etwas gegen die Schmerzen geben müssen?", fragte sie mit schwacher Stimme.

„Das sind keine Ärzte, sondern Sanitäter", sagte eine

Männerstimme. „Meine Frau hat bereits alles versucht. Sie werden jetzt ins Krankenhaus transportiert."

„Bitte, schreiben Sie mir Ihre Telefonnummer auf, ich möchte mich bei Ihnen melden." Mit einem Ruck hoben die zwei Griechen die Trage an und schoben sie in den Krankenwagen.

„Hier", die freundliche Frau steckte Gitte einen Zettel in ihre Hosentasche. „Wir wünschen Ihnen gute Besserung und alles Gute." Die Tür schloss sich, und Gitte war allein. Die zwei Sanitäter saßen auf dem Fahrer- und dem Beifahrersitz und unterhielten sich munter auf Griechisch. Gitte konnte sie hören, jedoch nicht sehen. Was sie sah, war nichts. Weder Monitore zur Überwachung der Vitalwerte noch andere medizinische Instrumente fielen ihr ins Auge. Die Sanitäter konnten ihr nichts gegen ihre Schmerzen verabreichen, weil sie keine Schmerzmittel zur Hand hatten. Anscheinend hatte die Reiseleitung ihre Situation nicht als bedrohlich eingestuft. Schließlich hatte diese den Rettungswagen angefordert.

Die Fahrt war eine einzige Tortur. Jedes Schlagloch verstärkte ihre höllischen Schmerzen. Nach einer Dreiviertelstunde schienen sie endlich ihr Ziel erreicht zu haben, denn der Wagen hielt an, und wenige Augenblicke darauf öffnete sich die Tür. Gleißendes Sonnenlicht blendete sie, während die Männer sie rausschoben und von der Trage auf eine schiebbare Liege wuchteten. Gitte schrie laut vor Schmerzen, doch die Sanitäter ignorierten ihre Rufe. Der eine blieb beim Wagen, der andere schob Gitte zur Ambulanz. Eine freundlich lächelnde Krankenschwester nahm sie in Empfang.

„Schmerzen", rief Gitte unter Tränen. Verzweifelt

suchte sie in ihrem Gedächtnis nach dem englischen Wort dafür, aber es fiel ihr nicht ein. „Schmerzen. Autsch." Sie zeigte auf ihre Hüfte, um ihre Worte zu unterstreichen.

„Röntgen", sagte die Schwester. „Do you speak english?"

„German", heulte Gitte. „Schmerzen."

„Röntgen", wiederholte die Schwester und fuhr sie in ein Behandlungszimmer. Ein Mann mit einer schweren Bleischürze bereitete die Aufnahmen vor. Er sagte irgendetwas Unverständliches zu der Schwester, die sich ebenfalls eine Bleischürze überzog. Schließlich hoben sie die vor Qualen schreiende Gitte auf den Behandlungstisch. Sie kam sich wie ein Stück Vieh vor, das gebrandmarkt wurde. „Schmerzen."

„Don't move", mahnte der Mann.

„Ich versuche, still zu liegen, aber ich habe schreckliche Schmerzen. Kann mir bitte endlich jemand ein Schmerzmittel geben?" Sie konnte ihren Weinkrampf nicht beenden, das Zucken ihres gepeinigten Körpers nicht verhindern. Der Angstschweiß stand ihr auf der Stirn. „Nicht aufschneiden", schrie sie verzweifelt.

Die Schwester hielt in der Bewegung inne, blickte kurz zu dem Arzt und legte schließlich die Schere beiseite. Gitte krallte die Fingernägel in die Handballen, als die Schwester ihr die weit geschnittene Sommerhose auszog.

Eine Viertelstunde später hatte sie es endlich überstanden. Zurück in der Ambulanz legte ihr die lächelnde Krankenschwester einen Katheter.

„Schmerzen", wisperte Gitte erschöpft.

„Later", sagte die Schwester und band ihr den Arm ab, sodass die Adern deutlich hervortraten. Routiniert nahm sie ihr Blut ab. Als Letztes legte sie Gitte einen Venenzugang, und ein Hoffnungsschimmer regte sich in Gitte.

„Tropf? Schmerzmittel?" Sie deutete mit der linken Hand auf die Kanüle in ihrer rechten Armbeuge.

„Later", sagte die Schwester, hielt kurz in der Bewegung inne und strich eine verschwitzte Strähne aus Gittes Stirn. „Giatrós, the doctor is cooming soon."

Ihr iPhone meldete sich zum wiederholten Mal, doch sie besaß nicht die Kraft, sich aufzurichten und nach ihrer Handtasche zu sehen. Immerhin zeigte ihr der vertraute Klingelton, dass die Tasche mit ins Krankenhaus gelangt war.

Sie sah einen großen, weißgekleideten Mann mit einem Stethoskop um den Hals auf sie zukommen.

„Guten Tag, Frau Groß", sagte dieser langsam und gedehnt. „My name is Dr. Demetriou."

„Ich habe unerträgliche Schmerzen", sagte sie, froh, einen Arzt zu Gesicht zu bekommen.

„Later", wiegelte Dr. Demetriou ab. „You have an Oberschenkelhalsbruch." Das einzige deutsche Wort in diesem Satz ließ Gitte erschaudern. „We have to react very fast. Twentyfour hours, do you understand? Operation."

„No, no", entgegnete Gitte entgeistert. „OP only in Germany."

Eine Zornesfalte bildete sich auf der Stirn des Arztes.

„I'll call a nurse", erwiderte er, ohne auf Gittes Weigerung einzugehen. Er drehte sich um und verschwand.

„Kinder dürfen nicht mit ins Krankenhaus, wo gibt es denn sowas?", flüsterte Sibylle verärgert. Die Reiseleiterin hatte sie am frühen Nachmittag nicht nur über Gittes Diagnose informiert, sondern ihr auch mitgeteilt, dass es ihre Aufgabe sei, ihrer Freundin Kleidung und andere notwendige Sachen ins Krankenhaus zu bringen. Nach kurzer Diskussion hatte die Frau von der Reisegesellschaft sich um eine Sondergenehmigung bemüht. Sibylle durfte Thorben und Sören mitnehmen. Die Genehmigung war allerdings an die Bedingung geknüpft, dass sie nur wenige Minuten im Krankenzimmer verweilen durften. Die Fahrt im Taxi musste sie selbst zahlen.

Auf der Rückfahrt ließ sie die Ereignisse des Tages Revue passieren. Gitte hatte sehr schlecht ausgesehen und ihr unendlich leidgetan. Zumindest war sie jetzt an den Tropf angeschlossen und bekam intravenös ein Schmerzmittel verabreicht.

„Fährst du bald wieder zum Krankenhaus?", fragte Thorben verstört. Sören saß neben ihm und weinte leise vor sich hin.

„Erstmal nicht", sagte Sibylle kopfschüttelnd. „Die Fahrt ist viel zu teuer und zu lang. Außerdem werde ich euch nicht allein im Hotel lassen."

Sie atmete mehrmals tief ein und aus und wiederholte in Gedanken ihr Telefonat mit Gittes Tochter. Sabrina hatte am späten Nachmittag die Versicherungsgesellschaft ihrer Eltern angerufen. Zur grenzenlosen Erleichterung aller Beteiligten war der Rückflug nach Deutschland im Krankheitsfall durch die Versicherung abgedeckt. Dennoch gab es Schwierigkeit mit der Luftrettung. Laut Angaben der Mitarbeiterin würde ihnen vor Montag kein Flugzeug zur Verfügung stehen.

„Lieber Gott, wie kannst du das zulassen?", flüsterte Sibylle, während der Taxifahrer vor der Hotelanlage hielt. Unglücklich suchte sie in ihrer Tasche nach dem Portemonnaie, fand es schließlich und beglich mit zitternden Fingern die Rechnung.

Zielstrebig ging sie zum Bungalow des Ehepaars, dessen Kinder sich mit Thorben und Sören angefreundet hatten. Sie hatte Glück. Die Eheleute saßen auf ihrer Terrasse und spielten Bridge. Sie erklärten sich gerne dazu bereit, ein wachsames Auge auf Thorben und Sören zu haben, damit Sibylle allein an den hoteleigenen Strand gehen konnte. Dankbar machte sie sich auf den Weg. Mit einem Mal wurde ihr alles zu viel. Während des kurzen Fußmarschs dachte sie über Gittes Situation nach. Ein Oberschenkelhalsbruch sollte innerhalb von vierundzwanzig Stunden operiert werden. Die OP durfte maximal drei Tage hinausgezögert werden. Heute war Donnerstag. Sollte Gitte erst Montag nach Deutschland geflogen werden, standen ihre Chancen sehr schlecht. Sibylle ließ ihren Tränen freien Lauf. Den Tag über hatte sie sich wegen ihrer Enkelkinder um Haltung bemüht, jetzt brach sie fast unter ihrer Bürde zusammen. Sie zog ihre Sandalen aus, nahm sie in die Hand und spürte den warmen Sand unter ihren Füßen. Bilder von früheren Reisen drängten sich ihr auf. Sie meinte, das Gesicht ihres Mannes in den Wellen widerspiegeln zu sehen. „Nimm mir nicht auch noch Gitte, lieber Gott, bitte nicht." Sie erinnerte sich an den Tag, an dem Wolfgang urplötzlich aus der gemeinsamen Wohnung verschwunden war, gegangen, ohne vorherige Ankündigung. Das war untypisch für ihn gewesen, doch sie hatte angenommen, er wäre das Auto tanken gefahren. Stunde um Stunde hatten sie auf Wolfgang gewartet. Maurice war zu den Tankstellen in der Umgebung gefahren, hatte das Sportzentrum aufgesucht, doch alle Mühe war vergebens gewesen. Sibylle ging näher ans Meer und tauchte einen Fuß in die Brandung. Die Tränen trockneten auf ihren Wangen, und die Verzweiflung wich einem ohnmächtigen Zorn. Spät am Abend war Wolfgang zurückgekehrt, hatte schlicht gesagt, er sei nach Köln gefahren, um zu tanken, und habe auf dem Rückweg eine falsche Abfahrt genommen. Fassungslos hatten sie und Maurice sich angesehen. Ihre spontane Reaktion war gewesen, ihn anzuschreien, ihm bittere Vorwürfe zu machen, doch eine innere Stimme hatte sie davon abgehalten. Im Nachhinein war sie dafür dankbar, denn in der darauffolgenden Nacht war er von ihr gegangen. Den Grund dafür hatte sie nie erfahren, weil sie eine Obduktion abgelehnt hatte. Seufzend wandte sie ihren Blick vom Meer ab und ging langsam zurück zu ihren Enkelkindern.

Seit gestern Abend bekam Gitte intravenös ein Schmerzmittel verabreicht, aber sie verspürte keinerlei Wirkung. Gerne würde sie die Krankenschwester darüber informieren, doch sie konnte nirgends eine Schelle entdecken. Das Zimmer des Krankenhauses in Rhodos Stadt war von vier Frauen belegt, die durch Vorhänge voneinander getrennt waren. Sie waren nicht komplett zugezogen, und sie konnte einen Blick auf die Frau im Krankenbett gegenüber erhaschen. Diese schien rund um die Uhr Besuch zu haben. In Gittes erster hier verbrachten Nacht hatte sogar eine Frau auf zwei aneinander geschobenen Stühlen übernachtet. Umso rarer machte sich das Krankenhauspersonal. Am Morgen hatte eine schweigsame Krankenschwester ihr etwas zu essen und zu trinken gebracht, jedoch die Wasserflasche viel zu weit weggestellt, und Gitte konnte sie nicht erreichen. Sie brauchte dringend Wasser, um ihre Schmerztabletten nehmen zu können. Die Hoffnung, dass das Krankenhauspersonal dazu imstande war, ihr die Schmerzen zu nehmen, hatte sie mittlerweile aufgegeben.

„Hallo, hallo, hallo", rief sie laut. „Hallo, hallo." Sie hörte das Geräusch eines Stuhls, der zurückgeschoben wurde. Wenig später erschien das Gesicht einer Griechin in Sabrinas Alter hinter dem Vorhang. Sie lächelte Gitte freundlich an, und diese deutete hoffnungsvoll mit dem Finger auf die Wasserflasche.

„Neró?", fragte die Frau, und Gitte nickte, obwohl sie das griechische Wort für Wasser nicht kannte.

Die Frau öffnete die Glasflasche und schenkte ihr ein. Dankbar griff Gitte nach ihrer Hand. Anschließend drückte sie zwei Schmerztabletten auf einmal aus der Verpackung und schluckte sie schnell hinunter. Vielleicht würde sie daraufhin etwas Linderung verspüren.

Gitte lag fast flach, damit ihre Hüfte nicht abknickte. Der Arm, in den die Zufuhr für die Infusion gelegt war, wurde von einem Kissen bedeckt, sodass Gitte ihn nicht sehen konnte. Sie verbrachte die nicht vergehen wollenden Stunden mit Beten, haderte und schimpfte mit Gott, dass er dieses Leid zuließ. Sibylle hatte bei ihrem gestrigen kurzen Besuch Gittes iPhone mit dem Ladegerät verbunden, damit sie telefonieren konnte. Ihre einzige Freude waren die Anrufe ihrer Lieben. Sabrinas Einsatz in Wuppertal war Gittes Licht am Horizont. Sie musste durchhalten. Das Flugzeug der DRF Luftrettung würde das Krankenhaus am Montag anfliegen. Gitte wusste, dass jede Stunde im Kampf um ihr Leben zählte. Nach zweiundsiebzig Stunden war es so gut wie unmöglich, erfolgreich zu operieren. Sollte sich eine schwere Infektion bilden, würde das Bein von der Hüfte an amputiert werden müssen. Die Wahrscheinlichkeit, das zu überleben, ging gegen Null. Am Donnerstag hatte sich der Unfall ereignet. Gitte versuchte mit aller Kraft, nicht die Stunden zu zählen, um sich nicht zu zermürben, aber ihre Gedanken kreisten trotzdem ständig um die Zeit. Sie nahm sich vor, so viel wie eben möglich zu trinken. Der Katheter fing ihren Urin auf, das war ihr großes Glück. Essen würde sie die paar Tage so gut wie nichts. Sie mochte sich gar nicht erst vorstellen, was für eine Prozedur es wäre, eine der Krankenschwestern dazu zu bewegen, sie auf die Bettpfanne zu setzen. Die dabei entstehenden grauenhaften Schmerzen wollte sie vermeiden.

Der Galgen

Warum es Galgen wird genannt,
ist mir nicht recht bekannt.
Ein Galgen bringt den Tod.
Mir hilft das Teil in meiner Not.

So kann ich mich viel leichter regen
und auf die andere Seite legen.
Druck auf Rücken, Schulter, Po
vermeid´ ich mit der Drehung so.

Claus Wallbaum 2019

Stimmengewirr riss sie aus dem segensreichen Schlaf, der sie schließlich übermannt hatte. Sie öffnete die verklebten Lider und erblickte eine weitere Frau am Bett der Kranken ihr gegenüber. Die drei Griechinnen schienen sich über sie zu unterhalten. Als sie bemerkten, dass Gitte erwacht war, kam die neu hinzugekommene Frau zu ihr ans Bett.

„Deutsch?", fragte sie, und Gitte nickte. „Hast du schlimme Schmerzen?"

Gitte glaubte, ihren Ohren nicht zu trauen, als sie die deutschen Worte vernahm. Sie erschienen ihr wie Musik.

„Ja. Aber durch meine Tabletten halte ich es soeben aus." Gitte griff nach der Medikamentenschachtel und hielt sie in die Höhe.

„Ich heiße Nephele", stellte sich die zarte Frau mit den dunklen Locken vor. „Meine Schwester und ich versorgen unsere mitéra. Kümmert sich niemand um dich?"

Gitte schüttelte den Kopf. „Warum sieht keine Krankenschwester nach mir? Ich kann schließlich das Bett nicht verlassen und muss gewaschen werden." Dankbar nahm sie das von Nephele gefüllte Wasserglas entgegen.

„Das ist in Griechenland nicht üblich", gab Nephele Auskunft. „Die oikogéneia, die Familie versorgt die kranken Familienmitglieder."

„Und wer keine Familie hat, muss sehen, wo er bleibt?", fragte Gitte fassungslos.

„Reiche Leuten bezahlen die Krankenschwester", erklärte Nephele ruhig. „Ohne Geld passiert hier nichts. Die Schwestern kümmern sich ausschließlich um die medizinische Versorgung."

Gitte lachte bitter. „In Germany beschweren sich die Menschen über das Gesundheitswesen, dabei sind die Krankenhäuser dort im Gegensatz zu hier die reinsten Gärten Eden."

„Gärten Eden?", wiederholte Nephele verständnislos.

„Ein Wort für das Paradies. In Deutschland befindet sich das Paradies. Hier ist die Hölle."

„Warum steht Gittes Gepäck wieder hier?" wunderte sich Sibylle. Sie hatte die schweren Gepäckstücke gestern Abend der Reiseleiterin bringen müssen. Heute sollte Gitte zurück nach Deutschland geflogen werden. „Bleibt bitte im Bungalow", sagte sie zu Thorben und Sören, die, braungebrannt von der Sonne, ungeduldig die Heimreise abwarteten. „Zum Glück ist die Reiseleiterin an unserem Abreisetag im Hotel."

So schnell sie konnte, lief Sibylle quer durch die Hotelanlage. An die Palmen und Pools verschwendete sie keinen Blick. Sie eilte an der Rezeption vorbei und betrat ohne anzuklopfen das Büro der Reiseleiterin.

„Wieso sind der Koffer und die Reisetasche meiner Freundin plötzlich wieder in unserem Bungalow?", fragte sie die erschrockene Reiseleiterin aufgebracht. „Vor dem Frühstück standen sie noch nicht da."

„Beruhigen Sie sich bitte, Frau Albrecht", sagte die Frau mit den kurzen Haaren beschwichtigend. Sie war sichtlich überfordert mit der Situation. „Die Koffer wurden zurückgeschickt, weil sie nicht in das Flugzeug der DRF Luftrettung passen. Sie werden das Gepäck Ihrer Freundin wohl oder übel mitnehmen müssen."

„Wie stellen Sie sich das vor? Ich reise mit zwei kleinen Kindern. Lassen die uns überhaupt mit so schwerem Gepäck an Bord des Flugzeugs?" Sibylle war außer sich vor Wut. Sie erinnerte sich nur zu gut an die Anreise, an das Raus- und Reinwuchten der schweren Koffer. Immerhin hatte Gitte ihr Gepäck auf ebener Strecke selbst transportieren können. Wie sollte Sibylle dieser zusätzliche Kraftaufwand nur gelingen? Ohne ein Wort des Abschieds drehte sie sich um und verließ das Zimmer.

Gitte war überglücklich. Gestern am späten Abend hatte sie die Nachricht erreicht, bereits am heutigen Sonntag von der DRF Luftrettung abgeholt zu werden. Sabrina hatte die Frau von der Einsatzleitung von der Dringlichkeit ihres Anliegens überzeugen können. Sie hatte die Frau gefragt, wie sie handeln würde, läge ihre eigene Mutter schwer verletzt und nur notdürftig versorgt in einem Krankenhaus auf einer griechischen Insel. Gittes Blicke wanderten immer wieder zur Wanduhr. Um fünfzehn Uhr sollte es soweit sein. Gestern hatte die Reiseleitung ihr das Gepäck gebracht, nur um es ihr am heutigen Morgen direkt wieder zu nehmen. Gitte war in Sorge gewesen, dass etwas schiefgelaufen sei, doch sie wurde augenblicklich beruhigt. Das Flugzeug war schlichtweg zu klein. Fünf Minuten vor der angekündigten Uhrzeit öffnete sich schließlich die Zimmertür. Zwei Männer, bekleidet mit den typischen rotweißen Jacken der Notrettung, traten ein und schoben eine Trage in den Raum. Ein Mann verharrte im Eingang, der andere kam, ohne zu zögern, auf Gitte zu.

„Guten Tag, Frau Groß. Müller ist mein Name. Wir bringen Sie jetzt zurück nach Deutschland." Freundlich lächelnd reichte er ihr die Hand.

Gitte umfasste sie mit beiden Händen und drückte sie fest. „Sie bringen mich nach Hause. Ich komme aus der Hölle zurück in den Himmel."

Plötzlich erregte eine Bewegung an der Tür ihre Aufmerksamkeit. Dr. Demetriou war an die Seite des zweiten Arztes der Luftrettung getreten und diskutierte aufs Heftigste mit ihm.

„Was ist da los?", wollte Gitte besorgt von Dr. Müller wissen.

„Ich gehe hin und erkundige mich", sagte der große Mann mit den klaren blauen Augen und verließ Gitte. Unruhig sah sie ihm nach. Er sprach kurz mit seinem Kollegen und kehrte alsbald mit der Trage zu ihr zurück. „Haben Sie eine Bescheinigung, dass Sie das Krankenhaus verlassen dürfen?"

„Eine Bescheinigung?" Entgeistert schüttelte Gitte den Kopf. „Woher soll ich die denn haben? Will mich

Dr. Demetriou etwa nicht gehen lassen? Verdient das Krankenhaus gutes Geld damit, sich nicht um mich zu kümmern? Dürfen die mich einfach hier festhalten?" Vor Enttäuschung schossen Gitte die Tränen in die Augen, und sie zitterte am ganzen Leib.

„Regen Sie sich nicht auf. Wir nehmen Sie mit. In fünf Minuten sind wir hier draußen." Er schob die Trage nah an Gittes Bett. Wenig später kam der zweite Arzt, der sich als Dr. Roman vorstellte, hinzu.

„Es ist alles geklärt, Frau Groß", sagte er. Äußerlich war er das ganze Gegenteil seines blonden Kollegen. Er war von kleinerer Statur und hatte die dunklen Haare zum Zopf gebunden.

„Frau Groß, auf der Trage sehen Sie eine aufblasbare Stabilisations-Manschette. Sobald Sie darauf liegen, werden wir Sie damit stabilisieren, sodass Sie beim Transport gesichert sind", erklärte Dr. Müller.

Gitte nickte und machte sich im Stillen auf die Schmerzen gefasst, die der Transfer vom Krankenbett auf die Trage verursachen würde. Die zwei Männer mit den großen, starken Händen waren jedoch derart behutsam, dass Gitte nicht aufzuschreien brauchte. Gelassen trugen sie Gitte an dem böse dreinschauenden Dr. Demetriou vorbei und verließen den Raum. Gitte war auf der zweiten Etage untergebracht worden, und sie mussten den Aufzug nehmen.

„Wir werden mit einem von der griechischen Ambulanz zur Verfügung gestellten Krankenwagen zum Flughafen fahren", erklärte Dr. Müller, während der Aufzug nach unten fuhr. „Dort angekommen, werden wir Sie komplett untersuchen und für den Flug stabilisieren."

„Es geht mir jetzt schon viel besser", erwiderte Gitte selig. „Endlich habe ich Halt. Diese Manschette ist ein Wunder."

Die Fahrt zum Flughafen dauerte eine halbe Stunde. Dr. Müller wich nicht von Gittes Seite und sprach beruhigend auf sie ein. Beim Klang seiner tiefen, angenehmen Stimme wurde Gitte warm ums Herz. Endlich war wieder ein Mensch bei ihr, der sie nicht wie ein Stück Vieh behandelte.

Auf dem Flughafen angelangt, schoben die Ärzte sie vorsichtig über das Rollfeld.

„Jetzt fliege ich auch noch mit einem Hubschrauber - wie in der Fernsehseserie *Der Bergretter*", sagte Gitte zu den zwei Männern.

„Hubschrauber? Nein, nein. Mit einem Helikopter wären wir viel zu lang unterwegs." Dr. Roman lachte, und Grübchen zeigten sich auf seinem Gesicht. „Schauen Sie mal nach links. Da steht ihr Flieger."

Überrascht blickte Gitte auf das rotweiße, spitz zulaufende Flugzeug.

„Das ist ein Learjet 35 A", informierte sie Dr. Müller. „Er ist knappe fünfzehn Meter lang, zweieinhalb Meter breit und am Heck knappe vier Meter hoch."

Während sie das Flugzeug bestaunte, holte Dr. Müller rasch den Notfallrucksack.

„Ich ziehe Ihnen jetzt Ihre Strickjacke aus und lege einen neuen Venenzugang." Behutsam zog er ihr die Jacke aus und erstarrte. „Was zum Teufel ist das denn?"

„Wieso, was ist los?", wollte Gitte verunsichert wissen.

„Ihr Arm sieht wie ein Zeppelin aus", stellte Dr. Müller

mit gerunzelter Stirn fest. „Der Zugang ist komplett verklebt. Haben die Schwestern mal die Pflaster gewechselt?"

„Wo denken Sie hin? Die haben nur das Allernötigste gemacht", gab Gitte Auskunft.

„Der Zugang wurde nicht in die Vene gelegt, sondern ins Unterhautfettgewebe. Thomas, schau mal." Er rief nach seinem mit der Dokumentation beschäftigten Kollegen.

Dieser eilte zu ihnen, begutachtete Gittes Arm und verzog angewidert das Gesicht.

„Das müsste öffentlich gemacht werden. Frau Groß, Sie müssen unerträgliche Schmerzen haben. Wir beeilen uns. Gleich bekommen Sie endlich ein Medikament." Er strich Gitte liebevoll über den Kopf.

„Zum Glück hatte ich ausreichend Schmerztabletten im Gepäck. Die haben das Schlimmste verhindert", erklärte Gitte dankbar.

„Sie sind eine tapfere Frau", fügte Dr. Müller hinzu und entfernte die Nadel aus dem Arm.

„Ich dachte, die würden mir Zuckerwasser verabreichen, weil ich keinerlei Wirkung verspürt habe. Der Schwester habe ich mehrfach gesagt, dass die Flüssigkeit nicht läuft. Das hat sie nicht interessiert. Einmal habe ich um einen feuchten Lappen gebeten, um mich notdürftig selbst zu waschen." Es tat Gitte gut, endlich mit jemandem darüber zu sprechen, der ihre Nöte verstand. „Die Schwester versicherte mir, dass sie mir Lappen und Schüssel bringen würde, doch geschehen ist nichts."

„Das ist unfassbar." Dr. Müller legte ihr am unversehrten Arm den Venenkatheter und kündigte an, sie ins Flugzeug zu bringen.

Im Inneren des Fliegers angekommen, ließ Dr. Müller endlich das ersehnte Medikament in ihre Vene laufen.

„Ich bleibe während des gesamten Fluges an Ihrer Seite sitzen", bemerkte er nach einer Weile. „Bitte sagen Sie mir, wenn das Mittel zu wirken beginnt."

Gitte nickte zustimmend und beobachte Dr. Roman, der am Fußende saß und eifrig mit seinen Notizen beschäftigt war.

Dr. Müller registrierte ihren interessierten Blick und sagte: „Ein Rettungseinsatz bringt viel Bürokratie mit sich. Jede Einzelheit muss dokumentiert werden."

Zu Gittes Erstaunen öffnete sich die Tür zum Cockpit, und ein schlanker, junger Mann in blauer Uniform trat hindurch.

„Frau Groß, ich möchte mich Ihnen gerne vorstellen. Ich bin Michael Hesse, der Pilot. Wir heben in wenigen Minuten ab." Er lächelte, trat an Gittes Liege und reichte ihr die Hand.

„Sie drei sind meine Engel, die mich von der Hölle zurück in den Himmel bringen", sagte Gitte leise.

Herr Hesse lachte, verabschiedete sich und ließ Gitte mit den Ärzten allein.

„Wann heben wir endlich ab?", murmelte Gitte schläfrig. Sie hatte sich mit Dr. Müller über ihr Leben unterhalten und schien dabei eingedämmert zu sein.

„Schauen Sie aus dem Fenster", sagte der Arzt augenzwinkernd. „Wir sind bereits über den Wolken."

„Ich habe nichts von dem Start mitbekommen", erwiderte Gitte erstaunt.

„Das liegt an dem starken Schmerzmittel, das ich

Ihnen verabreicht habe. Sie haben eine Viertelstunde geschlafen wie ein Baby", stellte Dr. Müller fest.

Gitte wandte ihren Kopf zur Seite und blickte aus dem runden Fenster. Strahlendes Blau stach ihr in die Augen.

„Ich habe ja gesagt, dass Sie mich in den Himmel bringen", rief sie glücklich.

Eine Weile schwiegen die drei und hingen ihren Gedanken nach. Plötzlich unterbrach eine Durchsage des Piloten die Stille. Er kündigte an, eine Unwetterfront über den Bergen durchfliegen zu müssen, und wies auf sehr starke Turbulenzen hin.

Dr. Müller reagierte sofort, stand auf und griff nach einer Ampulle mit Injektionslösung.

„Ich werde Ihnen jetzt Midazolam verabreichen. Das ist ein kurz wirkendes Schlafmittel. Ich möchte Ihnen die Turbulenzen ersparen." Er zog mit einer Kanüle die Flüssigkeit aus der Ampulle, öffnete den Venenzugang und verabreichte ihr das Medikament.

„Ich vertraue Ihnen", sagte Gitte noch, bevor es dunkel vor ihren Augen wurde.

„Learjet 35 A an Tower: Wir befinden uns im Landeanflug", ertönte die Stimme des Piloten aus dem Cockpit.

„Tower Köln / Bonn an Learjet 35 A: Ready to put on", antwortete eine krächzende Männerstimme.

Fasziniert lauschte Gitte der Kommunikation. In Personenflugzeugen war diese für die Passagiere nicht zu hören. Doch auf einmal stutzte sie. „Warum sprechen die immer von dem Flughafen in Köln / Bonn?", wollte sie von dem Arzt an ihrer Seite wissen.

„Die Flugambulanz der DRF hat dort ihren Standort. Wussten Sie das nicht?" Dr. Müller blickte Gitte fragend an.

Diese schüttelte den Kopf. „Woher sollte ich das wissen? Meine Tochter hat mir lediglich erzählt, dass ich von Ihnen heimgebracht werden würde."

„Tower Köln / Bonn an Learjet 35 A: RTW des Bethesda Krankenhauses Wuppertal ist bereit zur Patientenaufnahme", meldete sich erneut die krächzende Stimme.

„Learjet 35 A an Tower: Fertig zur Landung auf Bahn drei." Das waren die letzten Worte aus dem Cockpit, und Gitte spürte die Vibration der ausfahrenden Räder. Sekunden später setzte die Maschine auf dem Boden auf und raste über die Landebahn.

„Deutschland, ich bin in Deutschland", rief Gitte begeistert, während Dr. Müller und Dr. Roman sie die wenigen Meter zum Rettungswagen schoben.

Ein Arzt und zwei Sanitäter eilten ihnen entgegen. Zunächst begrüßten sie Gitte und sprachen schließlich angeregt mit dem Team der DRF. Von der Diskussion verstand Gitte wenig, die Ärzte benutzten den Fachjargon.

Wenig später wandten sich Dr. Müller und Dr. Roman wieder Gitte zu.

„Hier trennen sich unsere Wege, Frau Groß", sagte Dr. Müller. „Wir von der DRF wünschen Ihnen alles Gute."

„Es wird alles gut werden, daran glaube ich fest", fügte Dr. Roman hinzu.

„Vielen Dank, meine Luftengel", erwiderte Gitte und streckte ihre Hände aus. Die Ärzte ergriffen und drückten sie fest.

„Wir fahren jetzt mit dem Auto nach Frankfurt", berichtete Dr. Roman.

„Nach Frankfurt? Du meine Güte. Dann steht Ihnen eine weite Fahrt bevor", entfuhr es Gitte überrascht.

„Das ist unser Job", sagte Dr. Müller schulterzuckend.

„Auf geht's, Frau Groß", unterbrach der Arzt des Bethesda Krankenhauses das Gespräch. „Sie treten jetzt die letzte Etappe Ihrer Reise an."

Die Tür des Haupteingangs öffnete sich, und der vertraute Anblick des Bethesda Krankenhauses ließ Gittes Herz vor Freude schneller schlagen. Nie hätte sie es sich träumen lassen, einmal derart glücklich zu sein, dieses Krankenhaus zu betreten.

„Schauen Sie mal, wer dort auf Sie wartet." Der ihre Trage schiebende Sanitäter deutete mit der Hand auf die kleine Gesellschaft, die im Eingangsbereich versammelt war.

„Gitte, mein Herz", rief Jürgen und ging zitternd auf sie zu. „Ich habe mir unvorstellbare Sorgen um dich gemacht." Er küsste sie fest auf die Lippen.

„Mama." Larissa trat an Jürgens Seite. Tränen liefen ihr über die bleichen Wangen. „Es tut so gut, dich zu sehen."

Starke Hände umfassten Gittes Gesicht.

„Ich liebe dich, Mama." Auch Markus' Augen waren feucht. Gitte sah ihm an, dass er die Tränen mit aller Kraft zu unterdrücken versuchte.

Eine Zeit lang redeten alle wild durcheinander. Jürgen hielt derweil die ganze Zeit ihre Hand.

„Hätte ich dich bloß nicht mit Sibylle verreisen lassen",

flüsterte er. „Ich mache mir solche Vorwürfe. Nie mehr lasse ich dich allein irgendwo hinfliegen."

„Die arme Sibylle ist jetzt mit den Kindern und dem vielen Gepäck unterwegs", sagte Gitte, anstatt auf Jürgens Worte einzugehen.

„Sibylle ist eine starke Frau", mischte sich Sabrina ein. „Sie schafft das schon. Du bist wichtiger als dein Koffer. Kleidung kann neu gekauft werden. Hauptsache, du wirst endlich operiert."

Eine weiß gekleidete Schwester räusperte sich und klatschte in ihre Hände. „Frau Groß, ich werde Sie jetzt auf Station bringen. Sie werden morgen in aller Frühe operiert. Bis dahin sollen Sie sich von den Strapazen erholen. Außerdem werden einige Voruntersuchungen gemacht werden müssen." Sie wandte ihr Augenmerk Gittes Familie zu. „Sie bitte ich, jetzt nach Hause zu gehen. Nach der morgigen Operation dürfen Sie Frau Groß besuchen."

Gitte war bereits wach, als sich die Zimmertür schwungvoll öffnete. Ein junger Mann mit langen, zum Zopf gebundenen Haaren betrat den Raum und betätigte den Lichtschalter.

„Guten Morgen", begrüßte er die vier in ihren Betten liegenden Frauen munter. Er kam auf Gitte zu und beugte sich über ihr Bett. „Ich bin Peter und mache im Bethesda Krankenhaus mein freiwilliges soziales Jahr", stellte er sich vor. „Wie haben Sie geschlafen?"

„Ich glaube, ich habe gar nicht geschlafen", antwortete Gitte ehrlich. „Mir gehen die Bilder aus Griechenland nicht aus dem Kopf."

„Leider bin ich über Ihre Geschichte nicht informiert, weil ich im gesamten Krankenhaus für die Patiententransporte eingesetzt werde", entgegnete Peter bedauernd. „Ich bringe Sie jetzt zum OP." Er löste mit dem Fuß die Bremsen und fuhr das Bett etwas runter. „So kann ich Sie leichter transportieren." Während Peter sie zum Aufzug schob, erzählte er ihr, warum er sich für ein freiwilliges soziales Jahr entschieden hatte. „Vielleicht werde ich eine Ausbildung zum Gesundheitspfleger machen. Nach dem Jahr im Bethesda Krankenhaus entscheide ich mich."

„Ich kann mich immer noch nicht an die Ausdrücke Gesundheitsschwester- und Pfleger gewöhnen", gab Gitte zu, und leise schloss sich die Aufzugstür hinter ihnen. „Aber es ändert sich sowieso alles. Früher gab es Zivildienstleistende, heute FSJler."

„Ich finde das gerecht", sagte Peter bestimmt. „Jeder muss selbst wählen können, ob er ein Lebensjahr einer sozialen Einrichtung schenken möchte. Und das unabhängig vom Geschlecht."

Die Tür zum Flur ging auf, und gedämpftes Licht erwartete sie. Gitte war irritiert, kannte sie von vorherigen Operationen nur hell erleuchtete Gänge.

„Wieso ist es so dunkel hier?", wollte sie von Peter wissen.

„Wir haben erst halb sieben", gab dieser Auskunft, während er sie den Gang entlangschob. „Die beginnen hier gerade erst zu arbeiten." Er hielt vor einer riesigen Schiebetür an, auf der *OP 3* geschrieben stand. „Sie sind heute Morgen die Erste."

„Bleiben Sie bei mir, bis es los geht?", erkundigte sich Gitte hoffnungsvoll. Langsam wurde ihr mulmig. In ihrer Freude, wieder auf deutschem Boden zu sein, hatte sie die Gedanken an die verstrichene Zeit erfolgreich verdrängt. Die gestrigen Voruntersuchungen hatten die Diagnose Oberschenkelhalsbruch bestätigt, und sie hatte die Risiken der Operation unterzeichnen müssen.

„Natürlich", versicherte ihr Peter.

„Guten Morgen." Eine hübsche junge Frau mit modischem Kurzhaarschnitt, gekleidet in die typisch grüne OP-Tracht, kam aus dem Schwesternzimmer und schaltete von der Nachtbeleuchtung auf die Tagesbeleuchtung um. Nach und nach trudelte das Personal ein. Gitte hörte, wie sich ein Arzt bei einer Schwester nach ihrem freien Wochenende erkundigte.

Endlich öffnete sich die Schiebetür, und Peter schob Gitte in den Vorraum des Operationssaals.

„Ich wünsche Ihnen alles Gute für die OP. Auf dass wir uns gesund wiedersehen." Er drückte ihr kurz die Hand und ließ sie allein zurück.

Wenig später erschien eine Schwester und schloss sie ans EKG an.

„Der Anästhesist kommt sofort", informierte sie Gitte. „Sie sind sehr aufgeregt." Die Schwester beobachtete eine Weile den Monitor. „Der Blutdruck ist ziemlich hoch. Entspannen Sie sich."

„Guten Morgen, Frau Groß." Ein schlanker, großer Mann trat ein und desinfizierte sich gründlich die Hände. Er griff nach einer Kanüle und lächelte Gitte aufmunternd an. „Ich lege Ihnen jetzt einen Venenkatheter für die Narkose."

Gitte lag die Frage auf der Zunge, warum der von den DRF Ärzten gelegte Zugang wieder entfernt worden war, aber sie schwieg. Die Ärzte im Bethesda Krankenhaus würden wissen, was sie zu tun hatten.

„Das darf nicht wahr sein", sagte der Anästhesist leise. „Ich finde keine geeignete Vene."

„Wie kann das sein?", fragte Gitte erschrocken. Das EKG machte sich lautstark bemerkbar. Ihr Herz schlug viel zu schnell.

„Haben Sie in den letzten Stunden zu wenig getrunken?" Der Arzt blickte sie fragend an.

„Ich habe immer darauf geachtet, ausreichend Flüssigkeit zu mir zu nehmen", rechtfertigte sie sich.

„Wie dem auch sei. Ich kann Ihnen den Zugang nicht legen, ohne Ihnen starke Schmerzen zuzufügen. Wir müssen Sie auf althergebrachte Weise narkotisieren." Er griff nach der Atemmaske, und Gitte erstarrte.

„Das ist nicht Ihr Ernst", sagte Gitte ängstlich.

„Ich werde Ihnen den Venenkatheter legen, sobald Sie nicht mehr bei Bewusstsein sind, und anschließend intravenös weiter narkotisieren", entgegnete der Arzt bestimmt.

„Martin, wir sind soweit. Frau Groß kann in den OP", hörte sie eine Frauenstimme aus dem Nebenraum rufen.

Die Zwischentür öffnete sich, und sie konnte einen Blick auf den hell erleuchteten Saal mit dem Operationstisch in der Mitte erhaschen.

„Es gibt hier eine Komplikation bei der Vorbereitung", rief der Anästhesist zurück. Er wandte sein Augenmerk wieder Gitte zu. „Wir haben keine andere Wahl."

Er öffnete ein Ventil und legte Gitte die Maske mit dem Äther auf das Gesicht. Wieder meldeten die Geräte Alarm. Gitte spürte, dass ihr Herz vor Panik raste.

„Atmen Sie, atmen Sie", hörte sie den Arzt sagen. Plötzlich war alles um sie herum ruhig.

„Ich hatte Angst zu ersticken", beendete Gitte ihren Bericht von der Narkotisierung.

Sabrina streichelte ihr zärtlich über das Gesicht. Direkt nach der Arbeit war sie zum Krankenhaus gefahren und zu ihrer Mutter geeilt.

„Jetzt hast du alles überstanden", sagte sie liebevoll.

„Aber es war fünf Minuten vor zwölf", warf Jürgen ein, der auf einem Stuhl neben dem Krankenbett saß. Er wich seit dem Mittag nicht mehr von Gittes Seite. „Der Arzt gab zwar an, dass die Implantation der zementfreien Hüft-TEP komplikationslos verlaufen sei, aber Gitte habe großes Glück gehabt. Es müssen Engel über sie gewacht haben."

„Wie war das eigentlich genau mit der DRF?", wollte Gitte nach einer Weile des Schweigens wissen.

„Maurice und Wiebke hatten keine Rückreiseversicherung im Krankheitsfall abgeschlossen", begann Sabrina ihren Bericht. „Der Rückflug und die weiteren Krankentransporte hätten Summen im fünfstelligen Bereich gekostet. Wir waren am Boden zerstört, haben dir das natürlich verschwiegen, um dein Leid nicht unnötig zu verschlimmern. Papa war zu nichts zu gebrauchen." Sie lächelte Jürgen an. „Aber letztendlich war er es, der den rettenden Einfall hatte."

„Ich konnte die erste Zeit überhaupt nicht klar denken", rechtfertigte sich Jürgen.

Gitte hatte bereits gestern bemerkt, dass er arg mitgenommen aussah.

„Ich wollte mein Pferd verkaufen, um das Geld für deine Rettung aufzutreiben", fuhr Sabrina fort. „Soraya ist nach meiner Ausbildung sehr viel wert. Ich hatte bereits ein gutes Angebot vorliegen. Zum Glück hatte ich noch nichts unterzeichnet." Sie ließ Gittes Hand los und wischte sich über die feuchten Augen. Sie brauchte eine Weile, um sich wieder zu fangen. Gitte wusste, wieviel ihr die Stute bedeutete. „Papa hat eure gesamten Versicherungspolicen durchforstet, doch nichts Brauchbares gefunden."

„Ich hatte mir zuvor nicht sorgfältig genug durchgelesen, was unsere goldene Kreditkarte alles beinhaltet. Ich war davon ausgegangen, weil wir die Reise nicht mit der Karte bezahlt hatten, würde die Versicherung nicht greifen und den Krankentransport nicht bezahlen." Aufgeregt griff Jürgen nach einem Glas Wasser. Gitte bemerkte, dass seine Finger zitterten.

„Ich habe zu Papa gesagt, dass wir zur Sparkasse gehen müssen. Wir konnten nichts unversucht lassen", erzählte Sabrina weiter. „Der Filialleiter beruhigte uns und sagte, dass die Versicherung zahlen werde, obwohl Maurice die Reise finanziert und gebucht hatte. Daraufhin nahm ich mit der Versicherung Kontakt auf, und den Rest kennst du."

Gitte wurde ganz warm ums Herz. „Ich habe die beste Tochter, die eine Mutter nur haben kann."

Eine Weile war es totenstill im Raum. Schließlich sagte Sabrina: „Und du warst zwei Müttern die beste Tochter, die sie nur haben konnten."

Geburt des Frühlings

Wenn im Frühling Blumen blühen,
auch uns're Herzen hell erglühen.
Die frischen Farben der Natur
zeigen äußerlich uns nur,
dass alles neu und schön entsteht,
sich Lebenskreislauf weiterdreht.

Der Mensch im Inn'ren auch verspürt,
dass neue Kraft ihn sanft berührt.
Alles scheint ihm zu gelingen.
Er traut sich sogar laut zu singen.
Männer nun in Freude schauen,
erblicken hübsche, lächelnd' Frauen.

Mädchen sich in Anmut zeigen
und sich zart und luftig kleiden.
Zu entdecken in der Zeit
ist des Menschen Freundlichkeit.
Der klirrend' Winter hat verloren.
Der neue Frühling ist geboren.

Claus Wallbaum 2011

Nachwort von Roswitha Brigitte Klein / Gitte Groß

Mein herzlicher Dank gilt Tanja Heinze, die den Roman meines Lebens geschrieben hat.

Mir ist es wichtig, mit meiner Lebensgeschichte zum Ausdruck zu bringen, dass, wenn alles dunkel ist und die Welt in Scherben zu liegen scheint, es immer ein Licht am Ende des Tunnels gibt.

Gottes Wunder geschehen, wenn der Mensch nicht damit rechnet. Mir schenkte er zwei Mütter, die ich von ganzem Herzen geliebt habe.

Durch einen Artikel vom 10.02.2018 in der Wuppertaler Rundschau erfuhr ich von Tanja Heinze, die damals ihren Roman „Im Garten des Lebens", eine wahre Begebenheit, veröffentlicht hatte. Ich suchte mir die Telefonnummer der Autorin raus, fasste mir ein Herz und rief sie an. Und Tanja Heinze hörte mir zu, ganze anderthalb Stunden lang. Ich fragte sie, ob sie mir helfen könne, und sie sagte: Das mache ich. Ich helfe Ihnen.

Ich konnte es kaum glauben, dass mein Traum wahr werden sollte.

Anschließend musste ich ein Jahr warten, denn die Autorin arbeitete an den Kriminalromanen um die Wuppertaler Miss Marple Mathilde Krähenfuß.

2019 begann die für mich intensivste Erfahrung meines Lebens, die innige Zusammenarbeit mit Tanja Heinze. Ich danke Dir, Tanja, für Deine Geduld, Dein Einfühlungsvermögen und die viele Zeit, die Du meinem Leben gewidmet hast.

Ich freue mich, dass das Buch beendet ist und jetzt

seine Leserinnen und Leser findet, doch ich trauere der innigen Zusammenarbeit mit Tanja Heinze nach.

Nie hätte ich geglaubt, dass hinter einem Buch derart viel Arbeit steckt.

Mein besonderer Dank gilt dem Lyriker Claus Wallbaum, der Mütterherzen mit seinen wunderschönen Gedichten verziert hat.

Ich hoffe, meine Geschichte wird Ihnen allen Mut machen.

Mit Herz!

Roswitha Klein, Mai 2019

Danksagung

Als mich im Februar 2018 der Anruf von Roswitha Klein erreichte und ich ihren Worten lauschte, war ich erschüttert, bewegt und fasziniert zugleich. Mir war sofort klar, dass ich dieser Frau helfen würde, ihr Leben in Romanform zu Papier zu bringen. Der Roman „Mütterherzen" ist in engster Zusammenarbeit mit ihr entstanden. Ich danke Dir, liebe Rosi, dass Du mich dafür ausgewählt hast, den Roman Deines Lebens zu schreiben.

Zudem danke ich meiner wunderbaren Mutter für ihren Glauben an mich und das tägliche Mitlesen der entstehenden Geschichte.

Ein lieber Dank auch an Marise Moniac für ihr intensives Korrektorat.

Meinem Lektor Dr. Norbert Brieden bin ich ebenfalls wieder sehr zu Dank verpflichtet.

Ein herzliches Dankeschön von mir geht an Wolfgang Rosenthal, der die Fotovorlagen für das Buchcover und das Autorinnenfoto geliefert hat.

Meinen Freunden Marianne und Jürgen Trilling und Kerstin Hardenburg danke ich fürs Testlesen.

Mein herzlicher Dank gilt dem Lyriker Claus Wallbaum, dessen Gedichte eine Bereicherung für diese Geschichte sind.

Und - last but not least - ein großes Dankeschön geht an Melanie Engel, meine persönlichen Ansprechpartnerin bei BoD. Der Graphikerin Kay Fretwurst von BoD danke ich für das hervorragende Coverdesign.

Romane bei BoD

Das Lächeln der Teddybären,
BoD Norderstedt, ISBN: 978-3-7448-7795-4
Im Garten des Lebens,
BoD Norderstedt, ISBN: 978-3-7448-6564-7
Götterdämmerung,
BoD Norderstedt, ISBN: 978-3-7460-9070-2
Drohnenopfer,
BoD Norderstedt, ISBN: 978-3-7528-0751-6
Panik-Gen,
BoD Norderstedt, ISBN: 978-3-7481-6247-6
Mütterherzen,
BoD Norderstedt, ISBN: 978-3-7494-4285-0